ATRAVÉS DA CHUVA

ATRAVÉS DA CHUVA

Ariana Godoy

Tradução de Karoline Melo

Copyright © 2022 by Ariana Godoy
A autora é representada pelo Wattpad.

TÍTULO ORIGINAL
A través de la lluvia

PREPARAÇÃO
Marcela Ramos

REVISÃO
Luíza Côrtes

DIAGRAMAÇÃO
Ilustrarte Design e Produção Editorial

ARTE DE CAPA
Penguin Random House Grupo Editorial / Manuel Esclapez

FOTO DE CAPA
© Stocksy / Sergey Filimonov e © Shutterstock

ADAPTAÇÃO DE CAPA
Lázaro Mendes

CIP-BRASIL. CATALOGAÇÃO NA PUBLICAÇÃO
SINDICATO NACIONAL DOS EDITORES DE LIVROS, RJ

G532a

    Godoy, Ariana, 1990-
        Através da chuva / Ariana Godoy ; tradução Karoline Melo. - 1. ed. - Rio de
Janeiro : Intrínseca, 2023.
        288 p. ; 21 cm.   (Os irmãos Hidalgo ; 3)

        Tradução de: A través de la lluvia
        ISBN 978-65-5560-622-5

        1. Romance venezuelano. I. Melo, Karoline. II. Título. III. Série.

23-84555   CDD: 868.99373
                        CDU: 82-31(87)

Meri Gleice Rodrigues de Souza - Bibliotecária - CRB-7/6439

[2023]
Todos os direitos desta edição reservados à
EDITORA INTRÍNSECA LTDA.
Av. das Américas, 500, bloco 12, sala 303
22640-904 – Barra da Tijuca
Rio de Janeiro – RJ
Tel./Fax: (21) 3206-7400
www.intrinseca.com.br

Dedico este livro aos meus leitores do Wattpad. Graças a vocês, esta trilogia chegou tão longe e conseguiu conquistar ainda mais leitores. Obrigada, hoje e sempre, por amarem Ares e Raquel, Claudia e Ártemis, e agora também Apolo. Amo vocês com toda a minha alma.

PRÓLOGO

APOLO

Está chovendo.

A chuva me encharca em poucos segundos. A roupa gruda em meu corpo, mas essa é a menor das minhas preocupações.

Está doendo.

Meu corpo dói, principalmente o rosto. Minha cabeça está latejando. Sei que tem sangue escorrendo do meu nariz, descendo por minha boca e se misturando com a chuva que pinga do meu queixo. Meu olho está semicerrado, e, sempre que tento abri-lo, solto um gemido de dor.

Nunca fui uma pessoa violenta, nunca arrumei briga. Então me parece irônico estar nesta situação. No chão de uma rua estreita, escorado na parede, mal conseguindo ficar sentado. Os pequenos cortes no rosto, dos socos e chutes que levei, ardem com a água gelada da chuva, assim como os nós de meus dedos, que quebrei tentando me defender. Faço uma careta de dor.

É meu primeiro dia na faculdade, então quis conhecer um pouco da vida noturna agitada de Raleigh, na Carolina do Norte. Mas deu tudo errado. Quando estava saindo de um bar, fui assaltado e espancado até perder a consciência. Não consigo entender por que fui atacado dessa maneira, já que entreguei tudo que tinha sem resistir.

Fica acordado, Apolo, lembro a mim mesmo enquanto tento lutar contra o sono.

Chutaram minha cabeça várias vezes, então sei que preciso ser examinado por um médico antes de dormir; foi o que meu irmão, que estuda Medicina há alguns anos, me explicou. Mas é muito difícil.

Minha visão fica turva, e engulo em seco — até um movimento tão simples dói. Sei que preciso me levantar, mas sempre que tento, meu corpo cede e volta a cair. Gritar por socorro é inútil debaixo desta chuva, com o barulho da água caindo com força no asfalto e nas latas de lixo ao meu redor. O frio do outono deixa meu corpo trêmulo e a ponta dos meus dedos dormente.

Vou cochilar por um segundo, um instante até a chuva passar. Só um segundo…

Meus olhos se fecham e minha cabeça cai para o lado.

Cítrico.

Um perfume cítrico me faz franzir o nariz e me desperta um pouco. Percebo que a chuva não está mais caindo em mim. Abro ligeiramente os olhos, e na minha frente está uma silhueta embaçada nos cobrindo com um guarda-chuva.

— Ei, ei — diz uma garota se abaixando em minha direção. — Está me ouvindo?

Assinto, sem forças para responder.

— Já chamei uma ambulância, disseram que vão chegar em cinco minutos e que você precisa ficar acordado. — Sua voz é tão suave e tranquilizadora que me dá vontade de cochilar. — Ei!

Ela segura meu rosto machucado, e estremeço com uma pontada de dor. A garota continua:

— Desculpa, mas você não pode dormir.

Minha respiração deixa meus lábios trêmulos entreabertos, se condensando no frio.

— Fri-frio — gaguejo, batendo o queixo.

— Caramba, é óbvio que você está com frio. — Ela hesita, em dúvida. — O que eu faço, hein? Aguenta um pouquinho aí, tá?

Sem forças, estendo a mão para ela. Agarro a bainha de sua blusa e a puxo para mim. Ela grita ao cair de joelhos entre minhas pernas esticadas no asfalto.

Frio.

Ergo a outra mão e envolvo sua cintura, enterrando o rosto em seus seios.

— Opa! Ei!

— Quente... — sussurro.

Estou tremendo agarrado a ela e acabo molhando suas roupas. A garota solta um suspiro e não protesta.

— Tudo bem, só vou deixar porque você está com uma cara péssima e ainda por cima congelando — murmura.

Aproveito o calor dela, seu perfume, essa mistura de um aroma cítrico com o cheiro de sua pele.

— E já vou avisando que não deixo os caras saírem me agarrando no primeiro encontro — continua ela —, então se considere sortudo.

Não sei se ela está brincando, mas só quero ficar aqui. Seu coração está acelerado. Por quê? Será que está com medo?

— Só não dorme, beleza? — diz ela. — Já estou ouvindo as sirenes da ambulância, vai ficar tudo bem.

Também estou ouvindo o veículo da ambulância, e de repente escuto muitos passos. A garota se afasta de mim e pigarreia. O frio me envolve outra vez, e logo várias pessoas com lanternas estão em cima de mim.

Depois disso, tudo fica confuso.

Deitado em uma maca, estendo a mão na direção da garota, que a segura.

— Você vai ficar bem — sussurra, apertando-a com força, antes de soltá-la.

Só consigo ver sua silhueta parada naquela ruela, debaixo do guarda-chuva. Ela me salvou, então tenho certeza de que nunca vou esquecê-la.

Nunca vou me esquecer da garota que conheci através da chuva.

PARTE UM

RAIN

1

APOLO

Estava com saudade de correr.

Depois do assalto, demorou quatro semanas para eu me recuperar totalmente e o médico me deixar voltar a fazer exercícios. A parte física já está curada, mas a psicológica é uma questão à parte. Ainda tenho pesadelos em que aquele homem me ataca e não para de me bater, e sempre que chove fico com um mau humor terrível.

São seis e meia da manhã quando entro no apartamento e bato a porta. O corredor se estende à minha frente na penumbra, porque ainda não amanheceu. Ao chegar na cozinha espaçosa, acendo a luz. Percebo que Gregory está me espiando pelo corredor, todo descabelado.

— Por que você está acordado? — pergunta ele.

— Saí para correr.

Gregory aperta os olhos para tentar enxergar o relógio do micro-ondas.

— Às seis da manhã?

— Seis e meia.

— Nem meu avô acordava a essa hora para correr.

— Seu avô não corria — retruco, colocando as chaves na ilha da cozinha.

— Pois é.

Abro a geladeira para pegar uma garrafa de água.

— E por que você está acordado? — indago.

— É que...

Uma garota de cabelos castanhos passa por Gregory e entra na cozinha.

— Bom dia! — exclama ela, animada.

O nome dela? Kelly. É a sei-lá-o-que-ela-é do Gregory e dorme aqui com certa frequência. Às vezes agem como um casal comum, mas tem dias que nem se olham direito. Para ser sincero, não entendo qual é a dinâmica desse relacionamento e não sou tão intrometido assim para perguntar. Minha preocupação é ter uma boa convivência com o Gregory, que, embora eu tenha conhecido por causa de meu irmão Ares, se tornou um bom amigo, e agora colega de apartamento.

Está sendo um alívio morar com ele nessas primeiras semanas da faculdade. Tem momentos em que me sinto sozinho, mas Gregory não me deixa com muito tempo livre para ficar deprimido ou com saudades de casa — ele sempre arranja alguma coisa para fazer. Sinto muita falta do vovô, do meu irmão Ártemis, da sua esposa Claudia e dos meus cachorros. Mas, acima de tudo, o que mais me surpreende é a saudade que sinto da Hera. Nunca achei que minha sobrinha fosse me fazer sentir tanta saudade.

— Apolo? — chama Kelly, se aproximando de mim e balançando a mão na frente do meu rosto. — Está aí?

— Bom dia — respondo, com um sorriso simpático.

Gregory boceja e se junta a nós na cozinha.

— Bem, já que estamos todos acordados... Que tal a gente tomar café da manhã?

Dou um soquinho na mão dele. Gregory é ótimo na cozinha, qualidade que só valorizamos quando saímos da casa dos nossos pais. Eu sou péssimo, de aceitável só consigo fazer sobremesas, mas não dá para viver só de doce.

— O que estão a fim de comer? Um café da manhã estilo europeu? Americano? — pergunta Gregory.

Ele se abaixa para pegar as panelas no armário. Kelly aproveita para ficar atrás dele, agarrá-lo pelos quadris e simular estocadas na sua bunda.

— Para! — sussurra Gregory, virando-se para ela e beijando-a apaixonadamente contra a ilha.

Faço careta e me viro para encarar uma pintura interessante de uma pera pendurada na parede da cozinha. Já deveria ter me acostumado.

Quando termino de comer, decido ir tomar banho, e passo muito mais tempo do que o necessário debaixo da água, com os olhos fechados. Baixo a cabeça, estico os braços e apoio as mãos na parede. A água cai em mim, e é como se na verdade eu não estivesse aqui. Meu corpo está, mas minha mente vaga e atinge um ponto vazio onde não sinto nada. A maior ironia é que sou calouro de Psicologia e logo na primeira semana vivi um evento traumático. Dou um sorriso triste e desligo o chuveiro. Fico parado alguns segundos antes de balançar a cabeça, não só para me livrar da água no cabelo, mas para trazer minha mente para a realidade.

Seco o corpo e vou para meu quarto — o apartamento é imenso, então todos os quartos têm suíte. De repente, lembro que minha cueca está na lavanderia. Saio para buscá-la, com uma toalha enrolada na cintura e outra pendurada no pescoço. Kelly está deitada no sofá da sala, jogando no celular. Quando me vê, baixa o aparelho e ergue a sobrancelha.

— Você esconde isso tudo atrás dessa cara de bom menino?

Faço uma careta ao ouvir a palavra "menino".

— Quem disse que sou um bom menino?

— Ah, fala sério, dá pra ver de longe — responde ela, se apoiando nos cotovelos para se levantar um pouco. — Diria até que você é virgem.

Dou risada e viro as costas para ir à lavanderia pegar a cueca na secadora. E também para terminar a conversa, porque não sei se é coisa da minha cabeça, mas Kelly pareceu estar dando em cima de mim. Talvez seja pela forma como olhou para os músculos de meus braços e da barriga... A última coisa que eu quero é arranjar problemas com Gregory. Quando volto, ela está sentada no braço do sofá e olha para mim, sorrindo.

— Te assustei?

Eu me lembro de Ares tentando me explicar o estilo de cantada de algumas pessoas. "Esse tipo de flerte eu chamo de 'desafiador': a pessoa confronta você e faz perguntas que sempre vão te levar a demonstrar o contrário, só que essa é justamente a reação que elas querem." Não consigo acreditar que às vezes as generalizações daquele idiota fazem sentido. Acho que ser um ex-conquistador serviu de experiência, porque esse crédito ele tem: nunca conheci ninguém que partiu tantos corações quanto meu irmão. Mas não sou de tirar conclusões precipitadas, então dou a Kelly o benefício da dúvida e abro um sorriso.

— Não, imagina — digo.

Dou de ombros.

Ela dá outro sorriso, se levanta e para na minha frente. Em seguida, coloca a mão na minha barriga e inclina a cabeça.

— Você tem muito o que aprender, menino bonzinho.

Lá vem com essa de novo. Trinco os dentes, seguro o punho dela e levo sua mão para longe de mim.

— Não sou nenhum menino — respondo, sem perder a calma —, mas pode achar isso, se quiser. Não tenho intenção alguma de provar o contrário.

Solto o punho dela e volto para meu quarto.

Minha aula da manhã é Tutoria, então não é muito cansativa, só nos dão conselhos e orientações para nos guiar no início da universidade. A sala está cheia, e a professora está explicando algo a respeito do refeitório e dos intervalos entre as aulas. Meu caderno está aberto, e minha mão, inquieta, começa a desenhar no papel com a caneta. Só depois de um tempo percebo o que escrevi: *Rain*.

Esse é o nome dela.

Rain Adams é a garota que me salvou naquela noite chuvosa. Estas são as únicas coisas que sei a respeito dela: seu nome e que estuda nesta universidade. Foi tudo o que os médicos me informaram quando acordei no dia seguinte. Pelo que entendi, ela colaborou com a polícia e prestou depoimento sobre o caso. Ainda estão investigando, porque não pareceu um simples assalto — a polícia disse que foi um ataque violento demais, levando em consideração que não reagi.

Mas nunca vi aquela garota. A única coisa que tenho é a lembrança daquela noite fria, de sua voz, sua silhueta e daquele perfume cítrico. Tenho que admitir que quero muito encontrá-la e agradecer, saber como ela é, conhecê-la. Procurei nas redes sociais, mas quando digito *Rain*, o único resultado que encontro são dias chuvosos. Talvez eu esteja pensando demais nela, e talvez Rain nem se lembre de mim.

Sorrio.

Pelo amor de Deus, Apolo, você acabou de começar a faculdade e já está obcecado por uma garota.

Uma voz feminina me tira de meus pensamentos:

— Rain?

Olho para a cadeira ao meu lado e encontro uma garota de óculos e cabelo ondulado. Ela é bonita, e seus olhos castanhos têm um brilho quando ela pergunta:

— Você gosta da chuva?

Na mesma hora entendo o que ela quer dizer: *rain* significa chuva em inglês, o que acho muito irônico dadas as circunstâncias em que conheci Rain. Demoro alguns segundos para respondê-la, porque ninguém falou comigo na aula até agora, e isso me pega de surpresa.

— Na verdade, não mais — declaro.

Ela assente.

— Achei que você faria todo aquele discursinho sobre como adora o barulho da chuva porque te faz relaxar e você fica nostálgico...

Não sei o que responder, então ela dá um sorriso e estende a mão para mim.

— Meu nome é Érica — diz ela —, estou repetindo essa matéria.

Estendo a mão e abro a boca para me apresentar, mas ela continua:

— Muito prazer, Apolo.

— Como você sabe meu nome? — indago.

Érica arqueia a sobrancelha.

— Todo mundo aqui sabe seu nome, Apolo Hidalgo.

— Do que você está falando?

— Você saiu no jornal da universidade nas últimas semanas. Sinto muito pelo que aconteceu. Você está bem?

A expressão de pena me deixa incomodado.

— Estou — respondo, levantando da cadeira.

Saio da sala às pressas. Vou até o quadro de avisos do corredor e encontro várias notícias sobre mim, com meu rosto e meu nome. Percebo que, sim, estive no jornal da faculdade esse tempo todo. Rain deve ter me visto em algum lugar, então ela sabe onde me encontrar, sabe meu nome, meu curso, mas mesmo assim não me procurou. Fico arrasado ao perceber que talvez a garota não faça questão alguma de se encontrar comigo. Afinal, por que ela faria isso? Rain me salvou, não me deve nada. Passo a mão no rosto e dou meia-volta.

Meu celular vibra no bolso da calça, e vejo as mensagens de Gregory. Seu contato está salvo com o apelido "Barata".

> Festa de inauguração do apartamento!

> Nos vemos à noite, cara. E salva meu número com outro nome, senão vou dar um chute na sua bunda.

Bufo e digito uma resposta.

> Pode ir sonhando, Barata. Quem você convidou?

> Uns amigos do meu curso. Tenho que te apresentar para a sociedade, pode caprichar no figurino.

Acabei de chegar no campus, mas Gregory estuda aqui há um ano, então tem um círculo social e muitos amigos, enquanto eu só tenho ele. Perdi as primeiras semanas de aula me recuperando, então a maioria das pessoas do meu curso já formou seus grupinhos, e, novamente, fiquei de fora. Fazer amigos nunca foi meu forte. Na escola, todo mundo que eu conhecia era por causa dos meus irmãos. Os amigos deles acabaram se tornando os meus, porque eu andava junto. Não é uma reclamação, assim fiz minhas melhores amizades, mas nunca fiz amigos *sozinho*. Acho que chegou a hora de mudar isso. Mando uma mensagem para Gregory.

> Quantas pessoas vc chamou?

> Números são só silhuetas refletidas no espaço.

Às vezes, fico me perguntando se está tudo bem dentro da cabeça dele. Não consigo entender como o cérebro do Gregory funciona.

Solto um suspiro e ligo para ele. A ligação está com tanto ruído que não sei se ele realmente foi para a aula ou se está andando por aí com os amigos.

— Quantas pessoas? — pergunto.

— Doze e meia, acho?

Ele ri, e eu estreito os olhos.

— E meia?

— Uma das garotas vai levar a cachorrinha dela.

Isso melhora as coisas. Adoro cachorrinhos.

— Qual o nome da cachorrinha?

— Cookie.

— Beleza.

Gregory me diz mais alguma coisa e desliga. Só então percebo que ele apelou para a cachorrinha para me distrair; tenho certeza de que o apartamento vai ficar lotado. Mas acho que será uma oportunidade de socializar.

No caminho de volta para a sala de aula, o corredor está cheio de gente. Algumas pessoas me olham curiosas, e outras, com pena. Embora não tenha mais hematomas, ainda estou com pontos que tive que levar do lado esquerdo da mandíbula e perto do olho direito. Baixo o rosto e finjo dar uma olhada no celular.

Cítrico...

Ergo a cabeça ao sentir um perfume cítrico. No mesmo instante, volto àquela noite, ao frio, à dor, àquele sussurro suave no meio de tudo: *Você vai ficar bem.*

Quando me viro, vejo um grupo de alunos passar e se misturar à multidão. Fico parado no meio do corredor, olhando, mas já perdi o grupo de vista.

Chega, Apolo.

Sigo meu caminho, mas minha mente fica presa a ela mais uma vez.

Será que algum dia eu vou te encontrar, Rain?

2

APOLO

Gregory não sabe matemática básica.

É impossível que tenha doze pessoas aqui. Já contei mais de trinta, e se não fosse o tamanho do nosso apartamento, sério... não caberia tanta gente. A maioria das pessoas está na sala de estar jogando alguma coisa. Passei um tempo brincando com a Cookie, a cachorrinha da Tania, uma das amigas de Gregory.

— O Gregory falou muito de você — comenta Tania quando eu me abaixo para acariciar a Cookie. — Você faz Psicologia, né?

— Aham — respondo, simpático.

Tania sorri, pega a cachorrinha no colo e se afasta.

Percebi que estou muito reservado desde que entrei para a faculdade. Talvez ainda esteja me acostumando a toda essa nova experiência, sem conhecer ninguém além de Gregory, ou pode ser efeito da violência que sofri. Mas sem dúvida não estou me esforçando para falar com ninguém nem tomando iniciativa, então as pessoas acabam se cansando de tentar fazer a conversa fluir e se afastam. Não posso julgar. Socializar continua não sendo a minha praia.

— Apolo! — A voz de Gregory, que vem da sala, me dá um susto. — Vem cá! Apolo!

Forço um sorriso e vou até a sala de estar. Tania está ao lado de um garoto de cabelo castanho, que estendeu o braço por cima de seu ombro, e agora lembro que, quando fomos apresentados, me disseram que eles são namorados. Kelly está com outras duas garotas, e tem quatro caras que não lembro bem como se chamam — é isso que acontece quando te apresentam mais de trinta pessoas em menos de meia hora.

— Todo mundo na sala! — chama Gregory.

Solto um suspiro quando paro ao lado dele e encaro tanta gente.

Todos estão muito bem-vestidos. Alguns são tão brincalhões e sem-noção quanto meu colega de apartamento.

— Já apresentei todos vocês a esse cara aqui — diz Gregory, me abraçando. — Recomendo cem por cento. — Ele dá uma piscadinha para as meninas. — E está solteiro.

Eu me solto de seus braços e fico vermelho.

— Para com isso.

— Que foi? Por que acha que estamos dando esta festa?

Olho para as pessoas e vejo Kelly, que também olha para mim, sorri e sussurra alguma coisa no ouvido de outra garota. Continuo observando todo mundo, e encontro olhos escuros muito bonitos, quase escondidos dentro de um capuz vermelho, de onde escapam fios de cabelo preto. É a única garota que está usando roupas esportivas. O moletom vermelho tem a insígnia da universidade e está um pouco largo nela, quase cobrindo os shorts. Seu rosto mantém uma expressão calma ao olhar diretamente nos meus olhos, e engulo em seco, porque ela é linda. Fico a encarando feito um idiota, e ela franze as sobrancelhas.

Por fim, a voz de Gregory me faz desviar o olhar:

— Apolo?

— Oi?

— Se quiser falar alguma coisa pra te conhecerem melhor, a hora é agora.

— É... Eu...

Todos me observam, e volto a engolir em seco, porque não sei o que dizer. Não quero passar vergonha na frente de tanta gente. Kelly se levanta.

— O Apolo faz Psicologia, gosta muito de cachorrinhos e tapa os olhos nas cenas com muito sangue em filmes de terror — anuncia Kelly, e todos dão risada. — Vamos continuar a festa.

— Aff! Você sempre estraga meus momentos — protesta Gregory.

Ele faz um joinha para baixo e vai até ela. Kelly sorri para mim, e sinto que preciso agradecê-la por me salvar dessa. Acho que ela foi a única que percebeu como eu estava desconfortável sendo o centro das atenções daquele jeito. Também fiquei surpreso por ela ter reparado que não assisto às partes sangrentas nos filmes de terror; Gregory, Kelly e eu vemos filmes juntos às quintas, um ritual que ele está determinado a manter. É como se a garota prestasse muito mais atenção em mim do que notei. Mas por quê? Olho para eles, e Gregory está lhe dando um beijinho carinhoso na bochecha, quando ela me lança um olhar rápido e volta a atenção para ele.

Balanço a cabeça. Kelly só está tentando ser simpática comigo, nada mais.

Preciso tomar um ar, então vou para a varanda. Do sétimo andar, as luzes da cidade resplandecem. À distância, dá para ver o campus da universidade, meu novo lar, o lugar onde passarei horas estudando. Sinto saudade de casa, e mesmo que não seja tão longe, não vou conseguir voltar todos os fins de semana, então vai ser difícil de me acostumar. As pessoas sempre me acharam sensível, e tive sorte de meus irmãos nunca terem pegado no meu pé por isso. Não é segredo para ninguém que parece ridículo um homem chorar numa cena triste de filme ou em determinadas situações, mas isso é por causa de um estereótipo sexista de que homens precisam ser fortes e de que a masculinidade será afetada ao demonstrar emoção.

Por esse e por vários outros motivos, decidi estudar Psicologia. A mente humana é complexa, ainda muito inexplorada, e quero ajudar o máximo de pessoas que eu conseguir. Antes de escolher meu curso, queria fazer Medicina Veterinária — só que tudo mudou quando fui a um hospital veterinário para entender como seria a atuação na área. Saí de lá com o coração partido. Havia muitos animais resgatados que estavam felizes, mas nem todos. Naquele dia, percebi que não daria conta, não seria capaz de colocar pequenos animais indefesos para dormir eternamente, mesmo que para o bem deles, não conseguiria enfrentar a morte do animal de estimação de alguém se algo desse errado. Eu me conheço muito bem e sei que, com o passar do tempo, cada morte iria me destruir um pouco. Então aqui estou eu.

— Tudo bem?

Fiquei tão absorto em pensamentos que não percebi que aquela garota linda de cabelos e olhos pretos, para quem eu estava olhando feito bobo há alguns minutos, veio para a varanda.

— Tudo, sim.

— Você não parece estar se divertindo muito.

Ela se aproxima e para bem ao meu lado, de frente para o parapeito.

— Festas não são a minha praia — admito.

A garota sorri.

— Então você tem que se acostumar, porque o Gregory... — hesita ela, com uma expressão dramática. — Chamam ele de festeiro de carteirinha.

— No fundo, não me surpreende.

Ela estende a mão para mim, e eu a aperto.

— Meu nome é Charlotte, mas meus amigos me chamam de Char.

— Muito prazer, Char. Acho que você já sabe o meu nome. Gregory está falando para todo mundo a cada cinco segundos.

Charlotte solta a minha mão.

— Apolo, né?

Meu olhar desce até seus lábios quando ela diz meu nome, e engulo em seco.

— É. Bem, Char, como você acabou virando amiga da loucura em pessoa que é o Gregory?

— Quem não acaba virando amigo dele? — retruca ela, bufando. — Ele é um pé no saco, é escandaloso e não fica quieto nem debaixo d'água, mas sempre garante diversão e boas risadas. Ele é a alma da festa, você sabe.

Entendo perfeitamente. Gregory é assim desde a escola. Charlotte volta o olhar para a vista da cidade, então faço o mesmo.

— Eu sou o oposto do Gregory — declaro.

— E tudo bem. Se todo mundo fosse igual, o mundo seria uma chatice.

Suspiro.

— Sei lá, às vezes eu queria ser um pouco mais… extrovertido.

— Que nada. — Charlotte olha para mim outra vez. — Você está bem assim.

— Você nem me conhece.

— É verdade. Mas a primeira impressão que tive foi boa.

Eu me viro totalmente para ela e apoio o antebraço no parapeito, curioso.

— E que impressão foi essa?

Charlotte também fica de frente para mim.

— Você é um cara quieto e tem um bom coração, e não gosta de ficar sob os holofotes. Também reparei que fica tão imerso nos pensamentos que se desconecta de tudo, e por isso tem mais dificuldade em fazer amigos. Você gosta de curtir sua própria companhia.

— Caramba. Você não acha essa análise profunda demais?

— Curso Psicologia há três anos. Acho que, se não conseguisse fazer uma análise profunda agora, eu seria um fracasso.

— Você faz Psicologia?

— Por que está surpreso?

— Achei que o Gregory só tinha convidado o pessoal de Engenharia.

— O alcance da personalidade escandalosa do Gregory ultrapassa os limites do curso dele.

— Dá pra ver.

— Então não precisa pensar duas vezes quando tiver que me pedir alguma ajuda. O primeiro ano pode ser desafiador, mas estou à disposição.

Eu a encaro e noto a maturidade de suas palavras e de sua expressão.

— Então você só veio até aqui, na varanda, para me analisar? — pergunto, curioso.

— Você sabe que isso é um mito, né? Na verdade, estudar Psicologia ou ser psicólogo não quer dizer que a gente vai analisar todo mundo o tempo todo. Mas não dá para negar que temos, sim, uma compreensão mais avançada a respeito do comportamento e do raciocínio humanos.

Ouvir Charlotte falando desse jeito faz com que eu volte a ficar encarando, boquiaberto. Ela é linda, inteligente e estuda o mesmo que eu... Seria muito ousado chamá-la para sair? Qual a pior coisa que pode acontecer? Ela dizer "não"? Bem, eu posso acabar assustando a única pessoa com quem, pelo visto, consegui conversar esta noite.

Não estraga tudo pensando com a cabeça de baixo, Apolo.

— Que foi? — pergunta ela. — Tem alguma coisa no meu rosto?

— Você é muito linda.

A ideia de não estragar tudo caiu por terra, né, Apolo?

Mas Charlotte não parece se incomodar e abre um sorriso.

— Muito obrigada, Apolo.

— Imagina.

Silêncio.

Ela dá um passo em minha direção e depois outro até que haja apenas um pequeno espaço entre nós dois. Então Charlotte se inclina e me dá um beijo na bochecha.

— Nos vemos por aí — diz ela.

Com um último sorriso, ela volta para o apartamento.

Coloco a mão no peito e percebo que meu coração ficou um pouco acelerado. Chegando assim tão de repente... Charlotte queria me causar um infarto? Já estou até parecendo o Ares. Passar o verão com meu irmão e seus intermináveis estudos de Medicina devem ter me afetado.

Volto para o apartamento, e parece que algo mudou, mas não faço ideia do quê. Olho ao redor e todos estão dançando e cantando uma música que não conheço. Paro em um canto, observando, e meus olhos inquietos procuram Charlotte, mas, sem querer, acabo encontrando Kelly. Ela está dançando com as amigas, subindo a barra do vestido pelas coxas enquanto rebola o quadril, de um jeito bem sensual. Contraio os lábios e tento desviar o olhar, mas minha atenção sempre volta para ela. A forma como ela se balança, tão confiante, tão segura de si e do quanto é sexy, prende meu olhar.

Ela solta o vestido e sobe as mãos para levantar o cabelo solto e deixá-lo cair devagar com cada movimento de seu corpo. E, então, Kelly se vira, e seus olhos encontram os meus. Um sorriso provocante toma seus lábios, e agora é como se ela estivesse dançando só para mim. Ela passa as mãos pelo quadril, pela cintura e pelos seios num gesto tão sensual que, por um instante, esqueço que estamos rodeados de gente.

Ela vem na minha direção, e eu balanço a cabeça, mas é inútil. Kelly me ignora e não para de dançar em nenhum momento, de frente para mim. Morde o lábio e se vira de costas para rebolar. Sua bunda começa a roçar de leve na parte da frente da minha calça, e eu cerro os punhos, porque estou gostando disso muito mais do que deveria.

Quando foi a última vez que dormi com alguém?

Kelly pressiona a bunda em mim, e eu prendo a respiração. Depois de passar tantos meses sem ter contato físico com ninguém, não demoro muito a ficar duro. Tenho que acabar com isso. Agarro os quadris da garota com força e faço ela parar, mas Kelly se inclina para trás, acariciando meu cabelo, e consigo ver seu rosto de perfil.

— Só estamos dançando, Apolo.

Mentirosa. Ela sabe o que está fazendo.

Cravo os dedos em seus quadris e sussurro em seu ouvido:

— Para de me provocar.

Roço minha ereção em Kelly e a ouço suspirar.

— Ou o quê? — desafia ela. — Vai me castigar?

Suas palavras me fazem imaginá-la em uma posição sexual gostosa.

Balanço a cabeça e tento tirar os pensamentos do vazio luxurioso em que caíram. Contra a minha vontade, empurro-a com gentileza e vou em direção ao meu quarto. Ouço Kelly me chamar, mas sigo em frente, em meio às pessoas ofegantes. Entro no quarto, fecho a porta e apoio as costas nela. Fecho os olhos e me esforço para controlar a respiração. A sensação do corpo dela, de sua bunda, continua vívida em minha mente. Passo a mão pelo rosto e me jogo na cama. Talvez dormir ajude. Demoro um pouco, mas acabo adormecendo.

Desperto com uma batida à porta. Eu me sento na cama e acendo o abajur na mesa de cabeceira. Não estou ouvindo mais a música nem o alvoroço lá fora, então presumo que a festa deve ter acabado. Olho a hora no celular: 4h20. Esfrego os olhos de leve e vou até a porta, esperando ver Gregory, mas não é ele.

— Kelly — digo, sério.

Ela sorri para mim e entra no quarto, trancando a porta.

— O que você está fazendo aqui? — Minha voz está mais rouca do que o normal, já que acabei de acordar.

Embora a maquiagem dela não esteja mais tão intacta, Kelly continua linda. Ela contrai os lábios e abre um sorriso sedutor, e é como se eu voltasse a sentir tudo o que ela provocou em mim algumas horas atrás.

— Você tem tanto medo de quê, Apolo? — indaga Kelly com sua voz suave e sensual, ecoando na penumbra do meu quarto.

Respiro devagar, em uma tentativa frustrada de ficar calmo. Ela me provocou demais, já aguentei muito.

De repente, Kelly leva a mão à minha calça, e eu seguro seu pulso com certa hesitação. A garota procura meu olhar, inclinando a cabeça com malícia.

Que merda estou fazendo?

Uma coisa é certa: Kelly se transformou em um tormento lascivo. E eu não sei o que fazer.

3

APOLO

Um convite…

Uma garota linda entrou sorrateiramente no meu quarto…

A intenção está evidente em seus olhos…

E aqui estou eu, decidindo o que fazer.

Seria uma decisão muito fácil se ela não tivesse um caso com Gregory. Eles não têm nada sério, mas ainda assim não posso me deixar levar por meus instintos, arriscando causar no meu amigo uma mágoa ou uma chateação que seja. Além disso, as coisas não terminaram bem nas vezes em que me deixei levar e fui impulsivo. Uma vez, acabei com o coração partido, e na outra quase destruí minha relação com Ártemis, meu irmão mais velho. Então, apesar de tudo que estou sentindo da cintura para baixo, continuo apertando o pulso de Kelly e, gentilmente, abro a porta e a levo para fora.

— Você bebeu demais — digo, sorrindo. — Acho que deveria dormir.

Ela se solta e me olha surpresa.

— É sério?

Assinto, e os olhos dela ficam vermelhos e um pouco marejados. Mas ela tenta agir com naturalidade e solta um pigarro.

— Beleza, desculpa, de verdade. Entendi tudo errado.

— Não tem problema.

Kelly franze os lábios, e dá para ver que está segurando as lágrimas. A última coisa que quero é magoá-la, e não sei o que dizer. Ela dá meia-volta e desaparece no corredor. Frustrado, dou um soco no batente e fecho a porta.

Que noite.

Vou dormir com o rosto corado de Kelly atormentando meus pensamentos. Não queria machucá-la. Sei que ela é responsável por suas ações, mas não quero que ache que não é atraente ou que a rejeitei por esse motivo. Ela deve saber que foi por causa do Gregory, né? Espero que isso não a deixe amargurada. Ah, merda, quanto mais penso nisso, pior eu me sinto. Talvez eu esteja exagerando. Kelly não é frágil, e estou sendo arrogante em acreditar que de alguma forma eu acabaria com a autoestima de uma garota que parece tão autoconfiante.

Vai dormir, Apolo.

Finalmente, o pouco álcool que bebi me ajuda a adormecer.

— E então eu falei: "Por isso você não vai passar em Introdução à Psicologia, seu idiota." Sei porque foi o que aconteceu comigo.

Érica me conta uma discussão que teve com um colega de classe. Pelo jeito, conversar apenas uma vez foi o bastante para nos tornarmos amigos. Hoje nos falamos durante algumas das aulas em comum que tivemos e até comemos juntos no refeitório.

No último tempo, reparo que Érica está guardando um lugar para mim. Ela acena quando eu entro na sala de aula e me chama para sentar com ela. Não reclamo; como não sou muito bom em socializar, agradeço por existirem pessoas assim. Passo a mão pelo rosto. Ela ajeita os óculos e me observa como se quisesse analisar os mínimos detalhes.

— Alguém teve uma noite agitada — comenta ela.

Percebo que ela é o tipo de pessoa que você mal conhece e já sente confiança, como ao reencontrar um amigo de outra vida.

— Festeiro de carteirinha — murmuro e tomo um gole da garrafa de água na minha frente.

— O festeiro de carteirinha é seu amigo?

— Aham. Você conhece ele?

Não me surpreende Érica saber o apelido de Gregory, o estranho é o silêncio que fica depois da pergunta. Ela não parou de falar desde que me sentei, mas, de repente, menciono Gregory e o assunto morre. Olho bem para a garota. Ela está sentada com a postura ereta, mas a cabeça baixa, o cabelo ondulado cobrindo o rosto e as mãos se mexendo no colo. Franzo as sobrancelhas e percebo que Érica está com uma roupa bonita: um suéter azul largo e calça jeans escura.

— O que foi? — pergunto.

Érica desvia o olhar e dá de ombros.

— Nada.

Como ela não olha para mim, fico incomodado.

— Érica...

A garota se levanta de repente, e eu me inclino para olhar para ela.

— Vou comprar um doce. Quer alguma coisa?

— A aula já vai começar.

— Já volto.

— Érica!

E ela vai embora como se precisasse sair daqui com urgência. A aula começa, e fico encarando a porta, esperando vê-la entrar e se desculpar com o professor pelo atraso, mas isso não acontece. Olho para a mesa dela e percebo, tarde demais, que Érica levou todas as suas coisas.

Ao sair da sala de aula, ando pelo corredor principal do prédio procurando por Érica, mas não a encontro. Ao longe, alguém acena para mim com entusiasmo, e paro até conseguir ver quem é: Charlotte. À luz do dia, a garota é ainda mais bonita. Seu cabelo preto contorna o rosto e seu rosto se ilumina com um sorriso animado. Seu vestido cai muito bem no corpo, destacando cada curva, cada forma. Não esperava vê-la tão cedo, então aceno como um idiota.

Relaxa, Apolo.

— Meu querido tagarela noturno — cumprimenta ela com um tom suave, já na minha frente.

— Olá, minha quase psicóloga, acho?

Ela dá risada, e fico aliviado por ter soado engraçado.

— Está livre? — pergunta ela.

Assinto.

— Vamos tomar um café, então?

Oi? Fico em transe por alguns segundos, e Charlotte só me observa, achando graça. Ela está...?

Não, não, Apolo, ela só está sendo legal.

— Sim, vamos.

Charlotte me leva até uma cafeteria perto do campus, e nos sentamos um de frente para o outro na mesa ao lado de uma janela enorme. Ela me conta que precisa entregar um trabalho de uma matéria muito importante e começa a comentar sobre ele. Eu me esforço para não focar em sua boca. Nossa, os lábios dela são lindos.

— Apolo?

— Sim?

— Você está bem? Acho que te deixei entediado, desculpa. Quando começo a falar, não paro.

— Fica tranquila, eu gosto disso. Sou um bom ouvinte.

Charlotte toma um gole do café, e eu também.

— Quer passar lá em casa? — pergunta ela.

Eu me engasgo e dou uma tossida.

— O quê?

Ela abre um sorriso.

— Quer passar lá em casa?

Não, Apolo, não pense que... Talvez ela só queira te mostrar o apartamento.

— Aham.

33

Enxugo as mãos suadas na calça.

— Bem, então vamos.

Charlotte se levanta e coloca a bolsa no ombro.

Ela é alta e imponente, tem um corpo curvilíneo e um rosto lindo. Anda com a segurança de quem sabe que é atraente e não precisa que ninguém diga. Confesso que fico um pouco intimidado — além da beleza, Charlotte é incrivelmente inteligente. Pegamos um Uber até seu endereço. Nós nos sentamos no banco de trás, e ela sorri para mim antes de olhar pela janela. Minha mão está no banco, entre nós dois, e engulo em seco quando ela coloca a mão sobre a minha, seu olhar ainda voltado para o lado de fora.

Isso é, sim, um sinal. Não quero apressar as coisas, mas será que tenho camisinhas? Aliviado, lembro que Gregory insistiu que eu sempre carregasse algumas na carteira com um de seus ditados sem sentido: "Você nunca sabe em que poça vai pisar no caminho."

O condomínio de Charlotte é muito bonito e fica em uma parte bem agitada da cidade. Ela me conta como foi se mudar para longe de sua família, e eu comento sobre como tem sido difícil para mim. Em poucos minutos, entramos em seu apartamento; é pequeno, mas está decorado de uma forma aconchegante.

Não fica nervoso, Apolo.

Charlotte diz para eu me sentar no sofá e vai preparar bebidas para nós dois. Pela janela, consigo ver o início do pôr do sol. Não, não é possível que ela tenha me chamado aqui com intenção de... em plena luz do dia, né?

— Então... Qual é a sua história, Apolo?

Ela me entrega um copo e se senta ao meu lado.

— Como assim?

— A história da sua vida amorosa.

Isso faz com que eu dê um sorriso triste.

— Não tem sido muito boa, nem interessante.

— Caramba... Já partiram seu coração?

— Todo mundo passa por isso, né?

— Então é por isso que você é tão reservado? Tem medo de se machucar outra vez?

— Não sou reservado.

— Você quase não fala.

— Você me analisou ontem à noite e chegou à conclusão de que eu sou introvertido, né? Pessoas introvertidas não são muito de falar.

Charlotte coloca o copo na mesa de centro e se aproxima de mim. Sinto minha respiração acelerar ao ver o rosto dela tão perto do meu. Sua mão toca meu rosto, e eu umedeço os lábios.

Ela volta a sorrir e pergunta:

— Quer me beijar?

— Muito.

— Então o que...

Não a deixo terminar a frase: beijo Charlotte com desespero, o desejo regendo minhas ações e me instigando a ir além. A boca dela está com gosto de vinho ou o que quer que esteja tomando. Eu a beijo loucamente, e seus lábios são tão macios quanto eu havia imaginado. Em minha defesa, faz muito tempo que não tenho contato físico com ninguém. Vou para cima de Charlotte, que se deita no sofá, embaixo de mim. Nossas respirações estão ofegantes, e fico surpreso ao sentir a mão dela deslizar por dentro da minha camisa. Mas não para por aí; ela passa a mão por meu abdômen e desce até minha calça e a desabotoa. Como fez isso com uma mão só? Pelo visto, Charlotte é habilidosa, e confirmo isso quando enfia a mão na minha cueca. Suspiro em seus lábios. Ela sabe muito bem o que está fazendo. Não paro de beijá-la — seu pescoço, seus lábios, tudo o que consigo alcançar.

O tempo sem sexo e a destreza de Charlotte são uma terrível combinação, porque a mão dela só precisa fazer alguns movimentos para me levar ao limite.

— Espera, espera, espera — peço, contra seus lábios.

Charlotte sorri e morde minha boca, depois continua de forma mais agressiva e rápida. Entre gemidos e suspiros, fecho os olhos e descanso a testa na dela, porque é uma sensação incrível.

O calor aumenta, e sei que estou quase lá, mas, droga, por algum motivo, é o rosto de Kelly que vem à minha mente. Eu me lembro do corpo de Kelly se esfregando no meu quando ela dançou para mim na sala de estar. *Não, não.* Quando abro os olhos, vejo Charlotte. Ela é quem está aqui, e é ela quem eu desejo agora. Eu a beijo outra vez, com certa urgência.

Ou o quê? Vai me castigar?

Chega.

Mas minha mente, tomada pelo tesão e tão perto do orgasmo, não se controla. Imagino Kelly debaixo de mim, suas pernas ao redor da minha cintura enquanto mostro a ela que não sou o menino inocente que ela pensa. Charlotte continua com o movimento até eu gozar em sua mão e um pouco na sua roupa.

— Nossa, foi rápido — comenta ela, num tom brincalhão.

Não sei o que é pior: ejacular tão rápido e ficar envergonhado na frente de uma garota tão linda quanto Charlotte ou ter pensado na ficante do meu amigo enquanto gozava.

Que ótimo começo de faculdade, Apolo.

4

APOLO

Sexo.

Simples? Ou complicado?

Sempre dizem que depende de quem você é. Para alguns, que parecem ter vindo da Idade da Pedra, é um número, uma competição: "Com quanto mais garotas você transar, mais será considerado um verdadeiro homem." Babacas. Para outros, é uma zona de exploração ou o único critério para curtir alguém: "Se o sexo for bom, vou sair com ela mais vezes." Há quem veja apenas como um ato de prazer, sem a necessidade de laços ou explicações: "Transo porque gosto. Simples assim." E também tem as pessoas que consideram sexo um ato sagrado ou algo que só fazem com alguém com quem se importam e amam de verdade.

Bem, o meu caso? Para ser sincero, não entendo nem sei o que sexo é para mim. Perdi a virgindade com uma garota por quem estava apaixonado. Como havia sentimentos envolvidos, tudo se tornou muito melhor. Mas ela saiu da minha vida, e depois disso tentei dormir com outras pessoas sem envolver sentimentos, nomes ou laços, e falhei miseravelmente. Como me dei muito mal, percebi que isso não era para mim e parei.

O que estou fazendo aqui com Charlotte, afinal? Acabamos de nos conhecer, então não vou até o final, mas vou fazê-la gozar para retribuir o favor. Recorro a meus dedos, já que recebi muitos elogios pelas minhas habilidades, e Charlotte parece surpresa de chegar ao orgasmo tão rápido. A garota tenta me tocar de novo, mas balanço a cabeça. Não quero ir mais longe.

Depois de chegar ao ápice, Charlotte vai ao banheiro por alguns minutos enquanto abotoo a calça. Sentado no sofá, me debruço sobre os joelhos com a mão na cabeça. Ela parece ter gostado, então acho que não estraguei tudo. Talvez eu devesse convidá-la para comer alguma coisa? Ou seria demais? Assim podemos nos conhecer melhor e avançar um pouco mais.

Eu me levanto e passo a mão pelo rosto. Coloco os olhos na TV enorme à minha frente e no rack. Franzo as sobrancelhas ao notar vários porta-retratos, todos com fotos de Charlotte com um homem alto, loiro e barbudo. Sei na hora que não é um parente, porque em uma das fotos eles estão se beijando em frente à Estátua da Liberdade. Em algumas, ela parece mais jovem, então devem estar juntos há alguns anos.

Puta merda. Será que me meti com uma mulher casada?

Se eu soubesse, jamais teria cruzado esse território. Depois de tudo o que minha família passou por conta da infidelidade da minha mãe, todo o mal que isso causou, a dificuldade para conseguirmos nos reerguer... Eu nunca me colocaria nessa posição. Caramba, o que estou fazendo aqui, afinal? Só vi Charlotte duas vezes e já a fiz gozar no apartamento que ela divide com o... marido? Namorado? Não me reconheço mais. Eu me deixei levar pelas circunstâncias. Charlotte sai do banheiro, agora com um vestido que vai até os joelhos. Seu rosto se ilumina em um sorriso, e tenho tantas perguntas presas na garganta... Ela deve ter percebido pela minha expressão, porque seu sorriso se desfaz e seus olhos seguem os meus até as fotos.

— Ah... — Suspira. — Não se preocupe com ele.

Não sei o que responder. Charlotte dá outro sorriso e se senta ao meu lado, jogando o cabelo para trás.

— É um relacionamento aberto — explica ela.

— Relacionamento aberto?

E logo quando pensei que já tinha visto de tudo...

— Sim, sim — diz ela —, então pode parar de ficar tão tenso, Apolo.

Charlotte me dá um tapa na coxa, brincalhona, e continua:

— Ele sabe o que eu faço e eu sei o que ele faz. Não somos monogâmicos.

Isso é sério?

— Os dois concordam com isso?

Agora estou mais curioso. Ela assente.

— Honestidade é fundamental para a gente, e combinamos de não ficarmos com a mesma pessoa mais de uma vez. Para evitar complicações, sabe?

— Quer dizer que não vamos nos ver de novo?

— Isso mesmo.

E eu achei que estava começando algo com ela, pensei até em convidá-la para um encontro, mas pelo jeito sou apenas uma escapadinha para Charlotte.

Fico de pé.

— Tenho que ir.

— Apolo...

— Preciso voltar logo, antes de escurecer. — É a verdade. Desde que fui assaltado, não me sinto seguro em ficar na rua à noite. — Obrigado por tudo.

Meus olhos passam de novo pelas fotos. Os dois parecem muito felizes juntos.

— A gente se vê — digo —, ou não, né? Bem, já vou.

Ando até a porta, mas Charlotte vem atrás de mim, segura meu braço e me vira.

— Ei, não vai desse jeito. — Ela sorri. — Vamos conversar.

Conversar sobre o quê? Sobre como eu sempre acabo entendendo tudo errado?

— Não precisa.

Afasto a mão dela e vou embora.

***

Uísque tem gosto de terra.

Sempre disse isso. Tive conversas engraçadas com meus irmãos sobre o assunto, mas, mesmo assim, aqui estou, no sofá em L da minha sala com um copo de uísque na mão. Talvez eu esteja me castigando por ter ficado com alguém comprometido. Tecnicamente, o namorado dela não se importa, mas isso não diminui meu desconforto. Por que sempre me meto nessas situações sem querer?

Tomei quase metade da garrafa de uísque antigo que Gregory guarda em um dos armários de seu bar. Nós temos uma pequena área com um bar onde Gregory brinca de fazer drinques sempre que dá uma festa. O bar tem de tudo, mas escolhi a bebida de que menos gosto porque sou um idiota, apesar de uísque ser o destilado que menos me causa dor de cabeça no dia seguinte. Não costumo beber, então sou bem fraco; fico baqueado com poucos goles.

Eu me afundo ainda mais no sofá e viro a cabeça para a varanda. O crepúsculo pinta o céu de laranja, a luz do sol desbota, e me lembro de meus irmãos e amigos naquele dia na praia, antes de a maioria deles ir para a faculdade. É uma das memórias mais bonitas que tenho. Naquele momento, foi só mais uma loucura, mais uma fogueira, apenas mais um dia de praia. Olhando para trás, percebo como foi mágico. E agora estou distante de casa, me adaptando à nova cidade, e acho que não estou me saindo muito bem. Pelo menos Gregory está por perto.

Escuto a porta, presumo que seja ele, então continuo sentado, bebendo. No entanto, vejo Kelly se aproximar. Acho que ela fica surpresa ao ver o copo na minha mão e o meu aspecto geral.

— Bebendo numa quinta-feira? Semana difícil? — pergunta Kelly.

Ela coloca caixas de pizza e uma sacola com duas garrafas de Pepsi de dois litros na ilha da cozinha.

Ah, é quinta-feira. Dia de ver filme. Tinha esquecido.

— Vida difícil — sussurro.

— O quê? Não ouvi.

Ela prende o cabelo em um coque, depois coloca as garrafas de Pepsi na geladeira. Fico olhando como um bêbado idiota. Está usando uma calça jeans justa e um top sem alças, que revela duas linhas ligeiramente mais claras que o resto de sua pele na área da clavícula; marquinhas de biquíni depois de um bronzeado intenso. Quando termina de arrumar as coisas, vem até mim e se joga na outra ponta do sofá.

— Você está bem? — indaga ela.

— Por que não estaria?

Kelly faz uma careta.

— Sei lá... Você não é de beber, muito menos durante a semana.

— Você não me conhece.

Ela não esperava essa resposta. Kelly parece triste, e não sei de onde vem meu tom rude e raivoso.

— Beleza, você está de mau humor. Mas beber não vai resolver seus problemas, Apolo.

Encaro-a durante alguns segundos. *Por que ela?*, pergunto para mim mesmo. Kelly é linda, mas Charlotte também. Então por que Kelly invadiu meus pensamentos quando eu estava com Charlotte? É porque eu a desejo, mas não posso tê-la?

Então me lembro das vezes em que rimos de coisas idiotas enquanto cozinhávamos ou assistíamos a algum filme com Gregory. Penso no quanto ela se esforça para contar uma piada sem graça, ou no estranho fascínio que tem por torradinhas com patê de atum. Então percebo o óbvio: gosto dela. Essa é a diferença entre as duas. Charlotte é muito atraente, mas não a conheço, não da mesma forma que Kelly. E gosto do que sei sobre Kelly.

Bem, Apolo, você gosta da ficante do Gregory. Está indo de mal a pior: primeiro uma mulher comprometida, agora a garota do seu melhor amigo.

Termino o copo de uísque em um gole. O álcool desce queimando a garganta, e, por um segundo, não penso em mais nada. Abro a garrafa para servir outra dose, mas sinto um toque na minha mão.

— Apolo — diz Kelly, em um tom mais suave, mais gentil. — Já chega.

Quando levanto o rosto, a vejo de pé, inclinada sobre mim, a mão na minha enquanto seguro a garrafa. Alguns fios de cabelo escaparam de seu coque bagunçado, e seus olhos irradiam paz e compreensão. Desvio o olhar de seus lábios entreabertos.

— Não se encara os problemas assim — declara ela.

Kelly tenta pegar a garrafa, mas eu a afasto e sirvo a dose.

— E como eu devo encarar os problemas? — indago.

Não sei o que está acontecendo comigo. Isso não é só por causa da Charlotte ou da Kelly, é uma questão mais profunda. Parte de mim está ferida e não sabe o que fazer para melhorar ou lidar com o que me fez mal. E é uma coisa que permanece no peito. A violência que sofri despertou algo dentro de mim que sempre vem à tona quando passo por uma situação ruim ou quando bebo. Por quê? Achei que eu estivesse bem, que ficaria bem, que só precisava de tempo. Minha família queria que eu fizesse terapia, mas jurei que estava bem. Devia ter feito? Devo fazer? Uma das coisas que menos reconheço em mim mesmo é toda essa raiva, esse sofrimento. Nunca fui uma pessoa agressiva; violência nunca foi a resposta para mim. Então por que agora perco a cabeça tão facilmente? De onde vem tudo isso?

— Vocês começaram a festa sem mim!

De repente, Gregory entra na cozinha e deixa seus livros ao lado das pizzas. Kelly dá um passo para trás e volta a se sentar na outra ponta do sofá.

— Caramba, uísque? Que sofisticação, Apolo! — comenta ele, indo até a geladeira pegar uma cerveja. — Estou doido para tomar uma cerveja, desculpe por te acompanhar com uma bebida tão vulgar, sr. Hidalgo.

— Gregory… — diz Kelly, gesticulando. — Agora não.

— Desde quando você é tão chata, gatinha? — indaga Gregory, tomando um gole da cerveja e se sentando ao meu lado. — Alguma ocasião especial?

— A vida é uma merda — declaro.

Gregory assente.

— Saúde!

Ele ergue a cerveja e brinda comigo. Meu sistema motor está entorpecido, então, com o impacto, quase deixo o copo cair. Gregory o pega antes que eu consiga estabilizá-lo de novo.

— Tudo bem, cara? — questiona ele.

— Tudo ótimo.

— Você não ficava bêbado assim desde a minha formatura.

Ele me observa. Sorrio e balanço a cabeça.

— Quer saber o motivo? — indago.

Levanto o copo de uísque para Kelly. Gregory franze as sobrancelhas e olha para ela.

— Vamos, motivo — digo. — Levanta aí.

Kelly tensiona, mas fica em silêncio. Tomo um gole sem tirar os olhos dela e, quando abaixo o copo, continuo:

— Que foi, Kelly? Perdeu a coragem?

Gregory volta a olhar para mim.

— Aconteceu alguma coisa que eu não estou sabendo? — questiona ele.

Kelly comprime os lábios.

— Ele está bêbado, Greg.

— Bêbados costumam dizer a verdade, Kels. Você tem alguma coisa pra me contar, Apolo?

Eles têm apelidos, como é de se imaginar.

Kelly fica tão pálida que parece não estar respirando. Para o meu azar, meu cérebro embriagado não pensa muito bem e me lembro de Ares me explicando por que sempre diz a verdade: "Ser sincero não é fácil, Apolo, mas a verdade é importante, mesmo que seja desconfortável ou dolorosa. No fim, sempre descobrem, e se for por você, não por outra pessoa, é muito mais fácil consertar amizades, situações ou relacionamentos."

Escolhi o pior momento para seguir o conselho do meu irmão.

— Eu gosto da Kelly.

Silêncio absoluto.

Por alguns segundos, a única coisa que consigo escutar é o barulho do gelo batendo no copo quando tomo outro gole. Kelly está com a mão sobre a boca, e Gregory encara a própria cerveja. Se eu não estivesse tão tonto, teria me preocupado mais com o constrangimento da situação. Coloco o copo na mesa e me levanto, cambaleando.

— Acho que... vou ao... banheiro...

Gregory fica em pé e coloca meu braço em cima de seu ombro, oferecendo apoio.

— Vamos lá, eu te ajudo.

Vomito até a alma, e a partir disso tudo vira um borrão. Gregory me leva para o quarto, e caio na cama. Ele me ajuda a tirar os sapatos, mas, antes que saia, o seguro pela camisa.

— Eu... nunca faria nada pra te magoar — digo, minhas palavras se atropelando um pouco.

Gregory parece me entender, porque suspira e se senta ao meu lado.

Continuo:

— É só que... eu tinha que ser honesto com você.

— Você é incrível, cara — responde ele, com um sorriso. — A gente não tem nada sério, mas agradeço a sinceridade. Só preferia que você tivesse me contato a sós.

— Desculpe — murmuro —, sou um idiota. As coisas nunca saem como eu quero.

Gregory dá uma risadinha.

— Você tem que parar de levar a vida tão a sério, Apolo — aconselha Gregory, balançando a cabeça. — Você só tem dezoito anos, está na faculdade, rodeado de garotas... Aproveita.

— Eu não sou assim — admito, encarando o teto. — Penso demais em tudo, me preocupo com tudo, quero... sair com alguém, dar todo o meu amor e minha atenção para uma pessoa só de cada vez. Não quero dar migalhas passageiras de quem eu sou para um monte de gente só por diversão. — Bufo. — Estou errado, né? Não sou normal.

Gregory ri de novo, segurando meu rosto.

— Você é incrível pra caramba, Apolo Hidalgo. — Ele me solta e continua: — Você é você, cara. Nunca sinta que precisa ser como todo mundo. Se quiser sair com a Kelly, tudo bem por mim. Sempre vou respeitar a vontade dela.

Eu me lembro de Charlotte.

— A gente deveria ter um relacionamento aberto, nós três — sugiro.

E começo a rir da minha própria ideia.

Gregory também dá risada.

— Onde você está aprendendo essas coisas? — indaga ele, ainda rindo. — Quem encheu a cabeça do inocente Apolo com essas ideias? Desonraram o filho dessa casa! — exclama ele, dramático.

— Cala a boca.

— Tenta descansar, bebum. — Ele se levanta e vai até a porta.

— Gregory? — chamo.

Ele se vira pela última vez.

— Não vou tentar nada com ela. Só queria que você soubesse.

— Vou respeitar o que ela quiser — responde ele, dando de ombros. — Sério mesmo, você precisa relaxar. Eu estou de boa.

E, com isso, Gregory sai do quarto. Fecho os olhos. Estou prestes a dormir quando o barulho da chuva batendo em minha janela me deixa em alerta. Eu me lembro daquela noite e me recuso a revivê-la, a sentir o medo e a dor de novo, então cubro o rosto com o travesseiro, mas as imagens continuam a invadir minha mente.

Por alguma razão, o primeiro soco foi o que mais doeu, o que me desorientou, o que me fez perceber que o mundo não é como eu acreditava. Há maldade gratuita, pessoas que violentam outras sem motivo, sem provocação. Não resisti, entreguei tudo o que eu tinha de valor, e, ainda assim, havia muita raiva nos socos e chutes que levei. Por quê? Acho que a falta de resposta também contribui para que eu me sinta assim.

Não quero mais ouvir a chuva. Desajeitadamente, pego os fones de ouvido e o celular. Escolho uma música relaxante e fecho os olhos. Como sempre, aquela garota vem à minha mente.

Rain.

Em minhas memórias nebulosas, ela se inclina sobre mim, o cabelo caindo para o lado, e o guarda-chuva a protegendo. Consigo sentir aquele perfume cítrico com exatidão. É incrível como outros sentidos ficam aguçados quando não conseguimos enxergar direito. A presença dela trouxe um pouco da paz e esperança de que eu precisava, porque estava pronto para morrer ali mesmo, apavorado, pensando que nunca havia imaginado que meu fim seria daquele jeito. Ninguém nunca tinha me ferido assim. Nunca pensei que eu mereceria uma coisa dessas. Sempre fui bom, sempre dei o meu melhor para as pessoas. Então por que acabei ensanguentado em uma rua estreita? Por quê?

Você vai ficar bem.

Minha obsessão com Rain não vem de um lugar romântico, é apenas a mais pura gratidão. Quero olhá-la nos olhos e agradecer de coração. Porque no momento mais terrível, em que perdi toda a esperança, em que o mundo bom que eu havia criado em minha mente desmoronou, ela chegou, juntou os cacos e, com suas ações, disse: *Não pare de acreditar, ainda há bondade neste mundo.*

Talvez fosse apenas bom senso ajudar alguém no meu estado, mas a atitude dela significou tudo para mim. O simples fato de sentir seu calor em meio a tanto frio enquanto esperávamos a ambulância fez toda a diferença. Não tenho palavras para explicar o medo que senti quando achei que fosse morrer sozinho, sem ninguém ao meu lado. Um abraço pode ser o necessário para continuar lutando um pouco mais, ficar acordado por um tempinho.

Abro o Instagram e decido fazer um post. Talvez Rain nem tenha redes sociais, e as chances de ela ver são mínimas, mas tenho que fazer alguma coisa.

Posto uma imagem com a palavra RAIN no meio, e só.

Baixo o celular sem esperar nada e observo as gotas de chuva escorrendo devagar pela janela. Eu me acalmei um pouco, então pisco, sonolento. Acreditar de novo é difícil.

* * *

Enquanto eu estava dormindo, o universo conspirou ao meu favor. Rain viu meu post. Talvez tenha sentido o desespero ou o quanto preciso saber a respeito dela, porque parece que isso a motivou a aparecer, finalmente. Ela não só curtiu, como também deixou um comentário.

Acordei com uma surpresa:

Ainda não deixo os caras me agarrarem no primeiro encontro, então pode continuar se considerando sortudo.

Um sorriso invade meu rosto. Talvez o universo esteja me dizendo que eu posso voltar a acreditar. Mesmo que coisas ruins aconteçam, também haverá coincidências divertidas e sorrisos inesperados. E isso pode ser o começo, o começo do meu caminho para dias melhores.

5

RAIN

Fiz o que tinha que fazer. E isso é tudo.
— Rain.
Não posso fugir para sempre.
— Rain.
Nunca fui covarde.
— Rain!

O baque me faz voltar ao mundo real. Minha mãe está de pé ao lado da mesa. Seu cabelo castanho está preso em um coque bagunçado, e ela me observa com as sobrancelhas erguidas. A luz do pôr do sol reflete na janela atrás dela, e, por um instante, quase volto a me distrair.

— Você leu?

Baixo o olhar para o manuscrito na minha frente, *Meu desejo é você*. Faço uma careta. Uma coisa é ler literatura erótica, outra é ler literatura erótica escrita pela sua mãe. Aconteceu o de sempre. Não consegui ler sem imaginá-la como protagonista, então, para continuar, tentei com todas as forças pensar que era um livro aleatório.

— Estou na metade.

— E aí, o que está achando?

Vejo expectativa em seu rosto, e, apesar dos meus conflitos, a história é muito boa.

— Estou gostando, mas seria melhor prolongar a tensão sexual entre os protagonistas. Sei lá, talvez por mais uns três capítulos antes de dormirem juntos.

Minha mãe assente e faz anotações. Sempre tivemos liberdade de falar sobre sexo. No começo era desconfortável, mas depois nos acostumamos. Além disso, minha querida mãe Cassey Adams está há quase dez anos construindo uma carreira na literatura erótica. Ela é muito talentosa, e seus livros vendem como água. Começou com publicações independentes, até que uma editora pequena decidiu apostar nela. Desde então, já são mais de trinta romances publicados, e acho que por isso sua mente é tão aberta para o assunto. Uma especialista em erotismo não vai falar sobre sexo nas entrelinhas com seus filhos.

Minha mãe concorda com meu comentário sobre o livro.

— Tive essa impressão também. Mais alguma coisa?

— Aquela parte da trama em que a ex-namorada aparece e é malvada não está meio clichê?

— Você acha?

— Cem por cento.

— Beleza.

Faço algumas correções gramaticais e aponto algumas cenas que não são importantes. Ela anota tudo. Minha mãe leva meus conselhos muito a sério, e acho que isso criou uma conexão entre a gente. Valorizo muito o trabalho dela e não me canso de dizer como ela é boa nisso. Afinal, quem é que vai discordar?

— Que safadeza você escreveu dessa vez?

Vance, meu irmão mais velho, entra na sala e pega o manuscrito. Minha mãe suspira.

Meu pai não liga muito para a profissão da minha mãe, mas pelo menos não é contra. Por outro lado, Vance passa o dia menosprezando a carreira dela e dizendo que sente vergonha. Não sei em que século esse babaca vive. Ele tem vinte e três anos, pelo amor de Deus. Eu, com vinte anos, posso garantir que sou muito mais madura do que ele. De qualquer forma, Vance não para de se meter em confusão, e mesmo que ele não more mais com a gente, agora que conseguiu sua independência, ainda resolvo seus problemas. Então me levanto e arranco o manuscrito dele. Limpo uma sujeira imaginária de sua camisa, e ele afasta minha mão.

— O que você está fazendo? — pergunta ele.

— Caiu um pouco de machismo e falta de noção na sua roupa.

— Engraçadinha como sempre, Rain.

Jim aparece atrás dele com o boletim da escola, usando fones de ouvido, cobertos pelo cabelo loiro e liso. Meu irmão mais novo vive em seu próprio mundo e felizmente não se deixa influenciar por Vance.

Jim tira os fones, se aproxima e dá um beijo em minha mãe.

— Como foi seu dia? — pergunta ela com um sorriso.

— Bem, tirei dez em química de novo — conta Jim, pendurando a mochila em um gancho no canto da sala. — O professor James acha que minha média vai ser uma das melhores.

Passo por Vance, mostrando o dedo do meio para ele discretamente, e vou até Jim.

— Uau! Quem você puxou pra ser tão inteligente? — indago.

Jim abre um sorriso.

— Minha irmã maravilhosa.

Damos uma risadinha e vamos jantar. Quando terminamos, acompanho Vance até a porta para ele ir embora.

— Fala para o papai que eu passei aqui — pede Vance, olhando para mim.

Ele herdou os olhos escuros e a altura de minha mãe.

— Você está bem? — pergunta ele.

— Vou ficar quando você parar de irritar a mamãe — respondo, sincera.

Vance passa a língua nos dentes da frente e se aproxima.

— E eu vou ficar bem quando você parar de se meter na minha vida, Rain — sussurra ele.

Ele passa o dedo pelo contorno do meu rosto, mas eu seguro sua mão.

— Não sei do que você está falando — digo.

Vance bufa e se solta.

— Sabe, sim — insiste ele.

Engulo em seco. Vance dá um beijo na minha testa e continua:

— Espero que seja esperta e fique na sua. Eu nunca machucaria você — diz ele, acariciando minha bochecha —, mas não diria o mesmo sobre as pessoas ao seu redor.

Vance vai embora, e sinto que posso enfim respirar novamente. Ele é mais perigoso do que eu gostaria de admitir. Desde que saiu de casa, está fora de controle. Pelo menos, quando morava aqui, meus pais podiam vigiá-lo um pouco. Ele conseguiu a independência financeira graças às redes sociais. É influenciador digital, mas ninguém sabe a verdade. Seu rostinho bonito e corpo sarado atraíram um grupo numeroso de seguidores que não sabem que tipo de pessoa ele é na vida pessoal.

Vou para o quarto e, ao entrar, lembro o que fiz e solto um longo suspiro. Não gosto de fugir das coisas, não é do meu feitio, mas ainda assim é a única coisa que faço desde que salvei aquele garoto: fugir.

Mas não mais.

Achei que, se passasse despercebida, ele se esqueceria de mim e pararia de me procurar. Contudo, o Instagram dele mostrou o contrário. Ele não parece o tipo de cara que deixa as coisas para lá. Não estou me fazendo de misteriosa nem nada, tenho meus motivos para ficar no anonimato. Pego o celular, me jogo na cama e vejo a publicação dele de novo.

— Apolo Hidalgo… — murmuro, e o nome dele ressoa no escuro do quarto.

Apolo não é o nome de um deus grego?

Não sei o que me levou a comentar no post, foi como se desse para sentir o desespero dele. Embora eu tenha deixado um recado ontem à noite, Apolo só me mandou uma mensagem privada hoje de manhã.

> Oi, Rain.
> Sei que não nos conhecemos, mas, se eu puder, gostaria de agradecer pessoalmente por você ter me ajudado naquela noite.
> Vou te mandar meu número.
> Apolo H.
> (Entendo se você não quiser.)

Visualizei a mensagem, mas Apolo não mandou mais nada. Sou agradecida por ele respeitar meu espaço e não me bombardear com mensagens. Bem, ele só quer agradecer, e é compreensível; se estivesse no lugar dele, também iria querer fazer o mesmo. Até porque Gregory já torrou a minha paciência ontem.

— *Rain, eu não sou bom em guardar segredos, você sabe disso* — diz Gregory. — *Não gosto de mentir.*

— *Você não está mentindo.*

— *Estou omitindo informações. É quase a mesma coisa. Sabe quantas vezes o ouvi falar de você nos últimos tempos? Ele quer agradecer, só isso, deixa o garoto fazer isso.*

— *É complicado, Gregory...*

— *E lá vem você com todo esse mistério. Seu nome deveria ser Rain Mistério Adams.*

— *E o seu, Gregory Emocionado Edwards.*

Ele dá um sorriso falso.

— *Você sabe que vou respeitar a sua decisão, Rain. Mas ele é um cara legal. Pensa com carinho.*

Parece que Gregory venceu.

Só vou aceitar o agradecimento e pronto, não vai acontecer nada. Copio o número da mensagem no Instagram, mas não salvo nos contatos, porque só vou usar uma vez. Penso em responder por mensagem, mas mudo de ideia. Uma ligação será mais direta e ele poderá me falar o que quer. Contudo, paro e olho o número antes de ligar.

A lembrança da chuva fria daquela noite ainda está vívida em minha mente. O barulho das gotas imensas caindo no meu guarda-chuva, o guincho dos meus sapatos pisando nas poças, e, por fim, *ele*. Senti meu coração parar, porque achei que havia chegado tarde demais, que Apolo estivesse morto. Ele soltou um gemido que mal pude ouvir. E comecei a falar com ele enquanto ligava para a ambulância.

Eu lembro que Apolo me pegou de surpresa quando estendeu a mão e me puxou pela camisa, me desequilibrando. Gritei porque, ao cair entre suas pernas, meus joelhos colidiram com o asfalto molhado e frio.

Ele coloca as mãos ao meu redor e me abraça, enfiando o rosto em meus seios. Embora a posição pareça íntima e pessoal, não fico desconfortável. Mesmo assim, decido brincar com ele, porque é o que faço quando estou nervosa.

— Tudo bem, só vou deixar porque você está com uma cara péssima e ainda por cima congelando — murmuro, derrotada. — E já vou avisando que não deixo os caras saírem me agarrando no primeiro encontro, então se considere sortudo.

Meu dedão ainda paira sobre a tela do celular, hesitante. *O que foi, Rain? É só uma ligação, nada de mais.* Ele vai me agradecer. Só isso. Volto a sentir seus braços ao meu redor e balanço a cabeça. Naquela noite, não consegui vê-lo muito bem por causa dos ferimentos e hematomas, mas não dá para negar que procurei suas redes sociais e ele é muito lindo. Balanço a cabeça de novo, por fim, ligo.

Toca uma... duas... três vezes. Mordo o lábio. Talvez ele não atenda números desconhecidos. Será que eu devia ter avisado antes de ligar? Não gosto de situações com variáveis, sobre as quais não tenho controle.

— Alô? — diz ele, sua voz me transporta para aquela noite, quando sussurrou "quente" em meus seios.

— Olá — respondo naturalmente. — É a...

— Rain.

Ouvir Apolo dizer meu nome me causa uma certa estranheza, mas tento não pensar nisso.

— Pois é. Vi sua mensagem no Instagram.

Fica um silêncio por alguns segundos, e então ouço um longo suspiro.

— Finalmente achei você.

Finalmente deixei você me achar.

— Fico feliz por saber que você está bem.

— Eu... queria agradecer por você ter me salvado naquela noite. Não sei o que teria acontecido comigo sem sua ajuda. Muito obrigado, de verdade.

Não esperava que a voz dele fosse assim, tão doce.

— Tranquilo. — Não sei mais o que dizer, e espero que isso seja o bastante para ele.

Embora no fundo eu queira... saber mais sobre ele.

— Queria convidar você para um jantar em agradecimento, ou algo que você preferir — convida ele, hesitante, como se estivesse nervoso. — É óbvio que não é um encontro nem nada assim, é só... você sabe, para agradecer pessoalmente.

Apolo está nervoso, com certeza. Dou um sorriso. Ele parece ser fofo.

— Aham, podemos nos encontrar. Que tal o Café Nora? Você sabe qual é?

A cafeteria vive cheia de gente, então com certeza vai ser algo rápido, seguro.

— Sim, sei qual é, mas queria ir a um lugar mais... reservado. Você salvou minha vida, Rain. Não quero retribuir com um café e um pão velho.

— Não menospreze o Café Nora, Apolo. — Fico surpresa com a facilidade de dizer seu nome. — Aliás, o pão é fresco e os donuts são uma delícia.

— Bem, fique à vontade para escolher. Por mim, onde você quiser está ótimo.

Arqueio a sobrancelha.

— Você é sempre tão gentil?

Ele faz uma pausa.

— Acho que sim.

Suspiro.

— Está bem, pode escolher o dia.

— Pode ser amanhã?

Esse garoto não sabe disfarçar a animação? Não estou acostumada com alguém tão transparente.

— Aham, depois da aula. Eu aviso quando sair.

Não sei por que estou sorrindo. Será que a animação dele é contagiosa?

— Combinado. Obrigado por comentar no post, Rain. De verdade. Queria muito falar com você e agradecer pessoalmente por tudo…

— Relaxa. Nos vemos amanhã, Apolo.

— Está bem. — Ele fica quieto por alguns segundos. — Tomara que não chova.

Ele solta uma risadinha que me dá um frio na barriga, e demoro um pouco para reagir.

— Nossa, vamos torcer pra não chover — respondo.

— Assim eu não vou ter uma desculpa para te abraçar de novo.

Ele fala de um jeito tão sutil, e sei que está brincando, mas… Será que Apolo está flertando comigo? *Não. Não mesmo. É só uma piada, Rain.*

— Boa noite, Apolo.

— Boa noite, Rain.

Desligo, mas fico sentada na cama.

Sei que não devia ter aceitado, devia ter tentado desligar antes, mas não consegui. Até porque nós só vamos comer alguma coisa, e encontrá-lo uma vez não vai ser o fim do mundo. Ele precisa disso, então não custa nada aceitar seus agradecimentos.

Eu me jogo na cama e fico olhando o teto. Por que estou me sentindo assim? Beleza, ele é gato e nos conhecemos de uma forma que vai ser difícil para nós dois esquecermos, e não de um jeito positivo. Mas isso não quer dizer que eu vou me sentir atraída por ele, né? Porque isso, sim, seria um grande problema para todo mundo.

Assim eu não vou ter uma desculpa para te abraçar de novo.

Eu me levanto, mas volto a me sentar na cama. E me repreendo mentalmente. Não vou fazer disso um filme. É algo simples, não tenho motivos para complicar, então não farei isso.

Só vou me encontrar com Apolo uma única vez e não vou sentir nada, ponto-final.

6

APOLO

Não é um encontro.

Repito para mim mesmo enquanto penso no que vestir. Em geral não ligo muito para essas coisas, me dou por satisfeito com uma calça jeans e qualquer camisa, mas por algum motivo estou sendo muito analítico. Penso na imagem que quero passar para Rain. A única vez que ela me viu, eu estava ensopado, surrado e sangrando. A primeira impressão foi terrível, mas também não quero ir muito formal, porque não é para ser um encontro.

Para de pensar nisso, Apolo.

— Sim, ele está por aqui.

Ouço a voz de Gregory no corredor, e então ele enfia a cabeça por trás da porta.

— Você está pelado? — pergunta ele, olhando para mim e percebendo que ainda estou de cueca. — Você não ia sair? Ah, deixa pra lá.

Gregory entra e vira a tela do celular para mim, numa chamada de vídeo. De pé, cozinhando, cabelo preto despenteado e sem camisa — dá para ver na lateral do peito a nova tatuagem que fez há alguns meses —, Ares diz, com aquele sorriso de dentes perfeitamente alinhados com que os Hidalgo foram abençoados:

— Apolo!

— Oi — digo, pego de surpresa.

Tento encontrar uma calça jeans depressa para que ele não perceba que estou indeciso sobre o que vestir. Ares me conhece muito bem.

— Gregory disse que você tem um encontro — comenta.

Lanço um olhar de reprovação para Gregory, que se faz de desentendido.

— Que foi? — pergunta Ares.

— Não é um encontro — declaro.

— Então por que você ainda não se vestiu? — pergunta ele, se aproximando do celular.

— Porque você está me interrompendo.

Ouço uma voz ao fundo:

— Quem é? — Essa voz doce nunca muda.

Ares diz meu nome, e logo a vejo aparecer na câmera.

— LOLOOO!

A empolgação me faz sorrir.

— Oi, Raquel!

Ela empurra Ares para o lado.

— Lolo, você cresceu muito.

— Ei! — Ares tenta tirá-la da câmera, mas ela não sai. — O irmão é meu.

— Nossa, e nem um oizinho pra mim — reclama Gregory, colocando a mão no peito. — Sério mesmo, Raquel, não esperava isso de você.

— Aaah! Barata, você sabe que é meu favorito. — Raquel manda um beijo exagerado na câmera e se afasta. — Então, o que está rolando? — indaga ela, curiosa.

Conversamos por chamada de vídeo de vez em quando, acho que todos sentimos muita falta uns dos outros. Por isso não me sinto desconfortável por estar de cueca na frente deles.

— Apolo tem um encontro — revela Ares.

Reviro os olhos.

— Mas não é um encontro — insisto.

— Com a menina que salvou ele! Não é romântico? — sussurra Gregory.

— Jura? É com a Rain? Não acredito — diz Raquel.

É lógico que ela ficou sabendo de tudo.

— Só vou conhecê-la para agradecer — explico.

— Aham — responde Ares, se virando para dar uma olhada no que quer que esteja cozinhando.

— O que são esses arranhões nas suas costas, Ares? — questiona Gregory, sem perder nenhum detalhe.

Até porque os arranhões estão bem visíveis na pele pálida do meu irmão.

Raquel fica vermelha e muda de assunto:

— Estávamos falando do Apolo.

— Raquel, como você é selvagem. Quem diria! — diz Gregory, balançando a cabeça.

Faço uma careta.

— Podem me deixar sozinho? — peço.

Desse jeito, não vou conseguir escolher a roupa.

Ares se volta para a câmera e pergunta:

— Se não é um encontro, por que ainda não está pronto? Se não tem importância, por que está tão em dúvida de que roupa vestir?

Meu irmão é muito observador. Que saco!

— Só não quero ir muito formal — Tento me defender, mas é o mesmo que nada.

— É um encontro! Que emocionante! — exclama Raquel, animada.

Negar é perda de tempo, então dou risada.

— Parem de agir como se fosse o meu primeiro encontro, por favor — reclamo, um pouco envergonhado.

— E não é? — brinca Ares. — Ah, não. Só me distraí por um segundo.

— Tá, não precisa zoar ele assim, Ares — diz Raquel, em minha defesa, com um sorriso enorme.

— Obrigado, Raquel — digo. — A verdade é que ele continua o mesmo insuportável de sempre.

— O insuportável favorito de todo mundo — rebate Ares.

Ele pisca para nós, e eu faço uma careta.

— Voto na calça jeans e no suéter preto com letras vermelhas — declara Raquel. — Preto cai muito bem em você, Apolo. Você fica fofo e sexy ao mesmo tempo.

— Eu ainda estou aqui — diz Ares, beijando a bochecha da Raquel.

Ela ri, e não consigo evitar sorrir com eles. Dá para ver que se amam, independentemente do que *amor* signifique.

— Ei! Para de comer na frente dos famintos — reclama Gregory com uma careta.

— Como assim? Você não tinha namorada? — pergunta Raquel. — Kelly, né?

— Que nada, a gente não namora.

Umedeço os lábios. As coisas ficaram meio tensas depois da minha confissão de bêbado para Kelly e Gregory. Ela não voltou mais aqui, acho que está esperando as coisas se acalmarem.

Sigo o conselho de Raquel e coloco a roupa que ela sugeriu. Calça jeans e o suéter preto.

— Aliás, parem de fazer aqueles TikToks românticos, já cansei disso — comenta Gregory.

Raquel dá risada e mostra a língua.

— Você diz isso, mas vê todos. É o primeiro a curtir.

— Porque apoio meus amigos — diz Gregory —, mas já basta!

Borrifo um pouco de perfume no suéter, ignorando a discussão de Raquel, Ares e Gregory. Eu me despeço deles para sair logo, porque sei que eles podem passar a tarde toda enchendo meu saco por causa disso.

Quando chego à faculdade, minhas mãos estão suadas. Rain me avisou que saiu da aula e que é para nos encontrarmos na cafeteria em alguns minutos. Não sei por que estou tão nervoso, talvez seja porque finalmente vou ver a garota que me salvou. Rain foi o calor em meio ao frio. É quem esteve em minha mente quase todos os dias desde aquela noite chuvosa.

Passo por baixo da grande placa do Café Nora e entro. O cheiro de café me atinge de imediato, e uma música pop calminha ressoa nos alto-falantes. Dou uma olhada na longa fileira de mesas, uma atrás da outra, coladas na janela de um lado da cafeteria, com uma linda vista para o gramado do campus. Há dois grupos de pessoas em duas mesas diferentes, mas as outras estão vazias, então sei que Rain ainda não chegou. Do outro lado do balcão, um garoto de cabelo azul e orelhas furadas me cumprimenta com um sorriso.

— Bem-vindo ao Café Nora. O especial de hoje é o *macchiato* gelado e biscoitos fresquinhos.

Sorrio de volta, o entusiasmo é contagiante. Ele tem olhos castanhos muito acolhedores, e suas bochechas estão ligeiramente coradas. Percebo que estou olhando fixamente para ele quando o garoto solta um pigarro.

— Ah, não vou pedir ainda. Vou esperar a minha… minha…

A sua o quê, Apolo? Você nem a conhece.

Ele fica esperando, e como meu cérebro trava, o barista parece ficar com pena de mim. Ele suspira.

— Complicado, né? Acho que todo mundo já esteve nessa situação. Fique à vontade. Quando a pessoa chegar, estarei aqui para anotar o pedido.

— Obrigado.

Dou meia-volta, envergonhado, e escolho uma mesa. Ao me sentar, limpo o suor das mãos na calça. Preciso me acalmar, mas meus olhos não desgrudam da porta da cafeteria nem por um segundo. Tento pensar em outra coisa para não ficar tão ansioso, mas é impossível. Engulo em seco.

Então, acontece. O sininho na entrada toca quando a porta abre, anunciando a chegada de alguém, e congelo. Não sei como, mas tenho certeza de que é ela. Talvez parte de mim se lembre de sua silhueta ou de algum detalhe de seu rosto, porque logo reconheço: é Rain.

A primeira coisa que reparo é em como seu cabelo loiro adorna seu rosto, os fios levemente ondulados da metade para baixo. De calça jeans e um suéter rosa-claro, ela segura a alça da bolsa e olha ao redor do lugar — está me procurando. Queria dizer que levantei a mão para chamar sua atenção, mas não encontrei forças para o gesto. Estou completamente embasbacado. Rain me encontra e abre um sorriso.

Sinto que meu coração vai sair pela boca.

Alguma coisa nela me traz uma paz imediata, sua aura e ela por inteiro emanam conforto. Pareço um idiota ao pensar isso sobre alguém que acabei de conhecer, mas é o que sinto. Rain vem até a minha mesa e se senta de frente para mim.

Ainda sorrindo, perco a voz, porque ela é incrível. Não estou falando de perfeição, mas dela por inteiro — sua energia e o brilho em seus olhos e em seu sorriso.

— Apolo Hidalgo — diz ela, entrelaçando os dedos sobre a mesa.

— Rain.

— Finalmente nos encontramos. — Ela aponta para a janela. — Apesar de não estar chovendo.

— Você é muito linda — deixo escapar, e fico boquiaberto. — Perdão, isso foi...

Sinto o calor subindo pelo pescoço e se espalhando pelo meu rosto.

— Obrigada — responde ela, com um sorriso. — Você também não é nada mau.

Isso me faz erguer a sobrancelha.

— Nada mau?

— Ah, você é bonito. Você e todo mundo aqui sabem disso. Acho que seu ego vai sobreviver sem meus elogios.

Rain se recosta na cadeira. Sua atitude descontraída me acalma um pouco, me deixa menos tenso. Então começo a relaxar os punhos, me sentindo mais confortável.

— Obrigado por aceitar o convite, de verdade — digo. — Queria te ver. Quer dizer, queria te ver para agradecer.

Rain dá uma risada.

— Você é sempre assim? — indaga ela.

— Assim como?

— Tão fofo.

Essa palavra traz de volta a lembrança de olhos pretos e lábios carnudos que sussurraram isso muitas vezes no meu ouvido.

— Não sou fofo — respondo, um pouco mais ríspido do que eu queria.

Rain percebe a mudança em meu tom.

— Entendido.

— O que você quer beber? — pergunto, mudando de assunto.

— Vamos pedir juntos.

Ela se levanta, e eu a sigo.

Rain tamborila no balcão enquanto olha o menu na parede e faz seu pedido para o garoto de cabelo azul. Parece que se conhecem, porque se cumprimentam e conversam rapidamente quando ela termina de pedir. Peço apenas um café, porque acho que não consigo comer nada agora.

Quando voltamos à mesa, fico impressionado com o pedido dela: um sanduíche, um pãozinho, um croissant de chocolate, um pedaço de bolo e um caramelo *macchiato*. É, Rain não mentiu quando disse que gostava desta cafeteria. Ela toma um gole da bebida e me observa.

— Você não vai dizer o que queria, Apolo? Sei que foi por isso que insistiu para me ver. Então…

— Na verdade, não sei como dizer isso… ou, bem, como colocar em palavras. — Solto uma lufada de ar pela boca e fixo os olhos na mesa porque não consigo encará-la. — Aquela noite… foi a mais horrível da minha vida, e ainda estou digerindo tudo. Se você não tivesse chegado, se não tivesse me salvado, eu não estaria aqui agora. Não tenho palavras para explicar o quanto sou grato. Não há nada que eu possa oferecer que valha tanto quanto seu gesto naquela noite. — Levanto o rosto para olhar nos olhos dela. — Acho que vou ter que me contentar com isso e dizer apenas do fundo do meu coração: obrigado, Rain.

Seus olhos ficam um pouco vermelhos, e ela pisca algumas vezes, sorrindo, mas dá para ver que ficou emocionada.

— Ah, não foi nada, sério mesmo. Não mereço uma gratidão tão sincera.

Tento protestar, mas ela continua:

— Só fico muito feliz por você estar bem.

Continuamos a conversar enquanto ela come e me conta sobre como foi seu dia de aula e uma discussão que teve com um professor. É fácil para Rain falar sem parar, não há silêncios com ela, e eu gosto disso porque nunca fui uma pessoa de muitas palavras. Escuto o que ela diz, observando e memorizando cada detalhe dela. Rain tem três furos em cada orelha, e em todos usa brincos minúsculos e delicados. Seus olhos têm um brilho acolhedor que me faz querer contar tudo para ela. Suas bochechas têm algumas manchinhas de espinhas que não cicatrizaram muito bem. Os lábios são finos, e ela passa a língua por eles com muita frequência enquanto fala. Ela está usando um batom rosa, no mesmo tom do suéter. Quanto mais olho para ela, mais percebo que gosto de tudo.

Espera… espera… Não, Apolo.

Gosta de tudo?

Você acabou de conhecer a garota. Não pode gostar dela, Apolo.

Ao sairmos da cafeteria, fazemos uma caminhada pela lateral do gramado do campus.

— Rain, você pode negar — começo, com uma coragem súbita —, mas posso te abraçar?

Sempre imaginei que, ao agradecê-la, também daria um abraço forte nela.

Rain sorri.

— Aham.

Ela é da minha altura, então, quando passo meus braços ao seu redor, nos encaixamos perfeitamente. Contudo, nada me prepara para o que sinto quando seu perfume cítrico me invade. O calor de Rain e seu cheiro me levam de volta àquela noite, àquele momento, ao seu calor em meio a tanto frio e dor.

De repente, sinto meus olhos arderem com as lágrimas que caem depressa. Não sei de onde vêm esses sentimentos instáveis e avassaladores. Eu me agarro a ela e enterro o rosto ainda mais fundo em seu pescoço.

— Rain... — Minha voz falha.

Não sei o que dizer. Não sei como explicar que o perfume dela... e o seu calor trouxeram de volta sentimentos que venho reprimindo desde aquela noite. Todo o medo, toda a dor...

Rain apenas me abraça.

— Está tudo bem, Apolo. — Ela dá batidinhas nas minhas costas. — Está tudo bem. Você está seguro, não está mais frio.

Eu me afasto dela para olhar em seus olhos. Ela segura meu rosto e limpa minhas lágrimas.

— Não está mais chovendo — diz ela, com muita tranquilidade.

Só consigo sorrir entre as lágrimas e responder:

— Não está mais chovendo.

7

APOLO

Não consigo parar de pensar nela.

E isso faz eu me sentir um idiota, porque mal a conheço. Sim, sou uma pessoa romântica, mas nunca acreditei em amor à primeira vista. Sempre achei que fosse necessário um pouco mais de tempo para se apaixonar por alguém. Um único olhar não é o suficiente. Sem contar que a primeira vez que vi Rain também não foi o melhor dos encontros: estava chovendo, eu tinha acabado de sofrer uma violência e estava agonizando. Não devo ter causado uma boa primeira impressão.

Depois de dar aquele abraço que reiniciou a minha vida, Rain se despediu, e tive vontade de pedir para vê-la de novo. Mas não estava nos meus planos parecer um cara intenso, não quis assustá-la. Agora, alguns dias se passaram, e não sei como voltar a fazer contato. Não sei que desculpa inventar, porque não quero chamá-la para um encontro nem nada do tipo sem saber se ela está interessada em mim também.

Talvez ela só quisesse receber minha gratidão. Solto um suspiro e tomo um gole de café, roçando a borda da xícara com o polegar. Voltei ao Café Nora e me sentei na mesma mesa em que ficamos naquele outro dia. Tenho vindo aqui várias vezes antes da aula.

Fico sentado, observando, e quando olho para o balcão, vejo um outro barista. Ele tem cabelo preto, é muito alto e sério. Quase nunca o vejo falar, ele só prepara os pedidos enquanto o barista de cabelo azul anota os pedidos. Embora ele não interaja com ninguém, já o peguei olhando várias vezes para mim. Não sei se é a minha imaginação, mas parece que ele está sempre... irritado. Talvez esteja cansado de me ver aqui todos os dias, e eu entendo.

Também já vi muitas pessoas aqui na cafeteria o encarando. O garoto com certeza pratica algum esporte, porque tem braços definidos e as mangas da camisa preta do uniforme quase ficam apertadas nos bíceps, e, no braço direito, aparece a pontinha de uma tatuagem. Volto a me concentrar no café e o saboreio por um bom tempo.

— Queria saber o que tem de tão especial nessa mesa — sussurra o barista de cabelo azul, brincando.

Às vezes, trocamos algumas palavras, já que eu basicamente passo todas as manhãs aqui. Ele está de pé ao meu lado, segurando um pano com o qual limpa as mesas vazias. Ao erguer o olhar, encontro seus olhos castanho-escuros e sorrio.

— Sei lá... — Aponto para a cadeira vazia à minha frente. — Por causa da vista, acho.

Ele ergue a sobrancelha, e percebo o pequeno piercing nela.

— A vista de uma cadeira vazia?

Isso me faz rir, e, por algum motivo, não estou tão nervoso, embora socializar não seja um dos meus pontos fortes. Ele também dá uma risadinha e aponta para a cadeira.

— Se importa se eu me sentar?

— Não, imagina.

O garoto se senta, e assim, de frente, noto que seu cabelo tem um tom de azul vibrante e está despenteado, os fios apontando para todos os lados. Parece um personagem de anime. Suas bochechas estão sempre um pouco coradas, mesmo quando ele está atrás do balcão, acredito que por causa do vapor de café ou das máquinas.

— Deixa eu adivinhar — começa ele, umedecendo os lábios. — A Rain terminou com você nesta mesa, só que você ainda não conseguiu superar.

— Você a conhece?

— Acho que todo mundo da universidade a conhece. Ela é brilhante e um amor com todo mundo. O nome dela deveria ser Sol, se quer saber a minha opinião.

O sorriso gentil e o brilho dos olhos de Rain voltam à minha mente.

Acho que esse garoto tem razão.

— Acabei de conhecê-la. Seria um privilégio ela terminar comigo.

— Ah, então ela é sua crush. — Ele balança a cabeça. — Entra na fila, amigo.

— O quê? Você também? — pergunto, surpreso.

O garoto dá uma risada alta.

— Não. A Rain é gata, mas eu gosto de garotos.

— Ah...

Ele ergue a sobrancelha.

— *Ah...?* Isso te incomoda? — indaga.

— Lógico que não.

O barista se recosta na cadeira e cruza os braços, parecendo se divertir.

— Relaxa. Você também não faz meu tipo.

Fico nervoso, porque não queria dar a entender que eu pensaria isso.

— Não foi isso...

— Apolo — diz ele, me pegando de surpresa ao saber meu nome. — É brincadeira.

— Como você sabe meu nome?

— Sabe quantos pedidos eu anotei com o seu nome nos últimos dias?

Sei, sei, é que sou idiota.

Ele se levanta e se espreguiça um pouco antes de enfiar a mão no bolso do avental e me entregar um pedaço de papel.

— Vai rolar uma festa hoje à noite, toma o endereço.

— Hã?

Ele sorri.

— A Rain também vai — acrescenta ele, como se isso explicasse tudo. — Já cansei de te ver aqui como uma alma penada. Vamos tomar uma atitude.

Pego o papel e vejo que sua mão continua estendida na minha frente. Ele ainda está com um sorriso no rosto.

— Meu nome é… — começa ele.

— Xan — digo, também sorrindo, e aperto a mão dele. — Sabe quantas vezes vi seu crachá enquanto você anotava meu pedido?

Aponto para o lado esquerdo de seu peito. Ele dá outra risadinha e solta minha mão.

— Tá. Essa eu mereci.

— Xan!

A voz do garoto de cabelo preto nos interrompe, e, quando olho em sua direção, ele parece irritado.

— Desculpa, ele é rabugento — sussurra Xan e logo vai para o balcão. — Nos vemos por aí, Apolo.

Eu me limito a dar um sorriso contido. Xan começa a organizar as coisas. O outro garoto não para de me encarar com um olhar intimidador, portanto me volto para o papel. Percebo que hoje é sexta-feira, então é óbvio que vai ter uma festa em algum lugar do campus. Jogo o endereço no Google Maps, guardo o papel no bolso e vou embora.

Após tomar um banho e passar algumas horas deitado no sofá, reparo que o apartamento parece vazio ultimamente. Kelly nunca mais voltou desde o meu porre e a minha "confissão" idiota, e Gregory nunca para em casa. Não tive oportunidade de me desculpar com Kelly e não sei por quê, mas não quero falar isso por mensagem. É que tudo é mais fácil pessoalmente. Sinto que não é a mesma coisa dizer algo cara a cara; deixar que a pessoa interprete palavras escritas pode dar outra entonação à mensagem.

Sem nada para fazer, abro o Instagram para ver alguns stories, até que chego ao de Rain: uma foto embaçada dela em frente ao espelho, passando o batom rosa do dia em que nos conhecemos, com a *hashtag* #ProntaPraFesta. Então sim, ela vai à festa que Xan mencionou. Pressiono o dedo na tela para congelar a imagem e fico olhando. Ela parece feliz e animada, e isso me faz pensar que ela não tem a menor intenção de me procurar ou de me encontrar novamente.

Ai, Apolo, você não vive num filme!

Tiro o dedo do celular, e o próximo story me faz sorrir.

Daniela.

Meu primeiro amor, minha primeira vez, a garota que partiu meu coração e o consertou antes de ir para a faculdade.

Eu me lembro daquela tarde de um ano atrás como se fosse ontem.

O vento da praia balança seu longo cabelo, e o pôr do sol tinge o céu inteiro de laranja. Estamos sentados na areia, de frente para o mar, as ondas às vezes molham nossos pés. Passamos o fim de semana juntos, sozinhos na casa de praia de um amigo de Dani. Eu nem sei o que estamos fazendo; não estamos namorando, mas também não estamos saindo com outras pessoas. Dani vai para a faculdade na semana que vem.

— Você não ama como o mar é infinito? — pergunta ela.

Olho para seu rosto de perfil. Ela continua:

— Tão grande, tão aberto... tão livre.

Solto um suspiro e volto a olhar o mar.

— Acho que sim.

— Eu me identifico com ele — declara, segurando minha mão na areia. — Quero ir pra faculdade, quero explorar, quero conhecer pessoas e quero o mesmo pra você.

Fico magoado, mas tento me recuperar antes de dizer:

— O Ares e a Raquel vão tentar um relacionamento à distância. Por que não podemos fazer o mesmo? — pergunto, a súplica em meu tom é quase vergonhosa.

Ela aperta minha mão e aproxima o rosto do meu.

— Olha nos meus olhos, Apolo — pede ela.

Levanto o rosto, me perdendo na escuridão de seu olhar. Daniela continua:

— Me diz com sinceridade que é isso o que você quer.

Abro a boca e volto a fechá-la. Dani acaricia minha bochecha.

— Nós dois... nós sabemos que temos muito a explorar sobre nós mesmos. Quero que as coisas continuem assim... bonitas, livres e ainda com muito carinho.

Eu sei do que ela está falando, mas não consigo conter a emoção.

— Eu te amo, Daniela.

Beijei-a por sentir que o que temos está se desvanecendo com a brisa do mar que nos cerca.

— Eu te amo — repito em seus lábios.

— Eu também te amo, Apolo dedinho nervoso.

Isso nos faz rir. Então volto a beijá-la, quero aproveitar até o nosso último segundo juntos.

Minha mente viaja para a noite em que a vi pela primeira vez na boate do Ártemis, quando ela apareceu ao meu lado, sorrindo e dançando comigo para me distrair. Eu me lembro de pensar: "Nossa, como ela é linda." Seu rosto inteiro se iluminava quando sorria.

Mas Dani é muito mais do que um sorriso bonito. Ela me escutou tantas vezes, me conheceu profundamente, como mais ninguém. Dani me incentivou a descobrir lados meus que eu havia guardado lá no fundo, quebrou qualquer tabu, sem nunca colocar seus interesses sobre os meus. Portanto, ela tinha razão.

Devíamos um ao outro um final lindo como aquele, bem romântico, na praia, com amor de sobra para nós dois. O amor verdadeiro não prende, não sufoca e não impõe barreiras.

Então, quando vejo os stories dela, abro um sorriso, porque Dani estava certa. Para mim, ela não é uma recordação amarga nem dolorosa; para mim, ela representa liberdade e amor eterno.

No vídeo, está em uma festa com muitas luzes, pulando com um copo vermelho na mão enquanto grita e balança o cabelo. Sua felicidade é contagiante.

No story seguinte, ela está beijando uma menina ruiva. Abro um sorriso, porque as duas estão saindo há meses, e Dani parece feliz. Ela nunca se rotulou, diz que sua sexualidade é fluida e que se apaixona pelas pessoas independentemente do gênero; para ela, rótulos estão ultrapassados.

Comento com um coração e, quase no mesmo instante, recebo uma videochamada.

— LOLOOO! — grita Daniela a plenos pulmões.

Há muito barulho, uma música toca no fundo e está escuro, mas vejo vislumbres de seu rosto. Ela continua:

— Não me diga que você está preso em casa em plena sexta-feira à noite!

Dou uma risadinha, porque sei que, mesmo que eu fale, ela não vai me ouvir com essa barulheira.

— Bora, Apolo Hidalgo! — grita ela, e a videochamada desliga de repente.

Com esse incentivo, pego minhas coisas e vou para a festa.

A vida noturna no centro de Raleigh é barulhenta e iluminada. Seguindo as instruções do celular, atravesso uma rua e entro em um condomínio de casas muito bonitas. Continuo andando até parar em frente a um sobrado que, de acordo com o aplicativo, é o local da festa. Pelo som alto vindo lá de dentro, sei que estou no lugar certo.

Limpo as mãos suadas na calça e tento me animar.

Qual é, Apolo, já veio até aqui. Agora entra.

A porta está aberta, e ninguém parece se importar com quem entra ou sai da casa — é tanta gente que não dá para ter controle. A música ressoa em meus ouvidos. Passo por um grupo de pessoas que não consigo identificar se estão dançando ou se só estão paradas na multidão, acho que as duas coisas.

Chego a um cômodo com uma enorme estante de livros de um lado da parede. Entre vários grupos conversando, eu a vejo: Rain. Ela está rindo, e, como um idiota, meu coração dispara.

Dou um passo hesitante e nervoso na direção dela quando percebo um vulto azul à direita. Ao me virar, encontro Xan a alguns metros de distância, mas ele não está sozinho. Atrás está o barista de cabelo preto, abraçado a ele. O garoto beija o rosto de Xan, apoia o queixo em seu ombro e olha bem para mim.

Por alguns segundos, engulo em seco sem me mexer. As palavras de Dani daquele dia voltam à minha mente: "Você não ama como o mar é infinito?"

É mesmo infinito, Dani.

8

APOLO

No meio daquele mar de gente, fico muito quieto e hesitante...

Rain está a poucos passos de mim. Não me viu porque está rindo de alguma coisa que a garota na frente dela disse. Percebo que suas bochechas ficam mais redondinhas quando ri.

Que fofo, penso.

Dá para entender por que ela é tão popular — Rain emana um calor reconfortante e tem um sorriso que ilumina tudo. Obviamente, todos querem ficar perto dela. Ela lembra Gregory. Acho que os dois têm essa personalidade que reluz e atrai as pessoas com facilidade.

Sempre fiquei intrigado com o quanto podemos ser diversos. Acredito que este tenha sido um dos motivos para querer estudar Psicologia: compreender um pouco mais o comportamento humano, o desenvolvimento das personalidades... Por exemplo, como é que, tendo crescido na mesma casa, meus irmãos e eu temos personalidades tão diferentes? É impossível não acabar me comparando a eles ou a seus amigos. Embora Ares e Ártemis sejam frios, de certa forma, isso nunca os impediu de fazer amigos ou se relacionar com as pessoas. Então por que eu tenho tanta dificuldade?

Você é uma alma velha no corpo de um jovem. As palavras do vovô Hidalgo passam por minha cabeça em resposta. Acho que ele sempre teve razão.

— Apolo?

A voz de Érica me surpreende, e me viro para o lado. Ela está surpresa, e devo estar com a mesma cara, porque não esperava encontrá-la aqui. É a única amiga que fiz na faculdade, mas jamais imaginei que fosse do tipo que vai a festas. Isso é para eu aprender a não tirar conclusões precipitadas. Seu cabelo ondulado está preso em um rabo de cavalo alto, e ela está vestindo um suéter vermelho com calça jeans larga.

— Muito inesperado — admito.

Érica arruma os óculos e abre um sorriso.

— Digo o mesmo. Não esperava te encontrar aqui!

— Pode acreditar, pensei muito antes de vir.

— Quer beber alguma coisa? — pergunta ela, erguendo o copo vermelho.

Balanço a cabeça antes de voltar o olhar para Rain. Érica parece perceber, porque acrescenta:

— Ah, a Rain? Espera aí… No dia em que te conheci, você estava escrevendo "Rain" no caderno. Não era porque gostava da chuva, então? Era por causa dela. Bem que achei estranho você não gostar de chuva e ainda assim escrever essa palavra de vez em quando… Caramba, parando pra pensar, é muito intenso da sua parte escrever o nome dela no caderno. Os mais quietinhos são sempre assim, né? — brinca ela.

Isso me tira um sorriso.

— Sou a pessoa mais previsível que você já conheceu na vida.

— Isso eu já saquei. — Ela dá um soquinho no meu braço. — O que está esperando pra chegar nela?

— Não sou muito bom nisso…

— Já saquei também, Apolo.

Vamos um pouco para o lado para sair da passagem, e Érica se apoia na parede, cruzando os braços.

— Precisamos trabalhar as suas habilidades sociais — declara ela.

— Olha só quem fala!

Ela se faz de ofendida.

— Para a sua informação, eu tenho muitos amigos.

— Aham, sei.

— Apolo! — grita alguém.

Vejo um borrão azul se movendo por entre a multidão até chegar ao nosso lado. Xan sorri para nós, as bochechas ainda carregando aquele rubor de sempre, e percebo que isso faz parte dele, que o calor da cafeteria ou suas emoções não têm nada a ver com isso. Xan está sempre com as bochechas levemente rosadas.

— Apolo, oi! Senhorita Érica — diz Xan, fazendo uma reverência.

Érica aponta para nós.

— Vocês se conhecem?

Xan assente.

— Apolo é um cliente fiel da cafeteria.

— Jura? — indaga Érica, olhando para mim. — Nunca vejo você por lá.

— Ele sempre vai de manhã, você vai de tarde — explica Xan antes de colocar as mãos na cintura e me encarar. — Fico muito feliz por você ter vindo. Já falou com a Rain?

Érica solta um suspiro dramático.

— O que você acha, Xan? Não está vendo essa cara de cachorrinho abandonado?

Xan balança a cabeça.

— Quer ajuda? — oferece ele. — Sou bom com essas coisas.

— Está tudo bem — respondo, um pouco envergonhado.

Ele se vira para falar com Érica sobre como posso me aproximar de Rain. Sem perceber, Xan coça o braço e arregaça a manga da camisa até o ombro, e então vejo hematomas em sua pele. Franzo as sobrancelhas. Parecem marcas de dedos que o apertaram com força demais. Xan para de coçar, e a manga cai de volta no lugar. Quando seus olhos encontram os meus, sinto vontade de perguntar: *Você está bem? Precisa de ajuda?* Mas não perguntaria esse tipo de coisa na frente de Érica. Sei que não o conheço direito, mas vou me certificar que está tudo bem quando tiver oportunidade.

Meu olhar vai até aquele canto da sala onde Xan estava, e vejo o cara de cabelo preto. Ele está fumando um cigarro, com um semblante muito sério, enquanto conversa com outro garoto.

Tem alguma coisa errada com esse cara...

Xan ri com Érica, lembrando de quando ela derramou café em si mesma e eles tiveram que limpar o chão juntos. Volto a olhar para o cara de cabelo preto. Eles dois parecem tão diferentes... Xan é tão alegre, vibrante... E aquele cara tem uma aura pesada que o segue por todos os cantos.

— Apolo, você está fazendo aquilo de novo — reclama Érica.

— O quê? — pergunto.

— Você some nos próprios pensamentos e fica quieto. Já está em silêncio absoluto há uns dez minutos.

— Desculpa.

— Tudo bem. Você já tem algum plano? — indaga ela, apontando para Rain com os lábios.

Olho para a garota cujo sorriso não sumiu até agora.

De repente, minha mente viaja até aquela noite chuvosa outra vez, sua silhueta na escuridão segurando o guarda-chuva, sua voz. Eu me pergunto se é por isso que meu coração acelera só de vê-la. A maneira como conheci Rain foi intensa e muito difícil de esquecer. Mas preciso controlar as emoções, não quero assustá-la.

— Vou tomar um ar — declaro, dando meia-volta.

O ar da noite me recebe assim que coloco o pé para fora e me sento nos degraus de entrada da casa. O céu está limpo, e esse bairro parece tranquilo demais para o centro da cidade. Ouço passos atrás de mim e dou uma olhada. Xan se aproxima e se senta ao meu lado. Volto para a frente, e o garoto fica em silêncio por alguns segundos.

— É a primeira vez que conheço alguém que se chama Apolo — revela ele.

Solto um suspiro.

— É, eu sei... Deuses gregos e tudo o mais... — digo.

— Faz sentido.

Viro o rosto para ele, sentado aqui ao meu lado, com o cabelo azul bagunçado.

— Por quê? — pergunto.

Xan joga a cabeça para trás e olha para o céu.

— Preciso mesmo dizer? — indaga ele.

— Aham.

Xan encolhe os ombros e olha para mim.

— Porque você parece um deus grego de verdade.

Dou risada, mas ele não.

— Sei. E você já viu vários, né? — retruco.

Ele se limita a olhar para mim.

— Não, só você.

Silêncio. Sinto meu coração parar por um minuto, ou pelo menos é o que parece. Afasto o olhar e sorrio, balançando a cabeça.

— Acho que você não deveria dizer esse tipo de coisa para um cliente — digo.

— Só estou dizendo a verdade.

Ficamos quietos por um tempo.

— Como é que você faz isso? — questiono, direto ao ponto.

— Como faço o quê?

— Como você se dá bem com todo mundo de um jeito tão fácil?

— Hummm... — Xan finge pensar muito. — O que eu posso dizer? Nasci intrometido e maravilhosamente agradável. É um dom e uma maldição.

Ergo a sobrancelha.

— Uma maldição?

Xan assente e fica de pé. Desce os degraus de madeira até a calçada e me olha de cima a baixo.

— Quando você se dá bem com todo mundo e recebe muita atenção, às vezes você atrai as pessoas erradas — explica ele.

Suas palavras me fazem lembrar dos hematomas em seu braço.

— Aconteceu isso com você?

Ele assente de novo, ainda sorrindo.

— Várias vezes, mas sobrevivi.

Continuo olhando para ele. Parado ali, com uma calça jeans desbotada e uma camisa branca amassada, percebo que não faço ideia de quem Xan é de verdade. Ele é um cara agradável, imagino, mas não sei nada além disso, e quero saber mais. Por ter me dado bem com Érica e com ele, me sinto menos sozinho — parece até que é fácil fazer amigos e que eu não sou péssimo nisso.

— Xan...

Não sei como perguntar isso, então umedeço os lábios enquanto ele espera, os olhos arregalados, ansiosos, o sorriso casual. Sem mais delongas, digo:

— Você está bem?

Ele franze a testa.

— De onde saiu isso?

— É que seu braço... Sem querer, vi os hematomas.

O sorriso dele se desvanece no mesmo instante. Ele junta as mãos em um gesto que me parece nervosismo.

— Estou bem. Bati na porta. Você sabe, o balcão da cafeteria é bem pequeno. Tem muitas quinas, e às vezes esqueço...

— Xan...

— Estou falando sério, não vi uma quina bem do meu lado. Idiota, né? Era uma quina tão óbvia...

— Você não acabou de dizer que foi a porta?

Xan fica pálido e abre a boca, mas não diz nada. Poucos segundos depois, declara:

— Acho que bebi demais, nem sei o que estou falando.

Não senti nenhum cheiro de álcool quando ele estava ao meu lado. Ele está mentindo, mas não julgo; acabamos de nos conhecer e já toquei numa ferida que parece ser muito delicada. Contudo, ficar quieto não é uma opção quando o bem-estar de alguém está em jogo. Se alguém precisa de ajuda, preciso oferecê-la.

Levanto-me e desço os degraus devagar. Xan me observa com cautela.

— Não sei o que está acontecendo — digo, mantendo contato visual —, mas estou aqui para o que precisar.

Xan desvia o olhar.

— Você acabou de me conhecer. Não diga coisas tão profundas para um desconhecido.

— Seja como for, se você não estiver seguro, eu posso te ajudar.

— Eu estou bem.

— Xan...

— Vou procurar a Rain, já que você não cria coragem de falar com ela.

Ele dá um passo para frente e tenta passar por mim, mas seguro seu braço com gentileza.

— Espera.

Xan se desvencilha.

— Eu estou bem, você está procurando pelo em ovo. Você não faz parte da minha vida para se intrometer assim.

Cruzo seu caminho e paro em frente a ele.

— Xan, me escuta. Eu...

Ele parece disposto a ouvir, mas então seus olhos se fixam em algo atrás de mim. E seu olhar se inunda de... medo?

— O que está acontecendo aqui? — pergunta alguém.

Uma voz masculina e bastante rouca ressoa na porta. Quando me viro, encontro o garoto de cabelo preto que não desgruda de Xan.

— Nada — responde Xan, depressa.

— Xan — sussurro. — Foi ele? Se não estiver...

— Ei, novato! Está sussurrando por quê? — pergunta o cara, e me viro para enfrentá-lo.

Parado no topo da escada, ele parece muito mais intimidante do que nas outras vezes.

— Por que eu deveria te dar explicações? — questiono.

Ele inclina a cabeça.

— Você não, mas ele sim — diz ele, apontando com a cabeça para Xan.

— A gente só estava conversando — explica Xan.

— E quem deixou você sair da festa?

Xan baixa a cabeça.

— Eu precisava tomar um ar.

— Sei.

Não consigo acreditar no que estou presenciando. Que tipo de idiota controlador esse cara é? As minhas suspeitas de que ele é o responsável pelos hematomas de Xan crescem a cada segundo.

— Estamos conversando. Será que você pode voltar lá pra dentro? — pergunto, porque não quero que Xan vá embora com ele.

O garoto me observa, depois desce a escada devagar até parar na minha frente.

— Apolo Hidalgo, né? — questiona ele, como se tivesse nojo do meu nome. — Não sei se vir de uma família cheia da grana faz você acreditar que é superior e que pode se meter no relacionamento dos outros, mas não é assim que as coisas funcionam por aqui. Se bem que essa sua atitude explica por que você foi parar no jornal da universidade, né? O cara do campus que levou uma surra.

— Isso é uma ameaça? — indago.

Xan se enfia entre nós dois.

— Acho melhor irmos lá para dentro. Por favor, vai — pede Xan ao namorado.

— Não temos que ir a lugar algum — rebate o cara. — Quem tem que sair é ele.

Xan se vira para mim. A preocupação e a súplica em seu rosto me enchem de tristeza.

— Apolo, volta para a festa, por favor. Me deixa resolver isso — diz Xan.

— Deixar você resolver isso? — vocifera o cara, empurrando Xan para o lado e se aproximando de mim. — Quem é você, hein? Por que o Xan pediria algo desse tipo?

— E quem é você pra querer controlá-lo assim? — pergunto.

— Sou o namorado dele, seu idiota — responde ele.

— E daí?

O cara bufa.

— Tenho todo o direito do mundo, porque estamos juntos — retruca ele.

— Se esse é seu conceito de relacionamento, você está muito errado.

— Eu que sei o que rola entre mim e o Xan, e isso não é da sua conta, seu merda. — Ele usa sua altura e seu olhar frio para me intimidar. — Volta para droga da festa.

— Não estou a fim — declaro.

O cara fica tenso e cerra os punhos.

— Eu entendo *muito bem* os caras que te deram um pau — murmura ele, entredentes.

Xan põe a mão no peito dele.

— Por favor, vamos pra casa.

O garoto de cabelo preto afasta a mão do namorado e não se move. Observo enquanto Xan, nervoso, pega o celular e liga para alguém.

— Dá mais um pio pra ver se eu não quebro a sua cara — ameaça o cara, me encarando. — Uma pena que acabou de melhorar e já vai se ferrar de novo.

— Você não me assusta — rebato.

Ouvimos a porta da casa se abrir. Uma música alta escapa e cessa quando alguém volta a fechá-la. Pouco depois, passos apressados descem os degraus, e, em segundos, ela está parada entre nós, de costas para mim. O cabelo loiro cobre minha visão, e o perfume cítrico me tranquiliza.

Rain…

— O que está fazendo? — pergunta ela, a frieza e a seriedade de seu tom me surpreendem.

Então ela também conhece esse idiota?

O cara estala a língua e dá dois passos para trás com as mãos erguidas.

— Ah, Xan, não precisava chamar a desmancha-prazeres.

— Mais uma briga e você já sabe onde vai parar — ameaça Rain.

Olho para Xan, que assiste a tudo em silêncio.

— Espero você lá dentro, Xan.

O cara se vira e entra na casa. Fico sem entender nada.

Quando Rain se volta para mim, solta um longo suspiro antes de abrir um sorriso caloroso.

— Sinto muito, Apolo.

— Como assim? Por que aquele idiota te obedeceu? — questiono.

Seu sorriso morre um pouco, e Rain desvia o olhar.

— O nome dele é Vance. É meu irmão.

9

RAIN

— Deixa que eu cuido disso.

Fico surpresa com a confiança em minha voz. Olho para todos os lados, menos para Apolo. Embora esteja sentindo os olhos dele em mim, estou envergonhada demais para encará-lo. Para ser sincera, rezei para que Apolo e Vance nunca interagissem. Mas acabei esquecendo totalmente que Xan é o dono da cafeteria Nora e levei Apolo lá. Acho que o universo às vezes encontra maneiras muito bizarras de unir as pessoas.

Xan pega minha mão e encara Apolo.

— Eu vou com a Rain. Você não tem mais com o que se preocupar, Apolo. Está tudo bem.

Quero protestar. Não está nada bem, mas entendo. Xan não quer que Apolo se meta nessa situação horrível, e nem eu, para falar a verdade. Não quero que meu irmão se aproxime dele, nem um pouco. Vance é perigoso, e Apolo é...

Eu me permito lançar um olhar rápido para ele, que está com o rosto ligeiramente franzido de preocupação. Aqueles lindos olhos castanhos vão de Xan para mim, e sinto meu coração acelerar um pouco. Subestimei a beleza dele, tanto por fora quanto por dentro. Ele é gentil e amável, fica corado por qualquer motivo e tem um sorriso angelical que ilumina todo o seu rosto.

Chega, Rain.

— É, o Xan tem razão — concordo. — Vamos ficar bem.

Apolo hesita por um segundo, e sei que vai protestar, mas Xan diz:

— Esse assunto é particular e não te diz respeito, Apolo.

Faço uma careta pela rigidez em seu tom e em suas palavras. Xan nunca fala assim, não é do feitio dele. Fico surpresa por fazer isso justo com Apolo. Sem perceber, Xan aperta minha mão e percebo que ele engole em seco; está nervoso.

Não me diga que...

— Eu sei — responde Apolo, com uma frieza que também me deixa confusa. — Você já falou, não precisa repetir. Eu entendi.

Apolo nos lança um último olhar antes de passar por nós e descer a rua. Fico em silêncio por alguns segundos.

— O quê...? — digo, soltando a mão de Xan e parando na frente dele. — O que foi isso?

— Ele não teria ido embora se eu não tivesse sido grosso.

— Não. Por que você está tão na defensiva com o Apolo? O que o Vance fez dessa vez?

— Nada, ele só criou confusão porque eu estava aqui fora conversando com o Apolo.

Xan volta a olhar a calçada, agora vazia, por onde Apolo seguiu, e dá para ver que ele está arrasado.

Respiro fundo e volto a pegar sua mão.

— Vamos tomar um café. Eu conheço um lugar.

Chegamos à cafeteria Nora e acendemos apenas as luzes do balcão, o que dá ao lugar um ar quase triste e melancólico. Xan prepara um *latte* para ele e, para mim, um chocolate quente. Ao terminar, se senta do meu lado. Por um tempinho, degustamos nossas bebidas.

— Sei o que você vai dizer, Rain — começa Xan.

Ele solta um suspiro, e eu o encaro. A luz amarela do bar reflete em seu rosto, e sua expressão é de pura tristeza. O azul de seu cabelo parece opaco nessa iluminação.

— Quantas vezes vamos ter essa conversa? — pergunta ele.

— Quantas forem necessárias — respondo, sincera.

— Eu o amo.

— Eu sei.

— E ele me ama.

— Não — respondo, firme. — Xan, olha pra mim. — Seguro sua mão, apoiada no balcão à nossa frente. — Vance é meu irmão, sangue do meu sangue. Tenho todas as razões do mundo para sair em defesa dele, para ficar do lado dele, mas nunca fiz isso e nem pretendo. Porque eu o conheço, e ele não é uma boa pessoa. Ele não faz ideia do que é amor, só sabe machucar as pessoas.

— Você não entende, Rain. Ninguém entende a nossa relação. O Vance diz que sempre vão tentar nos separar, que ele é o único que me ama como eu sou, com as minhas falhas e tudo.

— Ele está te manipulando, Xan. Ele afastou você de todo mundo. De mim, dos seus amigos antigos, até da sua família. Sabe por quê? Para o seu mundo girar em torno dele, para que você não pense em deixá-lo nem por um segundo, para que, quando você tentar, não tenha ninguém em quem se apoiar. Ele fez de tudo para isso, para você ficar sozinho.

— Ele esteve comigo nos momentos difíceis, Rain. É sério, você não entende...

— Ele esteve do seu lado nos momentos difíceis porque afastou você de todas as outras pessoas. Tudo o que ele faz é calculado, Xan.

Ele toma um gole da bebida e a saboreia como se estivesse pensando. Seu olhar passa por todos os equipamentos de café, e então Xan suspira.

— Vance deu uma parte do dinheiro pra comprar a cafeteria quando contei que esse era um dos meus sonhos — conta ele.

É a minha vez de tomar um gole do meu chocolate. Xan continua:

— Ele me deixou colocar o nome da minha mãe na cafeteria, que ela descanse em paz. Nora. Sabe como fico feliz de trabalhar aqui todos os dias? Sinto que minha mãe está comigo, me ensinando a fazer o melhor café, como fazia quando eu era criança. Sim, eu sei que o Vance não é perfeito, mas são atitudes como essa que me fazem ficar com ele, Rain. Tem um lado dele que é doce, atencioso e que me faz feliz.

— Você não pode ficar nesse relacionamento só por causa de uma parte dele, Xan. Todo o resto te faz mal. Vance é ciumento e controlador.

— Por que não? Às vezes sou tão feliz com ele que sinto que, quando as coisas ficam ruins, é o preço que tenho que pagar pelas partes boas. E tudo bem por mim.

Isso parte meu coração.

— Xan — digo, firme. — Você merece ser feliz o tempo todo. Não precisa pagar por nada, não é uma dívida.

Ele fica em silêncio por alguns segundos.

— Acho que o Apolo não vai mais falar comigo depois do que eu disse pra ele — comenta Xan.

Sei que está tentando mudar de assunto, mas não insisto porque também não quero sufocá-lo.

— Que nada, ele vai entender. Acho que Apolo é bastante compreensivo.

— Ele gosta de você — acrescenta ele, me observando de canto do olho.

— Você acha?

— Você sabe, Rain. Ele só não dá mais na cara por falta de espaço.

— Realmente.

Xan faz um gesto com a mão, como se esperasse eu prosseguir.

— Que foi? — indago, sorrindo.

— Sei lá. Você… gosta dele?

Observo-o, quase rindo.

— Por que a pergunta?

Ele dá de ombros.

— Só por curiosidade.

— É a primeira vez que você demonstra interesse pela minha vida amorosa.

— Já disse, é só curiosidade — insiste ele.

— De todos os caras que passaram pela sua cafeteria e que estavam interessados em mim, o Apolo é o primeiro que te despertou curiosidade — implico.

Xan bufa e balança a cabeça.

— Não sei o que você está pensando, mas não é verdade. Além disso, acho que ele é hétero. Então não, obrigado. Minha vida já é complicada o suficiente.

— Estou torcendo para sua vida se descomplicar muito em breve, Xan.

Dou um aperto forte na mão dele. Não posso obrigá-lo a terminar com Vance; continua sendo sua vida e sua decisão.

— Estou aqui — digo —, seus amigos ainda estão aqui. Quando você decidir pular fora desse relacionamento, nós estaremos aqui. Vai doer no começo, vai ficar insuportável, mas vai passar.

Xan se levanta e se inclina para me abraçar.

— O mundo não merece alguém como você, Rain Adams.

Abro um sorriso.

— Nesse ritmo, vou encher sua cafeteria de caras caidinhos por mim — brinco.

— Se forem como o Apolo, não me importo.

Eu me afasto de Xan.

— Como é que é?

— Nada!

Xan dá risada e leva as canecas para trás do balcão enquanto continuo implicando. Tenho a sensação de que a chegada de Apolo em nossa vida trará uma mudança positiva. No entanto, o medo que arrepia meu corpo só de pensar que meu irmão pode machucá-lo abafa esse sentimento.

APOLO

Não consigo dormir.

Viro de um lado para o outro na cama. Minha mente repassa cada momento, cada olhar e, lógico, a maneira como Rain e Xan se despediram de mim depois do que aconteceu. Sem explicação, só com um "esse assunto é particular e não te diz respeito". Queria fazer tantas perguntas, queria me meter na história, mas sabia que não podia. Nunca fui de insistir ou me intrometer nos problemas dos outros. Respeito muito a privacidade das pessoas. No entanto, me preocupo com Xan por causa daquele cara...

Vance.

Que, no final das contas, é irmão de Rain... Sinceramente, por essa eu não esperava.

O sorriso desconfortável dela atormenta meus pensamentos. O modo como cerrou os punhos e evitou olhar para mim... como se estivesse envergonhada. E não tinha motivo para isso, ela não tem culpa pelo irmão. Foi a primeira vez que eu a vi assim, nem naquela noite chuvosa ela estava tão... tensa, como se quisesse sair correndo na hora.

Desisto e saio do quarto. O longo corredor escuro me acolhe até eu chegar à sala, e me surpreendo ao encontrar a luminária ao lado da varanda acesa. Eu me assusto ao ver uma silhueta no final do longo sofá.

— Ah! — grito. — Kelly...

Ela está ali, sentada de pijama, abraçada aos joelhos. Olha para a varanda, o cabelo solto caído no rosto.

— Kelly?

A garota baixa a cabeça, usando o cabelo como uma cortina para se esconder, e enxuga o rosto de um jeito discreto. Está chorando? Será que brigou com Gregory?

Dou um passo em sua direção.

— Estou bem — garante ela, erguendo o rosto para mim.

Seus olhos inchados dizem o contrário.

— Kelly…

— Não consegue dormir? Nem eu — diz ela, com um sorriso falso que me entristece.

Eu me sento no sofá, deixando um espaço entre nós dois, pois não quero incomodá-la.

— Pois é… Foi uma noite diferente. Não consigo parar de pensar.

Ela assente.

— Apolo, o cara que analisa tudo — diz Kelly, balançando a cabeça. — Quando te conheci, achei que você não queria falar com ninguém, que não perdia tempo com simples mortais, sabe? Achei que era metido.

Quando ergo a sobrancelha, ela acrescenta:

— Qual é, não me julga, Apolo Hidalgo! Com esse seu sobrenome e esse seu…

— Esse meu…?

— E esse seu rostinho bonito.

Kelly dá de ombros, e finjo que seu comentário não faz diferença para mim. Não sei receber elogios.

— Enfim — continua ela —, agora que te conheço, já sei o que é.

— E é o quê?

Cruzo os braços para parecer interessado. Topo o que for necessário para fazer com que Kelly se distraia de seus problemas e pense em outro assunto.

— Você passa o dia pensando demais em tudo. Precisa dar uma relaxada.

— É isso o que todo mundo sempre me diz. Entra na fila — respondo, meio brincando.

Ela faz uma careta e aponta o dedo para mim. Estava sentindo falta disso. Sempre me senti muito confortável na presença da Kelly, mas acho que é por causa do longo tempo que ela passa aqui.

— É sério — continuo. — Você não é a primeira pessoa que me diz isso: meus irmãos, as namoradas deles, o Greg… — Lembro de Charlotte e de seu relacionamento aberto. — Umas amigas da faculdade... Todo mundo.

— Então por que você não toma uma atitude?

Ela se vira para me encarar.

— Por que não relaxo? — Solto um suspiro. — Sei lá. Acho que não consigo.

— Não se cansa de viver assim? Deve ser difícil pensar em cada coisinha, como se estivesse andando por um campo minado, analisando cada movimento.

Kelly abraça uma almofada do sofá, e minha atenção vai instintivamente para seu decote. A gola V do pijama largo revela a pele entre seus seios. Subo o olhar no mesmo instante, as bochechas um pouco quentes.

O que ela estava dizendo mesmo? Ah, perdi o foco por um momento, sem querer, e o que sai da minha boca é o que eu queria perguntar desde que a vi aqui:

— Por que você estava chorando?

Ah, que ótimo, Apolo, muito sutil.

Ela afasta o olhar e solta um suspiro.

— Direto ao ponto, hein?

— Desculpa, você não precisa...

— Tudo bem, não é um grande segredo, eu sou uma mulher comum.

— Não fala assim.

Kelly dá risada.

— É verdade. Estou chorando por um cara... Por um cara que não me quer.

Não sei o que dizer.

— O Gregory? — pergunto.

— Quem mais seria? — retruca ela.

Kelly solta um suspiro, e trocamos um olhar. Parece que pensamos a mesma coisa, porque ela explica:

— Achou mesmo que pudesse ser você? Não sou tão emocionada a ponto de chorar por você, Apolo, sendo que a gente nem... — Ela para de falar.

É como se nossas mentes estivessem conectadas. Ao mesmo tempo ela parece se lembrar da noite da festa aqui em casa, dançando comigo, se esfregando em mim, e então de quando confessei para Gregory que gostava dela.

Silêncio.

Certo, o clima leve morreu, isso é óbvio. Passo a mão pela nuca e solto um pigarro.

— Não sou tão egocêntrico de achar que você estava chorando por mim, Kelly.

— Eu sei, só estava brincando — responde.

Ela aperta a almofada um pouco mais.

— Então... o Gregory, hein? O que aconteceu, afinal? — indago, curioso.

— Estou confusa... Ele e eu... bem, nós nos divertimos muito, mas parece que toda vez que vamos formalizar as coisas... um de nós se fecha. É estranho, como se nunca estivéssemos no mesmo momento. E ele...

— Ele o quê?

— Acho que ele ainda a ama.

— Ama quem? — pergunto, franzindo as sobrancelhas.

— A ex-namorada.

Essa informação me pega completamente desprevenido. Gregory nunca mencionou garota nenhuma. Ele é um cavalheiro, mas acho que teria mencionado uma ex-namorada para mim, ainda mais se for verdade isso de que não conseguiu esquecê-la. Fico intrigado.

— Não faço ideia de quem você está falando.

— Viu? Eu sabia. Ele nunca fala dela, é como se fosse seu Voldemort.

— Eu não fazia ideia que o Gregory já tinha namorado sério. Achava que o primeiro ano dele na faculdade tinha sido tão louco quanto o segundo — comento.

Kelly suspira.

— Que nada. Pelo que sei, ele estava na faculdade há uns dois meses quando a conheceu.

— Qual é o nome dela?

— Érica.

— O quê?

Congelo. Não pode ser a mesma Érica, uma das únicas amigas que fiz na universidade.

10

APOLO

Kelly pega o celular para me mostrar o Instagram, e na tela está aberto o perfil de Érica. A maioria das fotos é de cafeterias e selfies com um sorriso. Não tem nenhuma foto em que ela não esteja com uma expressão feliz. E confirmo que sim, é a mesma Érica, minha única amiga no curso. E a conversa que tive com ela há algumas semanas e sua reação, saindo da sala furiosa, agora fazem todo sentido: "O festeiro de carteirinha é seu amigo?".

— Entendi — digo.

Eu tento disfarçar o interesse, porque contar para Kelly que conheço a Érica não vai ajudar em nada, e ela já parece estar triste o suficiente.

— Sabe o que rolou entre eles? — pergunto.

— Não faço a menor ideia, nem sei quem terminou com quem, mas ele... Não sei explicar, Apolo. Às vezes, dá pra perceber quando ele está pensando nela, mesmo estando ao meu lado.

— Sinto muito. Você deve se sentir...

— Às vezes é horrível, mas em outras nem ligo.

— Sério?

— Por isso digo que estou confusa. Isso me afeta e dói de vez em quando, mas tem dias que simplesmente não faz nenhuma diferença. Não sei o que eu sinto.

— Ah, entendi.

Na verdade, não estou entendendo nada do que está rolando entre eles. Kelly deita o rosto no sofá e me observa por alguns segundos.

— Nunca vamos falar daquilo? — indaga ela.

Fico tenso por um instante.

— Do quê?

— Do que... você disse para o Gregory quando estava bêbado, lembra?

Ah.

Dá para sentir o calor descendo pela minha nunca. Mas ela está certa, eu nunca expliquei. Nem mesmo pensei nisso ou me desculpei com ela.

— Desculpa, Kelly, não sei o que deu em mim. Aquele foi um dia ruim e tinha bebido demais. Sério mesmo, me desculpa por ter te colocado em uma situação complicada.

Kelly fica em silêncio por alguns segundos, só me olha com uma intensidade que não consigo interpretar.

— É reconfortante.

— O quê? — pergunto, confuso.

— Seu jeito de ser. Você é reconfortante, Apolo. Sempre toma cuidado com o que faz para não machucar ninguém e se desculpa quando é necessário... Conheci poucas pessoas como você.

A forma com que diz "você" e olha para minha boca é tentadora, preciso admitir. Por isso fugi dela, por isso não quis lidar com a situação. Porque gosto dela, e estarmos aqui, só nós dois, torna tudo tão óbvio que é impossível negar. Solto uma risadinha para quebrar um pouco o clima.

— E essa é a parte em que você diz que eu sou diferente dos outros — brinco.

Kelly não ri.

Ela se arrasta para um pouco mais perto de mim no sofá, e eu congelo. Sinto o calor de seu corpo se misturar com o meu. Agora, consigo ver melhor como seus olhos estão inchados e seu nariz vermelho. E mesmo assim ela continua linda. Seus lábios parecem tão carnudos, tão úmidos...

— Kelly... — sussurro.

Não sei o que ela está fazendo, mas não deveríamos estar tão próximos. Ela não deveria brincar com fogo, mas é isso o que faz desde que a conheci. Olha nos meus olhos e sorri.

— Eu... acho que gosto de você — revela.

Kelly toca meu rosto e eu quase fecho os olhos. Faz tanto tempo que ninguém me toca com tanta delicadeza e carinho. Ah, estou precisando disso, só não acho que deveria vir dela.

— Kelly....

— Precisamos conversar sobre isso em algum momento.

— Acabamos de conversar, e já pedi desculpas — respondo, firme.

Seu sorriso morre, e ela baixa a mão. Quase protesto.

— Ah, entendi. Foi um erro. Entendi.

Ela limpa a garganta e desvia o olhar. Em seguida, volta a abraçar a almofada e umedece os lábios, envergonhada.

Parece que todas as vezes que me disseram para ser uma pessoa menos analítica, para deixar a vida me levar sem pensar tanto, pesam sobre mim. Não é o momento certo, talvez não seja nem a pessoa certa, mas quero beijá-la. Queria fazer isso desde que começamos a criar uma intimidade. E são as palavras de Gregory que, por fim, me dão força: "A gente não tem nada sério, mas agradeço a sinceridade... Você tem que parar de levar a vida tão a sério, Apolo. Você só tem dezoito anos, está na faculdade, rodeado de garotas... Aproveita."

Então, seguro o rosto de Kelly, que me encara um pouco tensa. Engulo em seco, minhas intenções evidentes. Ela se aproxima, nossos lábios roçam um no outro, e um calor percorre meu corpo. É como se isso despertasse todo o meu desejo. Paro de pensar e a beijo descontroladamente.

Poucas vezes na vida me deixei levar como agora.

Beijo Kelly com gentileza, mas também sou selvagem. Esfrego a boca na dela e chupo seus lábios meio desajeitado a princípio, até entrarmos no ritmo. Ela sabe o que faz, inclinando a cabeça e movendo a língua de um jeito que me deixa louco. Pouco tempo depois, sinto o calor descendo pela minha virilha. Nossas respirações estão pesadas no silêncio da sala. Ela morde meu lábio, e deixo escapar um gemido rouco, voltando a beijá-la com desespero. Meus gestos ficam mais agressivos, então ela geme baixinho e passa a perna por cima de mim para se sentar no meu colo e roçar na minha ereção.

Desço as mãos para seus quadris e aperto. Ela geme em meus lábios. Não sei se é porque gosto dela de verdade, mas essas sensações não se comparam com nada que senti nos últimos tempos. Com Charlotte, tudo foi muito rápido, muito físico, e com Kelly é... tem algo a mais. O beijo é incrível: não apenas carregado de desejo, mas também de uma necessidade de... carinho... de ser apreciado por alguém. A forma como nos tocamos, como nos beijamos... cada gesto tem um toque suave, quente. Eu levo meus dedos até sua camiseta, tocando sua cintura e sua barriga.

Nós nos separamos por um segundo para podermos respirar.

— Apolo... — sussurra ela ao abrir os olhos.

Eu me perco em seu olhar por alguns segundos, porque não sei o que dizer.

Pego uma mecha de seu cabelo e a coloco atrás de sua orelha. Não deveríamos fazer isso, certo? Em um minuto ela estava chorando por outro cara e eu estava consolando, em outro estamos nos beijando com ela no meu colo desse jeito. O que estou fazendo?

— A gente não deveria fa... — resmungo.

Kelly me interrompe, mexendo o quadril. Já estou completamente duro e nem sei mais o que ia dizer. Ela enterra o rosto em meu pescoço e começa a lamber, sem parar de se mover. Solto um suspiro, fecho os olhos e deixo a cabeça cair para trás, no encosto.

— Kelly...

Ela continua lambendo meu pescoço até chegar à minha orelha.

— Para de pensar tanto, Apolo — murmura ela.

Kelly está ofegante. Envolvo minhas mãos em sua cintura e sinto cada movimento dela no meu colo. Eu a desejo muito. E isso me incentiva a segurar seus ombros para tirá-la de cima de mim. Ela me olha confusa, e eu subo sua blusa, deixando seu seio à mostra... pequeno e sexy. Sinto minha ereção estremecer um pouco com a visão, e ela não diz nada, apenas olha para mim, esperando.

Não aguento mais.

Eu me rendo e mergulho o rosto em seus peitos, enfiando um deles na boca. Ela geme e se contorce enquanto chupo e dou lambidas em seu seio com desejo. Esperei tempo demais, estou com tanto tesão... Traço um círculo na aréola com a língua, o mamilo já endurecido. Ela acaricia meu cabelo e rebola mais os quadris. Sentir sua virilha contra minha ereção é uma tortura. Coloco o outro seio na boca, deixando rastros de saliva por sua pele. Seus movimentos se tornam desajeitados e descoordenados, os gemidos mais altos. Cubro sua boca com a mão, porque sei que Gregory deve estar no quarto.

Consigo sentir o calor entre suas pernas. Meu tesão aumenta só de imaginar o quanto deve estar molhada e como eu gostaria de estar dentro dela. Kelly segura meu rosto e me beija outra vez. Agora, o beijo é ainda mais desesperado, sensual e voraz. Não há mais gentileza, nós dois estamos excitados demais para isso. Desejamos um ao outro e queremos transar, isso é tudo.

De repente, o barulho de porta se abrindo no corredor nos surpreende. Nós nos desgrudamos o mais rápido o possível. Kelly baixa a camiseta e vai para o outro lado do sofá, enquanto eu agarro a almofada e cubro minha ereção. Estamos ofegantes quando Gregory chega na sala todo descabelado e com o olho semicerrado, fazendo esforço para nos enxergar.

— O que vocês estão fazendo acordados? — pergunta, bocejando e tateando a parede em busca do interruptor.

— Conversando para ver se o sono vem — responde Kelly.
— Não acende a luz, aí que vai nos despertar de vez.

— Achei que eu tinha ouvido gemidos... — diz Gregory, bocejando novamente.

— Ah, a sacada está aberta. Um carro passou com umas crianças gritando. Sabe como é, fim de semana... — explica Kelly.

Fico surpreso com a naturalidade com que ela mente; eu, pelo contrário, não consegui falar nem uma palavra.

— Ah... — Gregory coça a nuca e olha para mim. — Você está bem?

Assinto.

— Estou, sim. Só não consegui dormir muito.

— Continua pensando na Rain, né? — comenta Gregory, e fico tenso.

Olho para Kelly, que agora está com uma expressão sombria. Ele continua:

— Você está obcecado por ela. Mas quem sou eu pra julgar, a Rain é mu...

— Por que você não foi na festa? — interrompo para mudar o rumo da conversa.

Não sou tão idiota de começar a falar de outra garota com a Kelly do meu lado, ainda mais logo depois de a gente se pegar.

— Levei um chute no último jogo de futebol e estou com a perna dolorida. Vou tomar um remédio pra dor — responde Gregory.

Ele vai até a cozinha pegar uma garrafa de água. O cômodo se ilumina com a luz da geladeira. Então volta para o corredor, mas para e olha para Kelly, como se a esperasse. Ela sorri e se levanta.

— Espero que você consiga dormir bem, Apolo — diz ela.

Kelly segue atrás dele, e eu fico olhando os dois desaparecerem no corredor. Por um segundo, ouso imaginá-la dormindo comigo, não com ele. Isso me confunde e cria uma sensação amarga na minha boca. Será que vão transar? Será que Kelly transaria com ele logo depois de ficar excitada por mim?

Isso. Não. É. Da. Sua. Conta. Apolo, lembro a mim mesmo.

Quando a beijei, sabia que ela estava com ele. Não tenho o direito de me sentir mal. Contudo, como sou um idiota, me sinto estranho de qualquer forma e não entendo. Jogo a almofada no sofá e vou para o quarto.

Desabo na cama e verifico o celular. Eu me deparo com uma mensagem de texto de um número desconhecido:

> Não vou conseguir dormir sem pedir desculpas: perdão pela forma como falei com você. Só estava tentando ajudar. A Rain me passou seu número. É o Xan.

Isso me leva de volta à confusão em que eu me meti pouco tempo atrás. Umedeço os lábios e respondo:

> Fica tranquilo, não foi nada.

> Amanhã você pode pedir o que quiser na cafeteria, por conta da casa. Pra compensar.

Isso me faz sorrir no escuro.

> Beleza. Até amanhã, Xan.

11

XAN

Um, dois, três, quatro, cinco.

Plim…

As portas do elevador se abrem, e eu respiro fundo. Vou devagar até a porta do nosso apartamento e fico parado por alguns segundos. Do fundo do coração, espero que Vance tenha bebido bastante na festa e esteja dormindo feito uma pedra. Amanhã será um novo dia.

Coloco a chave na fechadura e ela se abre com um clique suave. Ouço o barulho da televisão ligada na sala de estar, no fim do corredor. É óbvio que ele está acordado, me esperando. Vance não deixa nada passar assim tão fácil. Solto um suspiro, tranco a porta e deixo os sapatos perto da entrada. Vance é muito obcecado, precisa manter tudo impecável. Quando comprou o apartamento, reformou tudo: chão de mármore branco, cozinha branca… Tudo é tão claro que dá para notar qualquer poeira na hora.

Entro na sala, e ali está ele. Despenteado, sem camisa e com uma calça de pijama que usa lá embaixo na cintura. Esse corpo definido e musculoso já foi meu porto seguro tantas vezes… Vance não olha para mim, apenas toma um gole de cerveja. Franzo os lábios, sem saber o que fazer.

— Vance.

— Sua noite foi boa?

Sua voz não é calorosa, é... sombria. Sinto meu coração acelerar um pouco por medo de discutir, mas a conversa que tive com Rain me incentiva.

— Eu estava no Nora com a sua irmã.

— Disso eu sei.

Ele pega o controle da TV e muda do canal que está passando para um aplicativo que mostra as câmeras da cafeteria.

Franzo as sobrancelhas.

— Não sabia que dava pra ver as câmeras daqui.

Vance olha para mim.

— E você se incomoda? Por eu poder ver todas as vezes que aquele pirralho foi na cafeteria?

Sei que ele está falando de Apolo, e agora tudo faz sentido. Por isso Vance tem ido me ajudar na cafeteria tantas vezes nos últimos tempos. Ele viu Apolo nas câmeras. Fui um idiota por achar que era para passar mais tempo comigo.

Vance se levanta e vem até mim, devagar, os olhos procurando alguma coisa em minha expressão.

— Eu tenho cara de idiota, Xan?

— Não. A gente tem muitos clientes que vão todos os dias, Vance. Ele é só mais um.

Ele sorri, maldoso.

— Só mais um? E que merda foi aquela na festa? — indaga ele.

— É normal se preocupar com alguém. Apolo é gentil com todo mundo. Não tem nada além disso, eu juro.

— Talvez não tenha nada da parte dele, porque ouvi pela câmera que ele está louco pela minha irmã. Mas e você? Eu te conheço, Xan. Sei como você age quando está interessado em alguém.

Balanço a cabeça.

— Você está louco — declaro.

— E arrisco dizer que, se eu não estivesse no Nora todos esses dias, você teria flertado mais com ele.

— Vance, já falamos disso. Para de pensar o pior de mim, eu nunca te dei motivos pra desconfiar.

Ele dá mais um passo, e eu recuo. Bato as costas na bancada da cozinha, não tenho mais por onde escapar. Vance segura meu rosto com delicadeza.

— Fica longe dele — avisa ele. — Não sei como, mas não quero vê-lo na cafeteria de novo.

Abro a boca para protestar, mas ele me beija. É um beijo rápido, para me calar, e mesmo assim faz com que eu sinta mil coisas, porque o amo tanto... Ele se afasta de mim.

— Nós estávamos tão bem, Xan — acrescenta ele. — Por favor, não deixa um carinha qualquer estragar tudo. Temos uma vida juntos, construímos tudo isso com muito esforço, você sabe muito bem.

— Eu sei.

— Então, o que é mais importante pra você? Quais são suas prioridades? Um cara que acabou de conhecer ou eu?

— É lógico que você é minha prioridade. Mas também quero fazer amigos, Vance.

Eu tento me manter firme, como conversei com Rain.

— Você não precisa de amigos — declara ele. — Quem estava com você quando sua mãe adoeceu?

Fico em silêncio. Vance continua:

— Quem estava aqui com você em todos os momentos? Ajudando a pagar as contas? Lidando com seu luto quando você perdeu a sua mãe?

Vance segura meu rosto com as duas mãos e olha nos meus olhos.

— Ninguém conhece você como eu, Xan — continua ele. — Sei que minha irmã adora colocar ideias na sua cabeça, mas ela não esteve aqui nos seus piores momentos, e você sabe disso. São só palavras bonitas e promessas vazias até que as coisas fiquem feias de verdade, aí o único que sobra ao seu lado sou eu.

— É só que... ter amizades... é normal, Vance — murmuro.

— Não, não é normal, Xan. Todos fingem ter amizades, mas você amadureceu, já passou dessa fase ingênua de acreditar que precisa de amigos.

Quero responder, mas ele volta a me beijar. Desta vez, não é um beijo rápido. É um beijo apaixonado, a língua entrando na minha boca de forma brusca. Ele passa os braços por minha cintura, descendo as mãos para apertar minha bunda enquanto inclina o rosto e me beija com mais força. Então afasta a boca para lamber meu pescoço, e eu me entrego. Afinal, como não? Nunca pensei que amaria alguém tanto assim. O sentimento me consome e me desarma cada vez mais.

Vance deixou a porta do banheiro aberta, então o som do chuveiro ressoa por todo o quarto. Estou deitado de lado na cama, o cobertor sobre meu corpo nu. Fico olhando para a grande parede de vidro que mostra uma vista linda de Raleigh à noite, sem ninguém para nos ver do lado de fora.

Ele sai já vestido, secando o cabelo com uma toalha.

— Vou para o estúdio. Tenho que fazer uma live, talvez eu só acabe amanhã. Descansa.

Ele se inclina e me dá um beijinho. Não respondo, porque essa é a rotina todo fim de semana. Vance passa as noites no estúdio, que fica do outro lado do apartamento, produzindo conteúdo. Poucas são as vezes em que dorme comigo, e sinto muita falta disso. Por mais luxuoso que seja, este quarto se tornou frio e solitário.

Vance sai e fecha a porta, e penso em outra coisa que me incomoda um pouco. Ele nunca assumiu nosso relacionamento, nem mesmo saiu do armário para seus seguidores. Respeito seu tempo e suas decisões, mas é um pouco irritante vê-lo explorando a própria beleza e flertando descaradamente para atrair garotas... Sinto que ele as usa, deixa que elas criem esperanças...

mas talvez eu esteja pensando demais. Tenho certeza de que o público respeitaria se ele se assumisse.

Mas tem a questão das colaborações que ele faz com algumas criadoras de conteúdo, em que flertam de brincadeira ou fazem vídeos de "meta de relacionamento", coisas assim. Sei que não é real, mas dói ver meu namorado fazendo essas coisas com outras pessoas, e não comigo. Não tenho nada contra as garotas, só gostaria de ser a pessoa que faz esse tipo de vídeo com ele. Queria ver os seguidores nos desejando o melhor e coisas fofas. Em vez disso, quem recebe esses comentários são outras garotas.

Encaro o teto. Por fim, penso no que venho evitando por um tempo: Apolo. Sua expressão magoada me assombra, e sei que devo me desculpar, por isso pedi seu número para Rain na cafeteria.

Pego o celular na mesa de cabeceira e escrevo:

> Não vou conseguir dormir sem pedir desculpas: perdão pela forma como falei com você. Só estava tentando ajudar. A Rain me passou seu número.
> É o Xan.

Nervoso, espero uma resposta que talvez não chegue. Apolo está no direito de não falar comigo nunca mais depois daquela cena na festa. Sinto meu celular vibrar e abro a mensagem tão rápido que quase ligo para Apolo sem querer.

> Fica tranquilo, não foi nada.

Volto a respirar.

> Amanhã você pode pedir o que quiser na cafeteria, por conta da casa. Pra compensar.

O aviso de Vance ressoa em minha mente. Mesmo assim, posso fazer um último café para Apolo antes de pedir que nunca mais volte ao Nora. Nem sei como vou conseguir dizer isso.

> Beleza. Até amanhã, Xan.

Suspiro, guardo o celular e volto a encarar o teto. Eu me levanto e vou até a janela observar as luzes da cidade.

Eu me sinto tão só...

Vance diz que amigos não fazem falta, mas ele mesmo tem alguns e sai com eles, se diverte, enquanto eu fico aqui, neste lugar frio, sozinho. Nunca fui o tipo de pessoa que vive rodeado de gente, sempre fomos só minha mãe e eu. Cresci nos arredores de Raleigh, no interior, com pessoas conservadoras. Precisei fingir que era como os outros garotos, porque a única vez que deixei meu verdadeiro eu vir à tona, zombaram tanto de mim que ainda tenho pesadelos com isso. Mas sempre quis conhecer pessoas e ter muitos amigos. Sempre quis que me aceitassem como sou, que se divertissem comigo, que me apoiassem e pudessem contar comigo. É como se tivesse uma parte de mim... do pequeno Xan, que quer ser aceita e ter aqueles amigos que nunca teve na época de escola.

Mas Vance tem razão. Talvez tudo de que eu precise seja uma única pessoa que esteja aqui comigo. Minha mãe era tudo para mim, e agora ele cumpre esse papel. O vazio que busca aceitação e amizades será preenchido com o tempo, já não sou um menino. Estou bem assim, não preciso de mais nada.

Coloco uma roupa e vou fazer um chá de camomila. Com a caneca em mãos, vou até o estúdio. A porta está entreaberta, e consigo ver Vance sentado na frente do monitor, rindo e umedecendo os lábios.

— Obrigada pela doação, rosinha276, você sempre me apoia tanto... Quero te dar um abraço quando te encontrar.

Faço uma careta e volto para o quarto. Ao entrar, vejo a tela do meu celular acesa.

Uma ligação perdida de Apolo.

Engulo em seco e hesito. Olho para a porta e a fecho. Eu me sento na cama e retorno a ligação.

— Oi. Você me ligou?

— Sim — diz Apolo, com sua voz rouca —, só queria ter certeza de que você está bem.

— Estou, sim. Para de se preocupar comigo.

Apolo suspira.

— Não consigo dormir.

— E ligar pra mim é sua solução? — pergunto, me acomodando na cama e deixando a caneca de chá na mesa de cabeceira.

— Desculpa... Você estava dormindo?

— Não.

— Está... com ele? — questiona Apolo.

— Aham. Mas agora ele está... trabalhando.

Antes que ele possa comentar qualquer coisa sobre Vance, acrescento:

— Por que não consegue dormir? Estava pensando demais na Rain?

— Eu penso demais em tudo, pensar é minha paixão.

Dou uma risada.

— Percebi isso na cafeteria... E no que você está pensando?

— Que preciso parar de beijar garotas se não tenho certeza do que quero com elas.

Ah.

— Apolo... você é um menino malvado, hein?

— Imagina, não é o que você está pensando. Todo mundo diz que eu deveria relaxar, viver a vida, mas aí acabo me deixando levar nos piores momentos.

— E acaba fazendo merda?

— Pois é.

— E o que há de errado nisso? Bem-vindo à vida real, Apolo. Aqui, todos fazemos merda o tempo inteiro.

— Não gosto de errar... Tenho que ser...

— Perfeito? Se é isso o que você pensa, vai levar uma vida de decepções. Buscar a perfeição só traz frustração.

— Você é bom em dar conselhos, Xan.

— Obrigado.

— Você é bom em se aconselhar também? — pergunta ele.

Fico tenso.

— Não muito.

— Acho que todos nós somos assim, né? Especialistas quando precisamos aconselhar os outros, mas um desastre com nossas próprias vidas.

Tomo um gole do chá.

— Por que estamos nesse papo profundo às duas da manhã? — indago.

Apolo dá um suspiro.

— As melhores conversas acontecem de madrugada — responde ele.

— Bem, me fala mais de você, Apolo. Tudo o que sei até agora é como você gosta do seu café, que você beija garotas, que tem medo de fazer merda e que gosta da Rain.

— Por onde que eu começo...? — sussurra ele.

Abro um sorriso. De repente, a porta do meu quarto se abre.

Vance entra, e seu olhar vai para o celular no meu ouvido. Seu rosto fica vermelho, dominado pela fúria, e baixo o aparelho na hora, desligando a ligação.

— Com quem você está falando? — pergunta ele.

Ele corre até mim, e eu levo o celular às costas, fora de seu alcance.

— Xan!

— Você não estava fazendo uma live?

Vance se inclina e agarra meu braço com força. Faço cara de dor, mas consigo me soltar.

— Vance, se acalma!

— Com quem você estava falando?! — grita ele na minha cara, me puxando pelo cabelo.

— Vance, para.

Tento me soltar, mas seus dedos apertam com força e minha cabeça dói. Com a outra mão, ele pega meu celular e quase explode de raiva ao ver o nome de Apolo na última chamada.

— Eu sabia que não podia confiar em você!

Vance me solta, e eu bato na parede, gemendo de dor. Ele joga o celular em mim, furioso, e mal consigo pegá-lo no ar.

— Acabamos de ter essa maldita conversa! E, assim que eu me descuido, você liga pra ele? Como assim? Que merda é essa, Xan?

— Ele só queria saber se cheguei bem em casa, só isso.

— Você não está nem aí para mim.

— Vance...

— Acabamos de conversar! Puta merda!

— Eu não estava fazendo nada de errado, só estávamos conversando — explico.

— Logo depois que eu falei que não queria que você fizesse isso? Você não me ama, Xan. Se amasse não teria feito isso comigo.

— Feito o quê?

— Falado com esse cara depois de eu ter pedido com todas as letras para você se afastar dele.

— Vance...

Ele dá meia-volta e segura a própria cabeça com força enquanto olha para mim. Já sei que não vou gostar do que ele vai dizer.

— Por isso ninguém levava você a sério antes de eu entrar na sua vida, porque você faz esse tipo de coisa.

Escutar isso dói muito. Antes de conhecer Vance, saí com vários caras, até me apaixonei. Infelizmente, nenhum deles queria nada sério, e em todas as vezes saí de coração partido. Por isso as palavras de Vance abrem uma ferida de inseguranças, e não sei o que dizer.

— É isso que você é, Xan? Um rodado ridículo?

— Não, não. Eu te amo, Vance, só você. Não tem mais ninguém.

Seus olhos pretos param em mim de repente.

— Então prova. Me dá seu celular.

— O quê? — pergunto.

— Me dá a merda do seu celular. Não vou conseguir continuar a live tranquilo se não tiver certeza de que você não está aqui conversando com ele em segredo.

— Vance, você está passando dos limites. Eu não vou...

— Me dá a droga do celular!

A raiva que emana dele me apavora, e eu acabo cedendo. Não quero que essa discussão cresça ainda mais, não quero que ele volte a me machucar. E, só para piorar a situação, meu celular vibra com uma chamada de Apolo.

— Acho que ele só deve estar preocupado porque desliguei na cara dele.

— Atende e coloca no viva-voz. Diz que não quer mais saber dele na sua vida.

Balanço a cabeça, e Vance trinca o maxilar.

— Xan.

— Vance, por favor.

— Anda logo! Ou eu deveria fazer algo com ele?

A ameaça me paralisa.

— Não.

— Então faz o que estou falando.

Assinto, atendendo o celular e colocando no viva-voz.

— Xan? Está tudo bem?

Ao ouvir a voz de Apolo, sinto vontade de chorar, porque tenho muito medo e porque há poucos minutos me senti completo e em segurança conversando com ele. Mas me controlo e faço o que Vance mandou.

— Apolo, acho que é melhor... você deletar meu número. Na verdade, não estou com tempo pra fazer amigos agora. Boa sorte com tudo.

— O quê? O que você disse, Xan?

— Por favor, me deixa em paz, não complica a minha vida. Não me liga mais. Adeus.

E desligo.

Por alguns segundos, que parecem uma eternidade, Vance apenas olha para mim, e logo se aproxima e segura meu rosto.

— Viu? Não foi tão difícil, Xan. Vamos evitar muitos problemas com essa ligação. Quer outra briga como essa?

— Não.

— E não vamos ter, porque o motivo não estará mais presente. Vamos ficar bem, somos você e eu contra tudo. Você é a coisa mais importante para mim, e é por isso que eu fico assim.

Ele me abraça forte. Seu corpo era um lugar que me aquecia e me dava segurança, mas agora só sinto frio, como na janela com vista para a cidade. Com o queixo apoiado em seu ombro, deixo as lágrimas se formarem em meus olhos. As luzes dos prédios vizinhos se tornam pontos borrados, e uma tristeza profunda me percorre e me sufoca.

Eu me lembro de minha mãe e de como ela trabalhou e lutou por mim, o quanto sofreu ao adoecer. Ela deu tudo para me criar... Será que ficaria orgulhosa de mim? Ou não? Depois de tudo, não sei mais quem eu sou nem qual é meu destino. A única coisa que tenho é Vance, e ele parece mudar mais a cada dia. Não restou quase nada do garoto amável e sério por quem me apaixonei. Quase nunca recebo uma demonstração do amor dele, como antes quando transávamos, sem que depois acontecesse algo de ruim, como agora.

Tenho uma dívida constante por seu afeto, e o preço é a dor.

Vance acaricia minhas costas.

— Não chora, não é pra tanto. Não seja tão dramático, Xan.

— Me desculpa.

— Vou fazer com que tudo isso passe.

Vance continua me abraçando e começa a beijar meu pescoço enquanto toca meu membro. A última coisa que quero é transar, mas não tenho forças para impedi-lo ou enfrentá-lo. Não quero que ele ache que não quero transar por estar pensando em Apolo ou qualquer outra loucura que passe por sua cabeça e acabe gritando comigo ou me machucando de novo. Por isso, não reclamo quando ele me beija e tira minha roupa, nem quando me vira e me inclina na cama. Meu corpo responde automaticamente ao estímulo e à familiaridade, mas minha mente está enevoada, ausente, como se eu não estivesse mesmo aqui.

E não quero estar aqui, portanto me permito pensar em outras coisas — nos meus amigos de antigamente, no cheiro de café fresco da minha mãe, nas palavras de Rain, no sorriso gentil e caloroso de Apolo. As lágrimas escorrem de meus olhos e molham os lençóis.

Porque me sinto sozinho, preso, e porque, mais do que tudo nesse mundo, quero ter amigos.

12

APOLO

— Achei que você fosse meu amigo, Apolo — repreende Érica, com raiva.

— E eu sou.

— Nota baixa? Sério?

Érica lê nosso artigo de testa franzida. Não a culpo, fizemos esse trabalho de Psicologia Social juntos. Ela adorou tudo o que eu disse que escreveria, mas, de nós dois, a única pessoa que acabou colocando as ideias genais em prática foi ela. Só escrevi algumas linhas; sério, foi um milagre eu ao menos ter feito uma participação neste trabalho. Venho tendo muitos problemas de concentração e motivação. Quando tento descobrir o que está acontecendo, tudo me leva àquela noite horrorosa, então afasto o pensamento no mesmo instante. Isso para não falar da última vez que vi Rain, quando conheci seu irmão e Xan pediu para que eu me afastasse.

— O que houve? — pergunta ela.

Érica me devolve o papel e cruza os braços. A brisa de outono balança seus cachos de leve. Uma mecha escapa por cima de seu nariz, rebelde, e ela a afasta. Está esperando uma resposta.

Evitando o olhar dela, observo pela janela do refeitório uma árvore que já perdeu todas as folhas.

— Apolo? — insiste ela.

— Sei lá.

Ela solta um suspiro e toma um gole de café.

— Ai, a gente tinha que ter ido na cafeteria Nora. O café daqui é horrível.

Umedeço os lábios e olho para ela. Acho que tem razão, mas, por algum motivo, não vou à cafeteria Nora há mais de uma semana. Nem sequer falei com Rain. Quando estou em casa, passo o dia trancado no quarto; não quero encontrar Kelly nem tenho coragem de olhar na cara do Gregory depois do que rolou. É como se eu não quisesse encarar nada agora. Mas por quê?

— Apolo, você está bem?

Assinto, e Érica estreita os olhos.

— Não parece — diz ela. — Sei que você não é muito de falar, mas está mais quieto do que o normal nos últimos dias, e está... — Ela aponta para o sanduíche em que eu não toquei. — É o terceiro almoço que vejo você deixar intacto essa semana.

— Só estou um pouco desanimado, acho.

— Deprimido?

— Não, daqui a pouco passa.

— Está com saudade da sua família?

Agora que Érica disse, faz sentido. Estou com saudade do sorriso angelical de minha sobrinha, das caras e bocas de Ártemis, dos conselhos de Claudia e do abraço caloroso do vovô. O feriado de Ação de Graças parece tão distante que... Bem, talvez eu possa ir para casa por um fim de semana, aparecer de surpresa. Mas não quero preocupá-los, e tenho certeza de que, se eu for, vão começar de novo com a história de que preciso fazer terapia. Sei que preciso me abrir a respeito daquela noite, do que aconteceu, mas toda vez que me imagino falando sobre esse assunto, fico arrepiado.

— Vou considerar o seu silêncio como um sim — responde Érica.

Hã?

Ah. A pergunta que ela fez.

— Acho que todos nós sentimos saudade da família, né? — retruco.

Érica abre a boca para dizer alguma coisa, mas lanço um olhar sério. Não quero falar disso. Ela solta um suspiro.

— Beleza. Como estão as coisas com a Rain? Você acabou não me contando se falou com ela na festa. De uma hora pra outra, você sumiu.

— Ah, é complicado.

— Por quê?

— Uma longa história.

Érica me observa, curiosa.

— Apolo, você gosta mesmo da Rain?

— Por que você está duvidando disso?

— Sei lá. Para fazer o projeto, eu pesquisei umas coisas bem aleatórias. — Ela hesita por alguns segundos, concentrada. — Já ouviu falar da "ponte do amor"? É um termo usado para descrever fenômenos de atribuição errada de excitação.

— Não conheço.

— De acordo com o que pesquisei, acontece quando uma pessoa atravessa uma ponte suspensa e vê alguém. O medo de cair faz seu coração disparar. E a pessoa pode confundir essa sensação com o furor de se apaixonar.

— Aonde você quer chegar com isso?

— É que talvez você não goste da Rain, só esteja confundindo seus sentimentos porque ela salvou você. Foi a sua luz na escuridão, a segurança para o seu medo... Foi aquela pessoa do outro lado da ponte suspensa.

Bufo.

— Érica, sem querer te ofender... Você está há pouco mais de um ano cursando Psicologia e já quer me analisar? Pior ainda, quer vir me dizer que meus sentimentos não são reais?

— Não estou dizendo que é isso, é só uma observação.

Ela dá de ombros.

Sorrio.

— Vamos lá, srta. Observadora.

Saímos do refeitório e ela continua dizendo que pode me ajudar com os ensaios, se eu precisar. É quando vislumbro, de soslaio, aquele cabelo loiro e viro para vê-la chegar: Rain. Seu cabelo balança com o vento, destacando-a entre as árvores secas do jardim do campus... com sua energia e aquele sorriso que ela abre ao me ver, fazendo meu coração disparar. Ah, qual é, a Érica só pode estar enganada. Esse sentimento é verdadeiro.

— Apolo!

Rain acena ao se aproximar, toda de preto, com calças largas e um suéter de manga comprida.

Érica dá uma risadinha ao meu lado.

— Vou fazer igual chulé e dar no pé... — brinca ela, já se afastando.

— Hã? — pergunto, confuso.

Com o queixo, Érica aponta para Rain e depois para mim, e então sussurra "vai com tudo" antes de ir embora.

Limpo a garganta e retribuo o sorriso de Rain quando ela para na minha frente.

— Olá — cumprimento, um pouco nervoso.

— Quanto tempo, Apolo.

Rain está tão fofa e tão animada ao me ver que sinto vontade de apertar suas bochechas... mas me controlo.

— Pois é, andei meio ocupado. Reprovando, sabe?

Olho para meu trabalho em minha mão, e Rain acompanha meu olhar. Ela balança a cabeça.

— Fica tranquilo, todo mundo demora para pegar o ritmo — diz, dando de ombros. — O primeiro período serve mais pra adaptação, para ajustarmos nossas expectativas, entender como o sistema funciona e essas coisas. Não fica mal por isso.

A energia de Rain é tão poderosa que imediatamente me sinto animado. É muito estranho, então estreito os olhos e brinco:

— Então quer dizer que você tirou notas baixas no primeiro período? Nossa, por essa eu não esperava, Rain.

Ela dá risada.

— Ah, eu sempre tiro nota máxima. — Ela bate com o dedo na própria cabeça. — Sou insuportavelmente inteligente.

— Então essas palavras de encorajamento só se aplicam a pobres mortais como eu.

— Você não é um pobre mortal — diz Rain, olhando nos meus olhos. — Como Xan disse, você está mais pra deus grego.

Amaldiçoo o rubor que sinto subir pelo pescoço, não tenho como ser mais óbvio. Rain ergue a sobrancelha.

— Você está ficando vermelho? — pergunta ela.

— Não.

Rain dá uma risada e se aproxima de mim, brincalhona.

— Apolo, deus grego.

Começo a rir também.

— Para com isso — peço.

— Deus gregoooooo…

— Rain — digo, firme.

Ela não para, então ouso dar um passo em sua direção, obrigando-a a recuar, e fica estampado em seu rosto que ela está achando divertido.

— Ah, o deus grego ficou com raiva?

Dou outro passo, e ela recua de novo. Dessa vez, tropeça, mas antes que caia, agarro-a pela cintura. O perfume cítrico me invade e me causa uma onda de bem-estar avassaladora. Rain se encaixa perfeitamente em meus braços, e seu sorriso desaparece, substituído por nervosismo, suas bochechas corando. Por alguns segundos, ficamos em silêncio. Estamos tão perto um do outro que consigo ver alguma coisa brilhar em seus olhos. Baixo o olhar para seus lábios, que estão entreabertos, e me pergunto como seria beijá-los. Ela pigarreia e se solta de mim.

— Preciso… ir pra aula — diz ela.

— Certo.

Sorrio.

— Nos vemos por aí, Apolo.

— Nos vemos por aí, Rain.

Ela sai, e eu continuo meu caminho, o coração ainda martelando no peito.

Dois dias depois, me vejo caminhando até a cafeteria Nora depois da aula.

Só quero me certificar de que Xan está bem. Então suspiro e abro a porta da cafeteria. Por alguns segundos, vejo os clientes nas mesas, cheias como sempre, mas não há ninguém atrás do balcão. Pouco depois, o garoto de cabelo azul sai debaixo do balcão, provavelmente estava procurando algo nas gavetas de baixo. Eu congelo. Ele continua na mesma, com uma postura tranquila, as bochechas rosadas, assobiando e cantarolando a música que toca nos alto-falantes. A única diferença é que está usando uma camiseta de gola alta. Alarmes disparam na minha cabeça, mas respiro fundo ao me aproximar, sabendo que confrontá-lo não vai levar a lugar algum.

Xan me vê e, por alguns segundos, arregala os olhos antes de voltar a fazer cafés como se nada tivesse acontecido. Por sorte, parece que Vance não está em canto algum.

— Oi — cumprimento, me aproximando do balcão.

Ele se vira para mim e dá aquele sorriso clássico e distante de quem atende um cliente.

— Bem-vindo a cafeteria Nora. Em que posso ajudar?

— Xan, está tudo bem?

Ele fica em silêncio, parado, esperando. Eu me lembro da ligação de alguns dias atrás.

Apolo, acho que é melhor... você deletar meu número. Na verdade, não estou com tempo pra fazer amigos agora. Boa sorte com tudo. Por favor, me deixa em paz, não complica a minha vida. Não me liga mais. Adeus.

— Vou querer um *latte* pra viagem — respondo, por fim.

Xan registra o pedido.

— Três dólares e quarenta e cinco centavos.

Faço o pagamento.

— Vai ficar pronto em cinco minutos — avisa ele.

O garoto me dá as costas para ir fazer o café. Fico em pé, olhando para ele, em parte sem acreditar, porque Xan nunca me tratou assim, nem quando eu era só um cliente e nós não conversávamos. Sempre foi gentil e divertido. Brincava quando eu vinha fazer o pedido, e nós nem nos conhecíamos.

"Apolo, né? Deixa eu pensar... Hoje, com esse clima, tenho certeza de que, em vez do *latte* de sempre, você vai querer um chocolate quente", dizia ele para mim.

Não posso deixar de me sentir um pouco culpado. Será que me intrometi demais? Será que o incomodei? Para mim, é impossível ver o que está acontecendo com Vance e não fazer nada. No entanto, será que falar isso foi a melhor escolha? Será que ajudar Xan a perceber aos poucos não teria sido melhor? Passei várias noites lendo fóruns e depoimentos de vítimas de abuso, e os caminhos e as respostas são muito variados. O mais importante é se mostrar disponível para a pessoa, enfatizar que você se preocupa com a segurança dela e ficar atento para chamar a polícia, mesmo se a vítima ficar brava por isso; em alguns casos, é vida ou morte. Talvez para Xan eu seja apenas um desconhecido intrometido, mas, para mim, ele é uma boa pessoa, e ninguém merece passar por algo desse tipo. Ninguém.

Ainda com o silêncio de Xan, pego meu café e vou embora.

Eu me sinto meio patético por ficar parado aqui fora, sentado em um dos banquinhos na frente da cafeteria, observando Xan arrumar tudo e fechar o café. Tenho esperanças de que, talvez quando o expediente terminar, possamos conversar.

Nesse meio-tempo, pego meu celular e envio uma mensagem para Raquel:

> Se você me visse agora, teria um déjà-vu.

> Como assim? O que está fazendo, Lolo?

> Observando um garoto. Escondido.

> HAHAHAHA

> Por essa eu não esperava.

> Nem eu.

> Ele é bonito?

> Não é o que você está pensando.
> Só estou preocupado com ele.

> Aham. E eu ia ver o Ares jogar futebol
> puramente por amor ao esporte.

> Não conta isso para o Ares.

> Relaxa... O Ares está a milhares
> de quilômetros daqui 😟

> Aaah, está com saudade?

> Sempre, mas a questão não é essa. Já fiz um chocolate
> quente para mim, agora me conta desse rapaz que
> Lolo Hidalgo está observando escondido.

Abro um sorriso, porque ainda falta um tempo para Xan sair, então conto para Raquel tudo o que aconteceu com Rain, Xan e Vance. Sempre me senti muito à vontade com ela e com Dani, sem medo, com confiança total. E pensar que tudo começou porque Raquel me deu uma bebida naquela noite na boate do Ártemis... Nunca achei que todos nós nos tornaríamos tão amigos.

> Meeeu Deus, quanta informação.
> Pisco por um segundo e você já está
> cheio de acontecimentos na faculdade.

Pois é.

Apolo, posso te fazer uma pergunta?

Lógico.

Você gosta do Xan?

Solto uma risada.

Não!

Hummm, você está na fase da negação.

Não, Raquel. Só estou preocupado com alguém que está em uma situação difícil.

Ahaaam, sei.

Consigo imaginar seus olhos se revirando de descrença.

Eu gosto da Rain, você sabe disso.

Você pode gostar da Rain e do Xan, uma coisa não anula a outra.

Até parece...

Até parece que estou cursando Psicologia, né?

Para de inventar história! Seria complicado demais gostar dos dois.

Deixar as coisas mais complicadas parece ser a vocação dos Hidalgo.

Vejo Xan vestir a jaqueta, uma touca preta e apagar as luzes.

> Sinto muito cortar seu momento de psicóloga maluca, mas tenho que ir.

> Boa sorte, tigre. Rawrrr.

Faço uma careta e enfio o celular no bolso. Odeio a Raquel.

Corro até a porta da cafeteria e encontro Xan trancando a porta. Quando ele se vira e me vê, dá um pulo.

— Desculpa, não queria te assustar — digo.

Ele não responde nada, só começa a andar. Vou atrás dele.

— Xan, desculpa se te incomodei. Eu só estava preocupado com você.

Ele coloca as mãos nos bolsos da jaqueta e só para de andar quando nos afastamos o bastante da Nora. Então, lança um olhar para a cafeteria, e vejo um lampejo de medo ali.

— Apolo, você não precisa se desculpar. Não fez nada de errado, beleza? Vai pra casa.

— Se não fiz nada, por que você não quer mais falar comigo? — pergunto, odiando a carência em meu tom de voz.

Xan umedece os lábios.

— Minha vida é complicada, Apolo. Queria que nós pudéssemos ser amigos, mas... agora não dá, tá? Talvez mais para frente.

— O Vance te proibiu?

Xan estremece com a menção ao namorado.

— Não, a decisão foi minha.

— Foi? Do nada? Xan, estávamos tendo uma conversa descontraída, e do nada você desligou. Quando retornei, você não queria mais falar comigo. Está na cara que essa não foi uma decisão sua.

— Por que você não deixa pra lá? Se alguém não quer falar com você, deixa a pessoa em paz e pronto.

Xan desvia o olhar.

— Se eu tivesse certeza que foi escolha sua, me afastaria sem pensar duas vezes.

— O que eu preciso fazer para provar isso? Jurar? Afinal, por que te devo explicações? Você acabou de entrar na minha vida, não tem direito algum de pedir isso.

Quase nunca sinto raiva, mas Xan sabe exatamente o que dizer para me deixar frustrado. Dou um passo em sua direção, e a sua postura de frieza e desinteresse se quebra um pouco. Ele olha para mim, nervoso.

— O que está fazendo? — pergunta ele.

Paro bem na frente de Xan.

— Olha no meu olho e diz que você não quer mais falar comigo.

Vejo suas bochechas ficarem ainda mais vermelhas do que o normal. Ele desvia o olhar.

— Não tenho que dizer nada.

Não quero importuná-lo, então me afasto.

— Vou estar aqui, Xan, para o que precisar. Não vou me impor nem obrigar você a falar comigo. Só quero que saiba que ele não deveria escolher seus amigos, que ele não deveria controlar sua vida, e sei que você sabe disso. Você é um cara inteligente. Boa noite.

Então vou embora, porque é como falar com uma parede. Além disso, não posso obrigá-lo a ser meu amigo. Conforme me afasto, sinto uma batida forte no peito e demoro alguns segundos para perceber que é meu coração. Abro um sorriso idiota, porque a doida da Raquel pode estar certa. Deixar a vida mais complicada parece ser a vocação dos Hidalgo.

13

RAIN

Não consigo parar de pensar nele.

Isso é ridículo e não deveria estar acontecendo. Quantas vezes nos vimos? Quatro, cinco? Foram poucas vezes; não deveria ser o bastante para ele grudar na minha cabeça. Nem nos romances da minha mãe os personagens se apaixonam tão rápido. Ou será que sim? Ah, Rain, se controla. A culpa é dele por ser tão gente boa, por ter um olhar tão gentil e um sorriso tão caloroso. Sou só mais uma vítima desse presente dos deuses que é Apolo Hidalgo. Mas é só uma quedinha que logo vai passar, nada de mais. Coisa boba.

— O que esse caderno fez de mau pra você torturá-lo desse jeito? — pergunta Gregory.

Percebo que minhas anotações estão uma bagunça. Risquei com tanta força que várias partes do papel estão rasgadas. Disfarço com um sorriso angelical.

— Estou explorando meu lado artístico — explico.

Gregory ergue a sobrancelha.

— Matando as folhas? Você não para de me surpreender, Rain Adams.

— Cala a boca.

Ele levanta as mãos, se rendendo.

— Veio revisar as anotações ou atacar seu caderno? — pergunta Gregory.

Ele toma um gole de seu energético e coloca a lata na ilha da cozinha. Estamos no apartamento dele. Sim, isso mesmo, porque tenho uma quedinha tão boba por Apolo que agora mesmo estou aqui, no apartamento que Gregory divide com certo garoto que não consigo tirar da cabeça.

Muito sutil, Rain.

— Isso, vamos revisar — sugiro.

Viro a página que rasguei e chego às anotações. Meus olhos inquietos vão parar no hall de entrada e, em seguida, no corredor que leva aos quartos. Faço um bico, e Gregory segue meu olhar.

— Apolo não está aqui — comenta Gregory, como se eu tivesse perguntado.

— Obrigada pela informação que eu não pedi.

Ele se recosta na cadeira e cruza os braços.

— Você lembra alguém. É tão previsível, Rain.

— Previsível?

— Nós dois sabemos que suas notas são bem maiores que as minhas. Você não precisa de mim para estudar para essa prova, então está aqui por causa de certo... Hidalgo.

Solto uma risada alta, extremamente exagerada.

— Ah, por favor, Gregory! — Bufo, revirando os olhos. — Você está imaginando coisas.

Ele apenas me observa, se divertindo.

— Nunca tinha te visto assim — comenta ele, sorridente. — Você é tão calma, nunca fica inquieta nem nervosa. A coisa está feia, hein?

Abro a boca para protestar, mas ouvimos o barulho da porta. Sinto um frio percorrer meu corpo, e eu entro um pouco em pânico. O que o Apolo vai pensar ao me ver aqui? Será que vai ser estranho? Vou dar na cara, como o Gregory disse? Não, nada a ver. Gregory e eu nos conhecemos desde antes de Apolo entrar na faculdade; também não é a primeira vez que venho aqui. Vai ficar tudo bem.

Logo que passa do hall, Apolo me vê e para.

— Ah, Rain — diz ele, surpreso, e olha para Gregory. — Não sabia que teríamos visita.

Fico o encarando, mas tento ser discreta porque já faz mais de uma semana desde que o vi pela última vez, na faculdade. Não nos falamos nem trocamos mensagens, nada. Xingo Apolo mentalmente por estar lindo como sempre. Hoje ele está com uma camiseta branca e uma calça, o cabelo mais bagunçado do que nunca. Mas também reparo em suas olheiras e na cara de cansado. Pelo visto, ainda está tendo dificuldade de se adaptar à nova vida de universitário.

— É, vim estudar com o Gregory — explico, disfarçando o nervosismo na voz.

Apolo se aproxima, mas passa reto para pegar uma garrafa de água na geladeira. Observo seu perfil enquanto ele joga a cabeça para trás e bebe. Até seu pescoço é sexy. Desvio o olhar e dou de cara com Gregory e sua expressão de deboche que me faz querer esbofeteá-lo. Apolo termina de beber e se senta do outro lado da ilha, ao lado de Gregory.

— O que vocês estudaram?

Gregory olha para mim e diz:

— Fala aí, Rain, o que a gente estudou hoje.

Lanço um olhar cortante para ele, porque não faço ideia o que estamos estudando, ou melhor, o que Apolo acha que deveríamos estar estudando.

— Acho que Anatomia, Apolo — acrescenta Gregory. — Precisamos de voluntários.

Estou prestes a jogar algo nele quando Apolo franze a testa, confuso.

— Jura? Anatomia? No curso de Engenharia? — pergunta ele.

— Ele está brincando — respondo, dando uma risada nervosa. — Sabe como Gregory é.

— E o bombom tropical aqui já cansou — anuncia Gregory, se levantando e se espreguiçando. — Vou tirar uma soneca.

— Ah, beleza — digo.

Também me levanto, porque essa é a minha deixa para ir embora, mas Gregory ergue a mão e aponta o dedo para mim.

— Não, não precisa ir. Na verdade, é quinta-feira, dia de ver filme. Mas acho que estou passando mal.

— Ué, você estava bem de manhã — observa Apolo.

— Pois é, mas não estou mais. Veja só: as coisas mudam, Apolo. A vida é um ciclo constante de perdas e ganhos — diz ele, solene.

— Hã? — pergunta Apolo.

— A questão é a seguinte: Rain, você me deve um favor. Então assiste ao filme de hoje com o Apolo, é de terror e ele morre de medo. Tchau, gente.

Sem mais nem menos, ele vai para o quarto e nos deixa a sós. Gregory pode ser muitas coisas, menos sutil.

Ficamos em silêncio. Queria dizer que não ficou um clima estranho, mas parece que nós dois estamos desconfortáveis. Apolo não esperava me encontrar aqui, e eu não sei o que eu estava pensando ao vir. Ele coça a nuca, olhando para todos os cantos, menos para mim.

— Como você está? — pergunto, tentando acabar com o desconforto. — Parece estressado.

— Acho que estou sentindo um pouco de tudo. Saudade da minha família, as aulas são difíceis… Sabe como é.

Isso desperta minha curiosidade.

— Como a sua família é, Apolo? Só sei que são ricos e muito conhecidos.

Bem, não é exatamente verdade. Sei muito mais, porque pesquisei sobre os Hidalgo: Apolo tem dois irmãos, e seus pais são divorciados. Foi fácil encontrar esse tipo de coisa porque tem várias reportagens on-line.

— Acho que somos uma família comum. Meu irmão mais velho, Ártemis, é casado, e tenho uma sobrinha linda chamada

Hera. Meu irmão do meio é o Ares, ele estuda Medicina e namora há anos uma das minhas melhores amigas. Meu pai é... você sabe, que nem todos os pais. E minha mãe... — Ele para de falar, contraindo os lábios antes de prosseguir: — Também tem o meu avô, que eu amo. Graças a ele eu sou um ser humano decente.

— É assim que você se vê? Como um ser humano decente?

— Gosto de acreditar que sim.

— Acho que você se subestima. Para mim, você parece um ser humano incrível — digo, sincera.

Desde que o conheci, Apolo tem se mostrado uma ótima pessoa. A maior prova de seu caráter foi o apoio que deu a Xan mesmo tendo acabado de conhecê-lo, e olha que aquele garoto de cabelo azul sabe ser teimoso.

Apolo fica vermelho, como sempre. Parece que receber elogios ainda não é o forte dele, e não entendo. Ele é muito atraente, e mesmo que seja algo superficial, tenho certeza de que recebeu muitos elogios a vida toda. Como ainda não se acostumou?

— E você, como está?

Solto um suspiro.

— Cansada e... — *Na verdade, estou pensando em você o tempo todo, verificando o celular e esperando uma mensagem sua. E também confusa porque pensei que pelo menos éramos amigos, mas você sumiu.* — E...

Apolo fica esperando. Quando eu não digo nada, ele pergunta:

— E...?

Nós nos encaramos. Esse contato direto me desarma um pouco.

— Senti sua falta. — Deixo as palavras escaparem sem querer e cubro a boca.

Apolo fica igualmente surpreso. No mesmo instante, nós dois ficamos vermelhos.

— Quer dizer... — continuo. — Eu senti saudade de falar com você.

— Desculpa, as aulas estão acabando comigo — diz ele.

— Não precisa me dar explicações. Eu entendo.

Ai, odeio essa situação. Não sou de ficar assim tão vulnerável. Não é fácil me desestabilizar desse jeito. Acho que subestimei esse garoto de olhar caloroso e o que ele provoca nas pessoas ao seu redor — o que provoca em mim.

Apolo aponta para o sofá e preenche o silêncio:

— Quer ver o filme?

Assinto e me acomodo no sofá, relaxada. Muito melhor: esta, sim, é a Rain que eu conheço, sem complicações e bem resolvida. Apolo coloca um saco de pipoca para estourar no micro-ondas e traz algumas opções de bebidas para a mesa de centro, na frente da televisão.

— Não sabia que você e o Gregory faziam isso sempre.

— Foi ideia da Kelly. — Ele começa a falar mas para de repente, como se estivesse se lembrando de algo. — E pegamos o costume.

— Kelly é a namorada do Gregory, né?

Apolo hesita e assente, voltando à cozinha para pegar a pipoca. Quando está tudo pronto, ele se senta na outra ponta do sofá, a uma distância enorme de mim. É fofo da parte dele não querer me deixar desconfortável, mas acho que é um pouco exagerado. No entanto, não questiono.

— O que nós vamos ver? — indago.

Apolo dá de ombros.

— Pode escolher.

Ergo a sobrancelha.

— Tem certeza?

Consigo pensar em vários filmes, mas escolher uma comédia romântica daria muito na cara, né? Mordo o lábio e olho para a porta da varanda, as luzes da cidade lá fora.

— Rain — chama ele, e volto a encará-lo. — Sério mesmo, pode ser o filme que você quiser. Não vou julgar.

— Está bem.

Escolho *Simplesmente acontece*. É um filme muito emocionante sobre melhores amigos que vivem um amor impossível, porque as circunstâncias da vida sempre os impedem de ficar juntos até o fim do filme. É um dos meus favoritos.

Apolo apaga as luzes e dá play. Ele se senta, esticando o braço nas costas do sofá. Com a mão dele mais perto de mim, percebo como sua camiseta branca sobe um pouco, mostrando um pedaço da sua barriga. A luz da TV colore o rosto dele em diferentes tonalidades, que observo em seu perfil. Volto a olhar para a tela e me concentro nela, deixando as mãos cruzadas em meu colo. Meu vestido soltinho foi uma boa escolha para estudar em uma mesa, mas não para ficar no sofá, já que o tecido fica subindo e eu preciso puxá-lo toda hora.

Apolo parece notar o movimento e se vira para mim justo na hora em que estou olhando para ele. Seus olhos descem para minhas coxas, onde estou puxando a bainha do vestido. Seus lábios se abrem um pouco, e sorrio para ele, largando o tecido. Não quero que ele pense que fiz isso de propósito para seduzi-lo ou qualquer coisa do tipo.

Ele pigarreia, pega uma coisa de seu lado do sofá e entrega para mim.

Uma coberta.

— Aqui. Está limpa, juro.

Aceito, sorrindo.

— Acredito em você.

Cubro minhas pernas e continuamos assistindo ao filme. Fazemos um ou outro comentário e rimos muito na cena em que a camisinha fica presa dentro da protagonista. Estamos quase na metade do filme quando ouvimos um trovão. Percebo que Apolo fica tenso, e eu olho lá para fora: as gotas de chuva começam a cair com força, molhando a varanda inteira. É difícil me concentrar no filme ao perceber o estado de Apolo. Suas mãos estão fechadas; as veias do pescoço e do braço, saltando de leve; a mandíbula, trincada.

Minha mente viaja para aquela lembrança, para o medo que senti ao encontrá-lo na chuva, entre a vida e a morte. Não consigo nem imaginar o que a chuva desperta nele. Não sei o que fazer e nem o que dizer, como naquela noite. Por alguns minutos, hesito, pensando em várias coisas...

Abro a boca para falar, mas nada sai.

Acabo tirando a coberta e me arrasto para perto dele. Cubro nós dois, passando o braço por suas costas para abraçá-lo. Apolo deita a cabeça em meu ombro, mas não olha para mim.

— Vai ficar tudo bem — digo a ele, acariciando seu cabelo.

A cada minuto que passa, sinto os músculos de Apolo relaxarem, como se ele estivesse aos poucos se acalmando. Ele coloca a mão na minha perna e, embora seja por cima da coberta, fico extremamente consciente de seu toque, de seu cheiro e de seu calor.

Apolo vira o rosto, roçando o nariz no meu pescoço. Paro de respirar no mesmo instante.

— Seu cheiro me acalma, Rain.

A respiração dele acaricia minha pele, e eu umedeço os lábios, porque não sei o que dizer. E porque cada nervo do meu corpo sentiu essas palavras. Estamos próximos demais, juntos demais.

Engulo em seco, e o filme termina. A escuridão dos créditos e o barulho da chuva transformam o momento em muitas coisas que não sei definir. Apolo se mexe outra vez, mas agora não é seu nariz que está roçando a minha pele, são seus lábios úmidos e suaves. É um roçar breve, mas faz meu coração disparar. Ele para, como se quisesse saber se vou protestar ou recusar, mas em vez de fazer algo assim, exponho o meu pescoço ainda mais, esperando que essa resposta seja o bastante para ele.

Seus lábios deslizam por minha pele, meu ombro e meu pescoço, me beijando e me lambendo. Eu me controlo para não soltar um suspiro. Eu só estava tentando acalmá-lo, como chegamos nisso? Por que é tão gostoso? Sua boca sobe até minha orelha, e ouvir e sentir sua respiração ofegante me deixa de pernas bambas.

— Apolo... — sussurro.

Ele se afasta um pouco, apenas o suficiente para que possamos nos encarar. Sua expressão é uma combinação de desejo e necessidade; eu não esperava por isso. Os olhos dele descem até meus lábios, e não precisamos de palavras: nós dois sabemos o que queremos.

Então, aqui no sofá, com a chuva caindo lá fora, Apolo Hidalgo me beija.

14

APOLO

Um beijo...

A garota que fiquei procurando desde aquela noite está aqui, em meus braços. Os lábios dela roçam nos meus devagar, como se estivéssemos tentando encontrar o nosso ritmo. Não é um beijo apaixonado, nem daqueles de tirar o fôlego. É um beijo gentil, de descoberta, entendimento e exploração. E eu aproveito, talvez até demais, porque sinto a intensidade de cada toque, o calor de sua respiração... Eu me esqueço completamente da tempestade lá fora.

Rain invade todos os meus sentidos. Abraço sua cintura para trazê-la mais para perto. Ela acaricia meu pescoço com delicadeza, inclinando a cabeça enquanto nos beijamos, a intensidade aumentando. Minha respiração acelera e meu corpo fica consciente da proximidade de seus seios, de seu cheiro e do nosso beijo. Se continuar assim...

Ela solta um suspiro antes de se afastar. Seus olhos encontram os meus, e eu me perco neles por alguns segundos.

— Isso foi... — diz ela, mas não termina de falar, apenas umedece os lábios.

Também não sei o que dizer. Com ela assim, tão perto, consigo ver cada detalhe em sua expressão e sei que ela está hesitando, sem saber o que fazer. É a primeira vez que vejo esse tipo de vulnerabilidade em Rain e... é uma coisa linda. Ela olha para o meu braço, ainda em torno de sua cintura, e me afasto na mesma hora.

— Desculpa — digo.

— Não precisa se desculpar.

Rain se mexe de leve, aumentando o espaço entre nós.

— Acho que... eu deveria ir — anuncia ela.

O quê?

— Ainda está chovendo — argumento.

Ela se levanta.

— Não tem problema, não sou de açúcar.

— Rain...

Ela vai em direção à porta, mas eu a seguro depressa. Paro na frente dela, ainda um pouco afobado por causa do beijo.

— Espera. Fiz alguma coisa errada?

— Não, imagina, Apolo. O beijo foi... incrível. É só que...

Espero, mas quando ela não diz nada, insisto:

— Rain... O que foi?

Dou um passo na direção dela, que de novo umedece os lábios, e seu olhar vai para a minha boca. Rain solta um suspiro, hesitando por alguns segundos antes de jogar os braços ao redor de meu pescoço e pressionar os lábios contra os meus. Ela me pega desprevenido, mas rapidamente retribuo o beijo.

— O problema... é que... se eu continuar aqui... — sussurra ela em meus lábios. — Se continuar te beijando... Vou querer mais, Apolo... Muito mais.

Eu a coloco contra a parede.

— E isso é um problema? — pergunto.

Ela assente, mordendo meu lábio.

— Sim.

— Por quê?

Minhas mãos percorrem a lateral de seu corpo até agarrar sua bunda e apertá-la com desejo. Não sei como chegamos a esse ponto, mas o fato de Rain estar agindo como se estivéssemos fazendo algo proibido me deixa excitado.

Ela me beija de um jeito muito mais agressivo do que no sofá, sua mão deslizando para dentro da minha camiseta. Rain toca minha barriga, fazendo com que cada músculo se tensione, e uma parte muito específica do meu corpo fica dura. Nossas respirações estão descompassadas, e me deixo levar pelas sensações conforme nossas línguas se movimentam, aumentando nosso desejo. Sem perceber, já estou movendo os quadris contra os dela, pressionando e roçando.

— Apolo — geme ela, baixinho.

Afasto os lábios e passo a beijar seu pescoço, minha mão acariciando seu seio desajeitadamente. Rain se vira de costas para mim, roçando a bunda na minha ereção, e não hesito em beijar seu pescoço, apertando seus seios. Ela se agarra à parede, já sem fôlego.

— Me toca... aqui — pede ela.

Não preciso ser um gênio para saber do que Rain está falando. Minha mão desliza para dentro do seu vestido e meus dedos a acariciam sobre a calcinha. Consigo sentir que está quente e molhada.

— Rain... — sussurro em sua orelha com um só fôlego enquanto a toco.

Puxo sua calcinha para o lado. Deslizo meu dedo com facilidade para dentro dela, que está encharcada. Com o polegar úmido, estimulo seu clitóris, sem parar. Rain move os quadris no ritmo de meu toque. Minha ereção está pressionada entre suas nádegas, e o roçar misturado a todas as sensações me deixa à beira da loucura.

— Apolo... — geme ela conforme acelero o movimento.

Rain cobre a boca para abafar os gemidos, e eu apoio a testa na nuca dela. Nessa posição, consigo ver tudo: sua bunda encostada em mim e minhas mãos dentro de seu vestido, que sobe conforme ela rebola de um jeito tão sensual e cheio de tesão. Consigo ver a mancha molhada na frente da minha calça, e não me surpreende: estou muito excitado. Rain abafa um gemido alto, e seus movimentos ficam desajeitados. Sei que está quase gozando, então a estimulo ainda mais, chupando o lóbulo de sua orelha enquanto minha mão acelera com ainda mais vontade.

Seus gemidos vêm com uma frequência ainda maior, então enfio o dedo dentro dela, mas ainda fazendo círculos em seu ponto mais sensível com o dedão. Rain goza com um gemido abafado, e consigo sentir as contrações apertando meu dedo, o que me deixa ainda mais louco. Ela nem mesmo recupera o fôlego e já se vira para me beijar apaixonadamente, desabotoando minha calça. Parte de mim lembra que estamos no corredor, mas esquece rapidamente quando ela puxa minha calça jeans um pouco para baixo, junto da minha cueca, e se ajoelha.

Solto um suspiro quando ela segura meu membro em sua mão.

— Ah, Rain...

Ela não hesita em colocar tudo na boca. Me apoio na parede, porque minhas pernas ficam bambas. Isso vai ser muito mais rápido do que qualquer outra vez. Sua boca está quente, úmida, e ela me recebe com desejo, chupando e lambendo com uma habilidade incrível. Cometo o erro de olhar para baixo. Encontro seus olhos, e é só disso que preciso.

— Eu vou... — aviso para dar tempo de ela se afastar.

Mas Rain continua.

A pressão aumenta cada vez mais, o prazer me domina e gozo em sua boca, grunhindo e cerrando os punhos contra a parede.

Nossas respirações ecoam no corredor, e Rain se levanta, limpando os lábios e engolindo tudo. Levanto a calça e assim que termino de abotoá-la a porta do apartamento se abre de uma vez. Rain ajeita o vestido, e eu fico em choque.

Kelly entra, assobiando. Ela fica paralisada ao nos encontrar ali no corredor. E parece estar tudo muito óbvio, porque ela desvia o olhar.

— Não sabia que tinha visita — comenta Kelly.

Rain limpa a garganta.

— Hã... Eu já estava de saída.

Antes que eu consiga impedi-la, Rain corre até a porta e desaparece.

Kelly fica parada, me observando por alguns segundos antes de passar por mim e ir até o quarto de Gregory. Estou processando o que acabou de acontecer. Levanto os dedos, ainda com a lembrança que Rain deixou, e suspiro.

Isso foi... incrível.

RAIN

Rain, Rain, Rain... O que você fez?

Não ligo para a chuva caindo em mim e me deixando ensopada em questão de segundos. Talvez eu precise desse frio para afastar meu fogo, que parece acender com muita facilidade, ainda mais perto de Apolo Hidalgo. Era só para tê-lo consolado no sofá, era só...

Só ter sido um beijo...

Um toque...

E de repente... O que aconteceu no corredor vai entrar para a história das coisas mais safadas que já fiz na vida. E, com meu histórico, essa lista é disputada. Minha nossa, como os dedos dele são habilidosos. Ele sabe estimular exatamente os dois lugares ao mesmo tempo para me fazer gozar. Fico com calor só de lembrar.

Num minuto eu estava tentando acalmá-lo e no outro estava gozando em seus dedos e chupando seu pau. Como isso aconteceu?

Eu me repreendo mentalmente. Não foi assim que imaginei que as coisas aconteceriam com Apolo. Estamos nos conhecendo, e sim, adoro transar, mas queria ter conversado um pouco mais com ele antes de fazer algo tão intenso. Mas, assim, se eu me arrependo? Não mesmo, foi maravilhoso.

Pego um Uber para casa e, ao sair do carro, piso em uma poça de água e solto um palavrão. Em seguida, fico surpresa ao ver uma silhueta sentada na calçada. Estreito os olhos e me aproximo para tentar ver quem é.

— Xan! — exclamo, parada na frente dele.

Ele está ensopado, o cabelo grudado no rosto. Mas não é isso que chama a minha atenção, e sim o corte em seu lábio e os olhos e o nariz inchados. Ele com certeza estava chorando. Abaixo até ele.

— O que foi? Você está bem? — pergunto.

— Eu não... tinha pra onde ir, Rain... Desculpa, eu...

Balanço a cabeça.

— Ei, ei... Estou aqui, estou bem aqui — digo, agarrando a mão dele. — Vamos lá para dentro, está frio.

— Não... Não quero que sua mãe me veja assim. Eu...

— Não se preocupa. Minha mãe deve estar no escritório, escrevendo. Vamos direto para o meu quarto.

— Se ele descobrir que eu vim aqui... — diz Xan.

Sei que está falando de Vance, o medo evidente em sua voz.

Ajudo-o a se levantar.

— Ele nunca vem para cá durante a semana, relaxa. Vamos, Xan.

Entramos em casa em silêncio, tomando cuidado. Subimos até meu quarto, e eu lhe dou uma toalha, uma camiseta grande e um short. Enquanto ele toma banho, me seco e visto um pijama no banheiro do corredor. Queria dizer que é a primeira vez que vejo Xan desse jeito, mas não é. Apesar disso, é a primeira vez que ele vem na minha casa. As coisas devem ter ficado muito feias com Vance, e não posso deixar de torcer para que Xan finalmente tenha aberto os olhos.

Ele sai do banheiro e senta na minha cama, secando o cabelo.

— Não quero conversar — declara ele.

— Está bem. Não precisa.

Pressioná-lo ou deixá-lo desconfortável nunca vai ser a solução. Mas preciso ter certeza de que ele está bem fisicamente.

— Você está machucado? — pergunto.

Xan balança a cabeça, embora o corte no lábio fale por si só.

— Quer comer alguma coisa? — indago.

Ele assente, e, nessa hora, percebo que Xan emagreceu nos últimos meses. Minhas entranhas queimam de raiva ao me lembrar de um comentário de Vance sobre Xan estar acima do peso. Meu irmão está destruindo esse garoto de tantas formas, bem diante dos meus olhos... A impotência e a culpa me atingem mais uma vez.

— Já volto, fica à vontade.

Na cozinha, preparo um sanduíche para ele. Estou colocando um pouco de suco no copo quando minha mãe vem buscar café.

— Ah, não sabia que você já tinha chegado — diz ela. — Que noite chuvosa, em sua homenagem.

Minha mãe beija minha cabeça e vai até a cafeteira. Suas olheiras são proeminentes; sei que não tem sido fácil desde o que aconteceu, apesar de todos nós fingirmos que nada mudou.

— Você não está com a cara boa, mãe.

Ela aponta para o meu cabelo, ainda pingando.

— Nem você. Pegou chuva?

— Um pouco.

Ela toma um gole de café e me observa por alguns segundos.

— Está tudo bem? — pergunta ela.

Umedeço os lábios, hesitante. Confio nela imensamente, mas não sei até que ponto posso desabafar ou se tenho o direito de contar os segredos de outra pessoa. Xan se fecha completamente quando tento pedir alguma ajuda de fora, nega o abuso que sofre e faz com que eu pareça maluca. Por outro lado, tem o fato de que Vance não saiu do armário para os nossos pais. Isso não é algo que diz respeito a mim, porque, apesar de ser um bosta, ele é meu irmão; preciso respeitar seu tempo. Sei que minha mãe aceitaria bem, mas meu pai é outra história.

— Xan está lá em cima. O dia dele foi difícil.

É só o que digo. Minha mãe o conhece, já a levei na cafeteria Nora algumas vezes para escrever. O que ela não faz ideia é que Xan está namorando Vance.

— Ah, as coisas não estão indo bem na cafeteria? — questiona ela.

Solto um suspiro.

— É, algo assim.

— Fala pra ele que, se precisar que eu organize um clube de leitura ou algum evento para atrair público, estou mais do que disponível.

Abro um sorriso, porque minha mãe é o tipo de pessoa que sempre quer ajudar.

— Pode deixar. — Solto uma lufada de ar e faço careta. — Mãe, uma amiga minha me falou uma coisa sobre um amigo dela. É sobre um garoto que está em um relacionamento... muito ruim com outro garoto. Que até bate nele. Nós duas queremos ajudar, mas não adianta, é como se o garoto não quisesse ajuda. Não conseguimos tirá-lo dessa situação, é muito frustrante.

Minha mãe apoia a xícara de café no balcão.

— Não é que esse garoto esteja recusando ajuda, Rain. Da mesma forma que as aranhas tecem suas teias, os abusadores manipulam a mente da vítima, um fio de cada vez. Ontem foi um comentário, hoje um gesto, amanhã uma ação... Abusadores são minuciosos, fazem suas vítimas sentirem que eles são seu mundo, que não há mais ninguém. Quando já têm certeza de que os fios foram tecidos, vêm os socos e as promessas de que nunca mais vai acontecer. Dizem para suas vítimas que elas os deixaram com raiva e que eles estão com tanto ódio porque as amam e se importam demais, porque, se não *amassem*, eles não ficariam tão bravos... E aí elas voltam e permanecem nesse relacionamento por não ter mais com quem contar, ou pelo menos é o que dizem — explica minha mãe, me dando um sorriso triste e um tapinha no ombro. — Ele não está recusando ajuda, filha. Está preso por milhares de fios que você não consegue ver.

Olho para a janela da cozinha, as gotas de chuva escorrendo pelo vidro. As palavras de minha mãe ressoam em minha cabeça.

Imagino o garoto de cabelo azul sentado na minha cama rodeado por todos os fios que Vance teceu ao redor dele e penso em como cortá-los de uma vez por todas.

15

APOLO

BEM-VINDOS AO FESTIVAL DE OUTONO!

A faixa é enorme e está pendurada de um jeito muito capenga na parede do prédio principal do campus. As letras são vermelhas e pretas, as cores do mascote da universidade e do time de futebol americano. O festival é uma preparação para a partida de hoje à noite. Também pretendem angariar fundos para o programa de bolsas e para consertar alguns equipamentos do time.

O tempo não está colaborando muito, o céu está nublado e passa uma brisa gelada de vez em quando. Ainda bem que estou na churrasqueira, assando os hambúrgueres, porque assim não passo frio. Quando Érica me disse que essa seria minha função, reclamei bastante, mas agora vejo que me dei bem. Minha amiga, por sua vez, escolheu ser uma guia para pais e qualquer pessoa que decidisse visitar a universidade e participar do evento. Embora não haja sol, toldos brancos estão espalhados pela grama, então parece que alguém não verificou a previsão do tempo. Todos os estudantes estão usando camisetas vermelhas para se identificar, não que faça muita diferença, já que todos estamos com casacos por cima.

Érica surge ao meu lado, com um grande sorriso e um rabo de cavalo alto. Mechas onduladas escapam e enfeitam seu rosto.

— Como está sendo seu primeiro evento? — pergunta ela.

Solto um suspiro.

— Bem, estou vendendo os hambúrgueres — respondo.

— E estaria vendendo mais se sorrisse um pouco — comenta ela, me dando um tapinha no ombro. — Você tem que usar seu charme, Apolo. Por que acha que te dei esse trabalho?

— Porque eu sou bom na churrasqueira?

Érica revira os olhos.

— Vai lá, dá um sorriso — diz ela, e segura meu rosto com as duas mãos. — Você consegue.

Abro um sorriso forçado, de boca fechada, e Érica faz uma careta.

— Deixa para lá, você está parecendo o coringa.

Ela me ajuda a virar a carne na grelha.

— O que foi? — pergunta, sem rodeios. — Você anda em outra dimensão. Quer dizer, mais do que o normal.

— Estou bem — respondo.

Érica ergue a sobrancelha, então largo o pegador de carne e limpo as mãos em guardanapos antes de me sentar em uma das mesas de piquenique.

— Bem... — Respiro fundo. Se eu aprendi alguma coisa com Érica foi evitar conversinha fiada. — Digamos que aconteceram algumas coisas... com... uma pessoa, e mandei mensagem para ela, mas ela não respondeu.

Ela cruza os braços.

— Aconteceram *coisas*? Vocês transaram?

— Érica!

— Relaxa, você já é grandinho, pode usar as palavras certas.

— Não fomos até o final, mas sim... rolou. E eu achei que tivesse sido bom para nós dois, mas agora estou sendo ignorado. Aí eu fico pensando se foi bom só para mim.

— Foi com a Rain, né?

Não respondo, mas ela continua:

— Ela ainda deve estar processando, Apolo. Na última vez que falei com você, vocês eram só amigos que davam umas flertadas, e agora aconteceu isso. Talvez ela só esteja levando um tempo pra assimilar.

— Ou esteja arrependida ou não tenha gostado... E não queira mais nada comigo — digo.

— Por que eu não fico surpresa por você ser tão pessimista em relação ao amor?

Abro a boca para rebater, mas Érica fica pálida ao ver algo atrás de mim. Viro e vejo Gregory. Ele chega acenando para metade da universidade, sorrindo e dando risada, porque todo mundo o conhece, lógico. Quando volto a olhar para Érica, qualquer indício da garota fofa e tagarela se foi, ela só está aqui, sentada, o corpo tenso e a expressão congelada.

— Uma hora você vai ter que me contar o que aconteceu entre vocês — comento, francamente.

— Ele é meu ex-namorado, só isso — diz ela, com um tom diferente.

— Apolo! — grita Gregory quando para ao nosso lado, o sorriso no rosto mesmo ao ver... — Érica.

— Gregory — diz ela, acenando com a cabeça.

— O que temos aqui? Você virou cozinheiro? Quer dizer que tem hambúrguer de graça pra mim? — brinca ele.

Solto um suspiro e me levanto.

— Larga de ser pão-duro. São cinco dólares, sete se quiser o combo.

— Pra ele são dez dólares — interrompe Érica.

Gregory e eu trocamos um olhar. Ela continua:

— Ele acabou de dar dez dólares para os caras que estão vendendo limonada e não tomou nem um copo. Pode pagar dez pra gente.

Gregory umedece os lábios, mordendo o inferior.

— Ah, então alguém anda prestando atenção no que eu faço — retruca ele. — Achei que você não quisesse saber nada de mim, Érica.

— Sou uma empresária — rebate ela. — Meu dever é observar os possíveis clientes e ver quanto dinheiro consigo arrancar deles.

Gregory bufa.

— Beleza. Pago vinte se você comer junto comigo — diz ele, apontando para a mesa de piquenique.

— Não estou à venda.

— Eu não disse isso, só estou pedindo a sua companhia.

Érica solta uma risada debochada.

— Uma pessoa como você nunca fica sem companhia — declara ela.

— Ah, está com ciúme, Eriquinha? — pergunta Gregory.

Ela fica vermelha, só não sei se é de raiva ou vergonha.

— Não me chama assim.

— Por quê? Recordações, é?

Érica fica ainda mais vermelha.

— Eu vou... dar uma olhada... na carne — digo para ninguém em particular, porque nenhum dos dois olha para mim.

Há muita tensão no ar, e isso desperta minha curiosidade. Por que eles terminaram? Eu me concentro no trabalho, e quando volto a me distrair, vejo um lampejo de cabelo azul vindo em minha direção. É a primeira vez que o encontro desde a conversa que tivemos na porta da cafeteria.

Afinal, por que te devo explicações? Você acabou de entrar na minha vida, não tem direito algum de pedir isso.

Ah, suas palavras ainda me doem um pouco. Mesmo que eu queira ajudar, com a melhor das intenções, a vida é dele, e eu acabei de conhecê-lo. Tenho que lembrar meus limites.

Xan anda entre os estudantes, bem agasalhado com um suéter preto e uma jaqueta jeans. As mesmas bochechas levemente rosadas de sempre. Noto que seu lábio está cortado e inchado. Cerro os punhos porque sei que não foi um acidente. Quando Xan me vê, ergue a mão para me cumprimentar. Retribuo o gesto, mas estou confuso, porque, da última vez, achei que ele não fosse querer falar comigo de novo.

— Olá — diz ele, parando do outro lado da churrasqueira.

— Olá.

— Os hambúrgueres estão gostosos? — pergunta ele.

Xan umedece os lábios, e acho que está nervoso, ou talvez seja coisa da minha cabeça.

— Não muito — respondo —, mas dão para o gasto se estiver com fome e quiser ajudar a universidade.

— Tem alguma opção vegetariana? — pergunta ele.

— Hã… Que tal o pão com alface e tomate?

— Ah, deixa pra lá, então.

Ele coça a parte de cima da orelha, onde ficam seus piercings. Já o vi fazer isso algumas vezes na cafeteria, quando fica desconfortável.

— Como você está? — indago.

— Bem, e você?

— Bem.

Silêncio. É estranho. É como se houvesse algo no ar que não resolvemos. Xan respira fundo.

— Olha só, Apolo, eu sei que não tenho sido… Bem, a verdade é que… — Outra pausa. — Eu queria me desculpar. Você estava tentando me ajudar, e eu fui um idiota. Minha vida é… complicada, mas isso não me dá passe livre pra tratar as outras pessoas mal.

— Xan…

— Eu fui grosso.

— Xan, fica tranquilo, eu entendo — digo.

Sei que ele não é uma pessoa ruim e muito menos foi grosso de propósito. Imagino que se afaste quando se sente encurralado ou vulnerável. Xan desvia o olhar, mas consigo ver nitidamente em seus olhos: está com medo. Ele tem medo de muitas coisas que não me contou e de uma pessoa em particular — *Vance*. Ainda assim, aqui está ele, pedindo desculpas. Isso requer coragem, porque tenho certeza de que Vance pediu para ele se afastar de mim.

Percebo que Xan está tenso demais.

— Como está a cafeteria? — pergunto, tentando mudar de assunto. — Continua fazendo o melhor *latte* do campus?

Ele relaxa os ombros.

— Não, minha nova especialidade é o *matcha*.

— Sério? Não gosto de bebidas verdes. Tenho trauma das vitaminas que a Clau fazia em casa quando eu ficava doente.

— Clau? — pergunta ele.

— Minha cunhada.

— Ah, verdade, você tem irmãos. Rain comentou comigo um tempo atrás.

Finjo tranquilidade.

— Você tem visto ela por aí? — questiono.

— Já faz uns dias... — responde ele, sua expressão ficando sombria. — E hoje a gente combinou de se encontrar aqui, mas não acho ela em lugar nenhum.

— Ela está lá dentro, com o grupo que vende chocolate quente — comenta Gregory, se juntando a nós. Ele lança um olhar para Xan. — Ah, o cara da cafeteria!

Xan sorri.

— O próprio.

— O que te traz aqui? — pergunta Gregory, colocando a mão em meu ombro. — Espero que não sejam os hambúrgueres do Apolo, porque são horríveis.

Afasto a mão dele.

— Cala a boca — digo.

— O que foi? Não posso deixar o cara que faz aqueles cafés maravilhosos, que me dão a energia necessária pra sobreviver à faculdade, ter um treco comendo os seus hambúrgueres.

— Você nem experimentou — retruco.

— E nem preciso, Apolo — diz Gregory, encolhendo os ombros. — É só olhar em volta. Dá uma olhada nas mesas de piquenique. O que você está vendo?

Há vários pratos largados com os hambúrgueres quase intactos. Ah, que ótimo.

— A Érica disse que estão bons — argumento. É minha única defesa.

Gregory faz um biquinho e passa a mão na minha cabeça de um jeito dramático.

— Aaah, a Érica mentiu pra você, Apolo — conta Gregory.

— Eu sei, o mundo real é cruel e desumano.

Xan sorri, e eu o encaro por alguns segundos. Quando seus olhos se encontram com os meus, ele se vira para Gregory.

— Apolo é bom demais para este mundo — declara Xan, brincalhão.

— Perfeito. Agora são dois contra um — digo.

— A gente só quer te proteger — declara Gregory, que volta a esfregar minha cabeça.

Tiro a mão dele de mim. Xan se despede com um gesto e diz:

— Bem, vou ver se encontro a Rain lá dentro.

Gregory e eu sentamos em uma mesa de piquenique. Já grelhei carne o bastante, e se está tão ruim assim, duvido que mais alguém venha comprar.

— Aonde a Érica foi? — pergunto.

Um dos dois vai ter que me contar essa história, nem que seja só uma parte dela. Além disso, Gregory é um dos meus melhores amigos.

O semblante alegre dele murcha.

— Sei lá — diz ele.

— Ah, Greg... O que rolou entre vocês?

Meu amigo solta um suspiro e coça a nuca.

— A gente era muito diferente. Eu só queria saber de festa, e ela... Bem, você sabe como ela é, não curte sair tanto. Aí eu conheci a Kelly, que é basicamente minha versão feminina. Saíamos juntos, ficávamos bêbados, nos divertíamos e, por um tempo, achei que ela fosse exatamente o que eu precisava. A gente tem uma personalidade tão parecida... Então decidi terminar com a Érica para sair com a Kelly.

— Você é um idiota — digo.

— Eu sei, não me orgulho disso, beleza? As primeiras semanas com a Kelly foram maravilhosas. Vivíamos de festa em festa, transávamos o tempo todo... tudo o que eu achei que queria. Mas pouco depois, toda noite quando ia dormir, depois de uma festa ou em um dia qualquer, sentia um vazio. Eu me pegava olhando para o teto, me sentindo mal porque as festas e a diversão eram ótimas, mas me faltava algo mais.

— Deixa eu adivinhar: esse algo mais era o que a Érica tinha.

— Eu sei... Percebi isso tarde demais. Comecei a sentir falta de tudo, de como as coisas mais simples com a Érica me preenchiam profundamente: ver um filme juntos abraçados no sofá, brigar pelo último donut, a expressão empolgada e cheia de expectativa dela quando eu ouvia sua nova música favorita... — Gregory dá um sorriso triste. — Eu amo a Érica, Apolo. Mas ela não quer mais nada comigo, com toda a razão.

— Nossa, nem sei o que dizer, Greg. Acho que nunca ouvi você falar desse jeito.

— Não sou tão idiota quanto pareço, Apolo. Sou doido e extrovertido, mas tenho coração.

— A Kelly sabe de tudo isso?

— Não sei se disse com todas as letras, mas acho que sim. Nossa relação sempre foi bem superficial. É como se precisássemos um do outro pra festejar, pra nos divertimos, mas não tem... nada além disso.

— Eu... — começo. Limpo a garganta, preciso ser sincero sobre o que aconteceu entre mim e Kelly naquela noite. — Ela... Eu...

— Vocês se pegaram no sofá naquela noite? — adivinha ele.

— Você sabia?

— Cara, não dava pra ser mais óbvio.

— Ah...

— Não tem problema — diz ele. — Acho que deu para entender o que rola entre a gente. Não é nada sério, e ela pode fazer o que quiser.

— Eu sei, mas mesmo assim... não te incomoda?

— Te incomoda?

Balanço a cabeça. Ele continua:

— Qual o problema, então? Agora, se você me falar que gosta da Érica, aí é outra coisa. Isso, sim, me incomodaria.

— Ela não é mais sua namorada — argumento.

Gregory fica tenso.

— Você gosta dela? — pergunta ele.

— Não! Óbvio que não.

— Então beleza.

Ficamos em silêncio por alguns segundos e, ao longe, vemos Xan sair do prédio com Rain, os dois segurando copos de chocolate quente. Rain está de calça jeans e um suéter grosso rosa-claro que lembra o que ela usou no dia em que nos encontramos na cafeteria Nora. O cabelo loiro está solto e dividido sobre os ombros. Caminhando ao lado de Xan, dá para ver que ela é mais alta do que ele. E minha mente volta para o que aconteceu no corredor, seus gemidos, meus dedos dentro dela, seu quadril roçando no meu, sua boca...

— Ei — chama Gregory, me tirando dos meus pensamentos, seguindo meu olhar. — O que rolou com a Rain?

— É... complicado.

Como se o universo também quisesse responder, ouvimos um burburinho na entrada do evento. Sorrindo, Vance passa como se fosse o dono do lugar enquanto todos o cumprimentam e pedem para tirar foto com ele. Franzo as sobrancelhas, confuso.

— O que é isso? — pergunto.

Gregory suspira.

— Acho que você já conhece. É o irmão da Rain, ele é um *streamer* de videogame muito popular. Quase nunca aparece no campus, estranho ele estar aqui. Talvez tenha vindo ver a irmã.

— Ele veio ver Xan — digo.

Gregory levanta a sobrancelha.

— Hã? Por que ele viria ver Xan? — pergunta ele.

Quero socar minha própria cara. Achei que todos sabiam do relacionamento deles. Boa, Apolo Hidalgo!

— Porque... ele também trabalha na cafeteria Nora. Talvez eles tenham combinado de se encontrar aqui.

— Ah, verdade! Já vi o Vance por lá.

Vance vai na direção do Xan, e Rain começa a conversar com eles. Na minha opinião, é injusto que duas pessoas tão gentis e agradáveis como eles tenham uma aura negativa como a de Vance por perto.

— Nossa, Apolo — sussurra Greg.

— Que foi? — indago.

— Com esse olhar de cachorrinho perdido que você tem, percebi que você está certo.

— Como assim?

— Independentemente do que esteja acontecendo com você e... — Com um meneio de cabeça, ele aponta para o grupinho de Rain. — É *mesmo* complicado.

16

APOLO

Que gosto horrível.

Decido experimentar um pedaço do meu hambúrguer, mas cuspo logo em seguida. Percebo que Gregory está certo: tem gosto de plástico. Em minha defesa, a carne já veio pronta, só coloquei na churrasqueira. Eu me sinto culpado por todos que compraram, porque devem ter se decepcionado na primeira mordida.

Começo a arrumar as coisas, porque já está escurecendo. Tudo bem que não faz muita diferença, já que o céu ficou nublado o dia inteiro, mas o frio está ficando insuportável, e os cantos longe dos postes de luz estão virando um breu. Solto um suspiro e olho para a entrada do prédio onde Xan, Rain e Vance se enfiaram agora há pouco e não saíram mais. Preciso de distração, então limpar a churrasqueira parece um bom plano.

Gregory, por sua vez, se debruçou na mesa de piquenique e está no celular.

— Bem que você podia me ajudar — digo.

Ele olha para mim e abre um sorriso.

— Não! Você merece por ter vendido essas abominações culinárias.

— Eu não fiz a carne! Só coloquei na grelha.

— Aham, sei.

Jogo um pano para ele.

— Você deveria me ajudar — insisto. — Érica não está aqui por culpa sua.

— Por minha culpa? — pergunta ele, balançando a cabeça. — Beleza, eu te ajudo com uma condição.

Ele se apruma. Já sei que não vou gostar disso.

— Qual? — questiono.

— O que aconteceu com a Rain?

— Não sei do que você está falando — respondo.

Gregory ergue a sobrancelha.

— Eu poderia te ajudar, sabe? Te dar uns conselhos. Sou um homem muito sábio, Apolo.

Bufo.

— Aham, porque você está lidando muito bem com o seu lance com a Érica. Cinco estrelas, Cupido.

— Isso é golpe baixo — diz ele. — Você está de mau humor, hein? A culpa não é minha que os seus hambúrgue…

— Cala a boca, Greg — interrompo. — Se não vai ajudar, pelo menos fica quieto.

— Nossa, eu faço uma comida espetacular para você lá em casa e é assim que você me agradece?

Gregory volta a se apoiar na mesa e, de soslaio, vejo um movimento na porta do prédio. Rain é a primeira a sair, seguida por Xan e, logo atrás, Vance. Para minha surpresa, Vance vem em nossa direção com um ar desdenhoso, as mãos nos bolsos da frente.

Seguro com mais força os utensílios que estou limpando.

— Ah, perdi os hambúrgueres! — lamenta ele, e até a sua voz é irritante.

Gregory ergue o corpo ao notar a presença de Vance, cumprimentando-o.

— Festeiro de carteirinha! — diz Vance, acenando.

— Cara das lives! — responde Gregory.

Rain e Xan chegam atrás dele, sem olhar para mim ao me cumprimentar. Não há nada do Xan que passou por aqui aquela hora. Nenhum sorriso, nenhum brilho nos olhos. E Rain olha para todos os lados, menos para mim, como se estivesse com vergonha. Por quê? Não entendo. É como se Vance trouxesse consigo uma escuridão que os ofuscasse, e isso me faz odiá-lo cada vez mais.

Vance se senta à mesa de piquenique ao lado de Gregory. De repente, o clima fica pesado e sufocante.

— Como está seu primeiro período, Apolo? — pergunta ele, casualmente.

Filho da...

Olho para Rain, e ela umedece os lábios.

— Vance, está tarde, vamos embora — diz ela.

— Por quê? — pergunta o irmão, sorrindo. — Fiz uma pergunta, Apolo.

Olho para Xan e o corte em seu lábio, e imagino esse babaca encostando a mão nele; o medo que Xan deve sentir a cada segundo ao lado dele. A raiva começa a ferver em minhas veias, tensionando cada músculo do meu corpo.

Como você consegue ser tão cara de pau, Vance? Como vem até aqui, sorri e faz brincadeiras depois de machucá-lo? Quem te deu o direito de sair impune?

Vance inclina a cabeça, me observando.

— O gato comeu sua língua, Hidalgo? — pergunta ele.

— Vai à merda, Vance. — As palavras saem da minha boca na maior naturalidade.

Vance pode ter controle sobre Xan, até mesmo sobre Rain, mas nada neste mundo vai fazer com que ele me controle. Se ele achou que eu fosse entrar nesse joguinho sonso dele, está sonhando. Gregory me encara, confuso. Vance se empertiga.

— O que você disse? — indaga ele.

— Exatamente o que você ouviu, seu covarde ridículo.

Nunca fui grosseiro nem violento, nem mesmo uma pessoa impulsiva, mas essa raiva dentro de mim é incontrolável. Nasceu naquela noite em que me violentaram e está aqui, latejando, crescendo. Eu tentei ignorar, mas Vance com certeza é o gatilho que faltava. A única coisa que quero fazer agora é arrancar aquele olhar arrogante da cara dele no soco.

Gregory percebe que cerrei os punhos e fica em alerta.

— Apolo... — murmura ele.

— Covarde? — pergunta Vance, dando um passo em minha direção.

Rain entra na frente dele.

— Vance, vamos embora — chama ela.

— Por quê? — pergunta ele, sem tirar os olhos dos meus. — Vem aqui e repete isso na minha cara, moleque.

Dou a volta na churrasqueira e, bem nessa hora, Gregory para na minha frente.

— Ei, ei, Apolo. Calma aí — diz ele.

— Sai da frente — peço, em um tom frio e determinado.

— O que foi, cara? — pergunta Gregory.

— Você me conhece. Se eu estou fazendo isso é porque ele merece — respondo.

Gregory se afasta, e vejo que Vance empurra Rain para o lado.

— Vamos ver, me mostra quem vo... — começa Vance.

Interrompo, acertando um soco na cara dele tão forte que faz meus dedos doerem. Vance levanta o rosto e cospe sangue — acho que ele não esperava por isso. Antes que ele se recupere, dou mais um, e mais um. A fúria me preenche, irradiando calor por todo o meu corpo. Acabo montando em cima dele, acertando um golpe atrás do outro. Minha mente volta para a noite chuvosa no beco por causa disso, e não consigo parar.

— Seu abusador desgraçado! — grito.

Vance tenta em vão se desvencilhar de mim. Ele consegue acertar um soco, mas não sinto dor. Não consigo sentir nada além de raiva.

Alguém me segura por trás e me puxa para longe de Vance. E ele fica ali, caído no chão.

— Já chega! Chamaram os guardas — diz Gregory, sua voz soando distante.

Sinto meu peito subir e descer depressa, meus olhos estão fixos em Vance, que geme de dor e se senta, o sangue escorrendo do nariz.

— Esse é o seu máximo? — pergunta Vance.

Ele sorri com os dentes ensanguentados.

Eu me solto de Gregory e vou para cima dele de novo quando um azul invade minha visão. Xan está na minha frente e agarra minha camiseta com força; está tremendo.

— Por favor, para — suplica ele. Seus olhos estão vermelhos. — Violência não é... Você não é como ele, Apolo. Você... não é como ele.

Vejo Vance segurando o nariz e sinto a queimação nos nós dos dedos, o sangue pingando. É como se eu estivesse acordando de um transe de raiva absoluta. Viro para Rain, que ficou em silêncio e não moveu um músculo até agora. Nessa hora, percebo alguns alunos ao longe, olhando a cena.

— Apolo, temos que ir antes que os guardas cheguem — adverte Gregory.

Xan está prestes a me soltar, então aperto a mão dele no meu peito.

— Não vai com ele, Xan — suplico, as palavras saindo sem que eu consiga controlar.

Esse tema para mim é tão visceral que me deixou sem filtro. Xan observa nossas mãos, e seus lábios tremem quando ele se solta.

— Me desculpa, Apolo.

Xan desvia de mim e vai até Vance, o ajuda a se levantar, e eles vão embora. Baixo os braços, derrotado. Olho para Rain, confuso. Não sei o que ela está pensando, mas com certeza não imaginava que Xan iria embora com seu irmão.

— Não podemos abrir os olhos dele, Apolo — diz ela, com um sorriso triste. — Tudo o que podemos fazer é ficar ao lado dele para quando precisar.

— Merda.

— Vai ser uma merda ainda pior se os guardas chegarem — avisa Gregory. — Podemos ir?

Gregory começa a caminhar em direção ao estacionamento. Rain se aproxima de mim e segura minha mão.

— Vamos — diz ela.

Observo nossas mãos unidas.

— Achei que você fosse me odiar — confesso. — Acabei de dar uma surra no seu irmão.

— Violência nunca é a resposta, mas... ele bem que merecia. — Rain solta um suspiro, e a tristeza entorpece sua expressão. — Vance com certeza merecia.

XAN

— Que desgraçado!

Um copo voa na parede do apartamento. Faço uma careta quando o vidro se espalha por todo o chão da sala de estar. Ainda estou tremendo depois do que aconteceu.

— Vou destruir esse cara, Xan. Vou acabar com ele.

Vance anda de um lado para outro, e eu mantenho uma distância segura. Aprendi que não devo me aproximar quando ele está assim, porque as coisas nunca acabam bem.

— Você tem que limpar os machucados — digo, tentando desviar sua atenção.

Estou apavorado com o que ele pode fazer com Apolo.

Um sorriso diabólico se forma em seus lábios, e meu medo cresce.

— Não, não... — responde ele. — Vou denunciá-lo, Xan. Ele me bateu, e olha como me deixou. Isso é agressão. Ele não está com um arranhão, e tenho certeza de que há testemunhas.

Vance solta uma gargalhada, que ecoa pelo apartamento e me deixa com vontade de vomitar. Ele continua:

— Imagina só a humilhação que vai ser para aquela família renomada dele? Vou fazer questão de vazar tudo pra imprensa.

Sinto meu estômago embrulhar com a ideia. Não, Vance não pode fazer isso com Apolo. Ele vai até o quarto e volta com o celular, que deixou carregando desde que chegamos.

— Vem, vamos pra delegacia. Você vai ser uma das minhas testemunhas.

Vejo-o se aproximar da porta, mas o medo me paralisa. Ainda assim, ouso sussurrar:

— Não.

Ele se vira para mim. Não tenho certeza de que me ouviu até seu rosto se contorcer, tomado pela raiva.

— Como é? — pergunta ele.

— Não vou com você e não vou ser testemunha.

— Xan, não estou pedindo para você mentir por mim, você só vai falar a verdade. Ele me atacou primeiro. Diga o que viu e ponto-final.

— Não. Você não vai denunciá-lo — digo, com a voz um pouco trêmula.

Encontro forças ao relembrar a raiva nos olhos de Apolo e sua decepção quando lhe dei as costas. Ele estava tentando me ajudar. Talvez não da maneira certa, porque violência nunca é a solução, mas foi seu modo de revidar um pouco a dor que Vance causa em mim.

— O que você acabou de dizer? — indaga ele.

Vance se aproxima, emanando a raiva pelos poros. Sei que estou me colocando em risco, mas uma coisa é permitir que ele me machuque, outra é deixar que acabe com a vida de alguém que se preocupa comigo.

— Você não vai denunciá-lo, Vance — repito.

— Ah, não? — Seu tom muda, tornando-se frio e ameaçador. — E como é que você pensa em me impedir, hein?

Não posso deixar o medo ser maior do que eu agora. Sei que Vance vai explodir de raiva. Sei que serei o alvo de sua fúria depois disso. Sei que vai doer. Ainda assim, eu me fortaleço porque estou cansado de as pessoas ao meu redor terem que me defender.

— Se você denunciar o Apolo, eu te denuncio também — digo cada palavra do jeito mais articulado que consigo.

Vance franze as sobrancelhas, completamente confuso; sei que ele não esperava que eu dissesse algo do tipo. Eu também não, e dizer isso em voz alta... faz com que eu libere alguma coisa dentro de mim. É a primeira vez que admito que há algo para ser denunciado em nosso relacionamento. Que alguma coisa está errada.

Ele foi pego tão de surpresa que não me ataca, não grita... Só fica ali, parado, me observando.

— O que foi que você disse? — pergunta Vance.

— Você ouviu. Eu juro que, se você denunciar o Apolo, se fizer qualquer coisa contra ele... *eu* vou até a delegacia, Vance, e você não vai me ver nunca mais.

— Xan... — diz ele, suave. — Não tem nada para denunciar, você sabe disso. Nossas discussões são normais, é coisa de casal, e superamos isso juntos. Achei que você sabia disso.

— Se olha no espelho, Vance — rebato. — Você já me deixou nesse estado várias vezes... E você mesmo acabou de dizer que isso é agressão... certo? Então só é agressão quando é com você? E eu?

Aponto para o corte no meu lábio. Vance segura meu rosto com cuidado.

— Xan... Hoje foi um dia difícil, e apesar de o Apolo ter me atacado, você tem razão, não vale a pena. — Ele sorri. — Desculpa ter te colocado em uma situação complicada.

Não tenho forças nem coragem para mais nada, então decido ficar em silêncio e ajudar a limpar os machucados de Vance.

Depois disso, ele age como se nada tivesse acontecido. Faz brincadeiras, cozinha meu prato favorito e desiste de trabalhar para passar tempo comigo. Quando vamos dormir, ele me abraça de conchinha, e eu permito porque estou emocionalmente exausto e um pouco quebrado, mais do que o normal. Parte de mim acaba de perceber algo doloroso.

Quando ameacei Vance, dizendo que ia à delegacia, esperava que ele gritasse, ou talvez até me batesse. Mas ele cedeu, me tratou bem, me ouviu e me fez perceber algo muito poderoso. Algo que partiu meu coração por completo: Vance se rendeu porque há, sim, algo para denunciar.

Porque tem, sim, alguma coisa errada entre a gente.

Porque hoje ele mesmo descreveu com todas as palavras o que é agressão. Eu me vi num espelho, espancado, repleto de hematomas. Não é "coisa de casal", ao contrário do que ele disse. Não é normal e não está tudo bem.

Sinto como se um buraco doloroso se abrisse no meu peito, porque aqui, em seus braços quentes e confortáveis, não me sinto mais seguro, e as lágrimas caem na cama.

E quase consigo me lembrar da minha mãe passando café, sorrindo, anos atrás, quando contei para ela que gostava de garotos.

— *Você tem certeza de que tudo bem por você?* — *pergunto.*

Ela coloca uma xícara de café na minha frente.

— *A única coisa que importa é que você encontre alguém que te ame e te valorize. Afinal, amor não é isso, Xan? O que muda se é um garoto ou uma garota? Se te amar e te fizer feliz, por mim tudo bem. É só disso que eu preciso.*

Umedeço os lábios, tentando controlar as lágrimas.

Sinto muito, mãe. Não sei como cheguei a este ponto e nem como sair.

17

APOLO

No sofá do andar de baixo, Rain limpa minha mão. Gregory abre uma cerveja e toma um longo gole, seguido de um suspiro aliviado.

— Ufa, eu estava precisando de uma cerveja — diz ele, se sentando na poltrona ao lado. — Quer uma?

Rain balança a cabeça, e eu não respondo. Não sei o que dizer, ainda estou me recuperando da raiva e da adrenalina que tomaram meu corpo. Minha mente está entorpecida e enevoada, porque não me reconheço. É como se a pessoa que esfolou os dedos ao bater em outra não tivesse sido eu. A vida inteira fui pacífico, sempre defendi que a violência não resolve nada, nem mesmo tive uma discussão mais acalorada. Mas hoje fui contra tudo o que eu sou e em que acredito. Ainda me lembro das broncas que eu dava nos meus irmãos quando eles queriam resolver as coisas no braço. Sempre me achei mais maduro, até mesmo superior a eles por não recorrer à violência, e agora olha só para mim, com os punhos ensanguentados.

Ah, se o vovô descobrir...

A última coisa que quero é decepcionar as pessoas que eu amo. Rain se levanta ao terminar.

— Você deveria colocar uma bolsa de gelo, ajuda com o inchaço — recomenda ela, indo lavar as mãos.

A tensão ainda paira no ar.

— Bem, precisamos de um pouco de fofoca pra melhorar esse clima pesado — começa Gregory, esticando-se no sofá. — Hoje eu conversei com a Érica.

Rain faz cara de surpresa, secando as mãos.

—Jura? Isso sim é um milagre — comenta ela.

Franzo as sobrancelhas.

— Você sabia? — pergunto, olhando para Rain.

— É lógico. Eles eram um casal popular no campus — explica Rain. — Sabe como é, o Gregory conhece todo mundo, andava com ela pra cima e pra baixo.

Acho estranho, porque ele não é assim com Kelly. Gregory faz uma careta.

— Mesmo que eu esteja meio apaixonado demais, ela ainda me odeia de todo o coração, e com razão. — De repente, seu rosto se ilumina. — Ah, rimou! Eu sou um poeta.

Rain bufa, e eu balanço a cabeça.

— Aliás — acrescenta Rain —, eles eram a meta de relacionamento da universidade inteira. Todo mundo shippava. Eram tipo o rei e a rainha do baile no ensino médio.

Gregory sorri e diz:

— Gostaria de dizer que a nossa querida *tempestade* está exagerando um pouco, mas não está. Nós éramos incríveis mesmo. Vou fazer o quê?! Quando juntamos tanta beleza assim, é inevitável.

— Mas isso não impediu você de ser um idiota, né? — indago, soando mais cruel do que queria.

Gregory estreita os olhos, brincalhão.

— Não precisa chutar cachorro morto, Apolo. Bem, vamos falar de outra pessoa, então. — Gregory aponta para Rain com a cabeça. — Vamos lá, *chuvisco*, você já contou para o Apolo sobre todos os caras apaixonados que correm atrás de você?

Rain revira os olhos.

— Tenho certeza de que o Xan já passou o relatório — responde ela —, porque vive reclamando de gente que entra na cafeteria procurando por mim.

— Você é popular, hein? — alfineto. — É um privilégio ter sua presença conosco esta noite.

— Ela pode até parecer um anjo, mas é perigosa. Não deixa esse olhar encantador e esse sorriso brilhante enganarem você — adverte Greg.

— Fica tranquilo, a popularidade dela explica muita coisa — digo. — Por isso você não responde minhas mensagens, Rain? Não tem tempo?

E assim o clima leve vai por água abaixo.

Um silêncio incômodo invade o ambiente. Rain não sabe o que dizer, e eu não sei por que abri a boca. Pelo jeito, ainda estou chateado. Gregory e eu trocamos um olhar, e ele parece entender.

Ele termina de tomar o resto da cerveja, se levanta e deixa a garrafa na mesinha ao lado do sofá.

— Eu vou ao banheiro — declara ele.

Então nos deixa a sós, e Rain continua imóvel, de braços cruzados e evitando olhar para mim. Eu me lembro do beijo e de tudo o que aconteceu no corredor. Não é o melhor momento, mas dias se passaram sem uma resposta dela. Preciso saber o que Rain está pensando, se fiz algo de errado.

— Rain.

— Apolo?

Ela sorri para mim.

— Me desculpa por tudo isso — digo. — Eu geralmente não sou... assim.

— Impulsivo? Violento?

Fico com vergonha ao escutar esses adjetivos, porque sei que descrevem meu comportamento hoje.

— É, acho que sim.

Rain suspira e se senta do outro lado do sofá, onde Gregory estava. Parece estar confortável, o vermelho de seu suéter cai bem nela. Coloca o cabelo atrás das orelhas com os dedos em um movimento delicado, mas calculado, como se estivesse tomando coragem para dizer algo.

— Apolo, o que aconteceu naquela noite…

— Foi um erro? — Termino a frase por ela.

Meu lado pessimista vem à tona, nunca tive sorte com as mulheres que me interessam. Rain continua calada, e essa é a minha resposta, porque seu silêncio confirma. Eu a observo franzir os lábios e entrelaçar as mãos no colo.

— Rain, hoje não é um bom dia para conversar — digo, olhando-a nos olhos.

Já tive o bastante. Não quero falar nem ouvi-la me rejeitar, como tudo indica que ela está prestes a fazer.

— Quer que eu vá embora? — pergunta ela, com um tom entristecido.

Ela se levanta, e não sei por que faço o mesmo. Eu me aproximo até ficar a poucos centímetros de distância dela.

Nossos olhares se encontram, e eu acaricio seu rosto suavemente. Quero dizer algo, mas sei que assim que eu abrir a boca e nós conversarmos, a magia pode desaparecer. Então resolvo arriscar e me aproximo mais. Roço meus lábios nos dela, mas me detenho, aguardando sua resposta. Ela agarra meu pescoço e me beija, de um jeito suave e apaixonado, como na primeira vez que nos beijamos. Quando se afasta, está um pouco ofegante.

— Apolo, eu…

— Shhh.

Começo a beijá-la de novo, porque, por mais que esse dia tenha sido desastroso, este momento é bom. Todos os pensamentos que invadiram minha mente desde a briga se dissipam.

Nós nos beijamos até nossos lábios latejarem; nossas respirações se aceleram e ficamos com calor. Eu me afasto, buscando ar, mas ela agarra meu rosto e olha nos meus olhos com uma intensidade avassaladora.

— Só uma noite — diz ela.

— O quê?

— Vamos para o seu quarto?

Sou pego de surpresa, mas assinto e agarro a mão dela para levá-la. Ao passarmos pelo corredor, um lampejo de lucidez atinge minha mente, agora embriagada por aqueles beijos, e começo a pensar em tudo. Dentro do quarto, Rain volta a me beijar, e suas mãos deslizam para dentro de minha camiseta. Eu me odeio por ser tão intenso, porque minha cabeça está presa naquelas três palavras: "Só uma noite."

O que ela quer dizer? É só isso que ela quer? Um caso de uma noite?

Caímos na cama, eu por cima de Rain, que dá risadinhas. Seu rosto inteiro está radiante, e eu me apoio com as duas mãos na cama, uma de cada lado de seu rosto, para não esmagá-la. Eu a encaro, hipnotizado.

— Rain?

— Oi?

Ela mexe no cabelo que cai na minha testa.

— Só uma noite? — pergunto.

Seu sorriso desaparece.

— Aham.

— "Aham" o quê?

— Isso… nós dois… podemos ser um caso de uma noite só.

— Você acha que é isso o que eu quero?

— Não, imaginei que… Achei que você concordaria sem complicar as coisas.

Saio de cima dela e me sento na cama, o olhar fixo na parede. Rain se senta ao meu lado, mas fica em silêncio.

— Não transo por transar, Rain — digo. — Gosto de dar uns amassos, brincar um pouco e coisas assim, mas dormir com alguém é especial para mim. Gosto muito de você e estou morrendo de vontade de fazer isso com você, mas… não quero que seja apenas uma noite. Sou do tipo que dá tudo e quer tudo também.

Rain desvia o olhar.

— Eu sei.

— Então por que não responde minhas mensagens? Por que me evitou? É porque não quer complicar as coisas?

Rain abre a boca e desvia o olhar por alguns segundos. Mas eu insisto:

— Rain, pode falar a verdade. Não vou despedaçar porque você tem certeza do que quer.

Minto, porque gosto muito dela. Talvez eu me despedace, sim, se ela disser que não quer nada comigo, mas não a ponto de me iludir e não enxergar os sinais: tem algo errado. Tivemos um momento muito íntimo naquela outra noite, cheio de química e desejo. A última coisa que eu esperava depois daquilo era que ela me evitasse de um jeito tão óbvio.

— Esse é o problema, Apolo.

Franzo o cenho.

— Eu não... — continua ela. — Eu não fui sincera com você. Não queria continuar te vendo e não queria que isso... entre nós continuasse sem que eu fosse sincera com você.

Algo está muito errado. Ela está tensa, junta as mãos no colo e morde o lábio ansiosamente de vez em quando. Dá para ver que está prestes a me magoar, e eu não vou gostar nada do que vou ouvir. Sendo assim, respiro fundo e a ouço.

18

RAIN

Aqui estamos nós.

Chegou o momento que eu estava evitando. O porquê não queria que Apolo me encontrasse desde o princípio. E vou ter que contar para ele.

Tudo começou há alguns meses, em uma luxuosa cabana no lago Lure. Minha mãe tinha uma linda casa à beira do lago, onde ia às vezes para escrever, longe da cidade e do meu pai. Meu irmão mais novo e eu íamos com ela de vez em quando. Vance só nos acompanhava no verão, já que adorava nadar e curtir o tempo bom. No inverno, éramos apenas minha mãe e eu; nós compartilhamos a paixão pela melancolia de um lago congelado, um bom chocolate quente e uma fogueira.

Meu pai não queria ir para lá, mas depois de implorarmos, ele decidiu ir conosco. Uma visita se transformou em duas, e logo passamos a visitar a casa do lago quinzenalmente. A princípio, não estranhei, embora ele detestasse o ar livre e ter contato com a natureza. Até que meu pai começou a ir sozinho, e aí, sim, suspeitei de que alguma coisa estava acontecendo. Mas não disse nada.

Numa noite fria de verão, uma vizinha nos convidou para uma festa em sua casa. Minha mãe tinha a casa do lago havia anos, e conhecíamos todos da região, menos aquela moradora. Era uma senhora elegante e de semblante frio. Pelo que parecia, ela havia se mudado fazia poucos meses e estava tentando se enturmar com a comunidade. Fomos todos para a festa. A casa era belíssima, toda decorada em branco e com detalhes dourados: os corrimãos das escadas, os lustres, os abajures... O lugar tinha uma aparência luxuosa, o que não era muito comum na área. Como eram casas de veraneio, a população do bairro optava por uma estética mais rústica. Mas dava para ver que aquela mulher não era muito fã do estilo.

— *Nossa, quem faz uma festa de gala em uma casa de veraneio?* — *reclama Vance ao meu lado, afrouxando a gravata.*

Eu escolhi um vestido leve, verde de alcinha.

— *Cada um faz o que quer, Vance* — *digo.* — *Ainda mais se a casa custou um ou dois milhões de dólares.*

Vance bufa.

— *Eu diria três, isso chutando baixo* — *rebate ele, apontando para um lustre dourado.* — *Isso é ouro, Rain. Não é falsificação.*

— *Aham. Agora você é especialista em metais preciosos.*

Tomo um gole do meu suco de... laranja? Na verdade, não faço ideia do gosto daquela bebida.

Minha mãe pede licença e vai para a casa do lago dormir; ela não gosta muito de interações sociais, para falar a verdade. Prefere a solidão, e esse tipo de evento a deixa esgotada. Jim vai com ela, mas Vance e eu ficamos com meu pai. Alguns vizinhos ainda estão bebendo e conversando com a nova vizinha.

Na hora de ir embora, Vance e eu não conseguimos encontrar nosso pai, então saímos sozinhos. Talvez ele tenha voltado antes, sem nos avisar. Nosso pai não é muito dedicado.

Ao chegar em casa, porém, ele não está lá. A careta que Vance faz, juntando as peças, fica gravada em minha memória. Meu irmão é muito observador, sempre percebe coisas que passam despercebidas por outras pessoas.

Vance sai correndo de volta para a festa, e eu vou atrás, mas paro na rua, olhando enquanto ele se afasta e entra de novo na casa da mulher. Silêncio.

Não ouço absolutamente nada por alguns minutos, mas então começa o caos, os gritos e Vance voltando bravo, meu pai logo atrás. Sinto um frio na barriga conforme eles se aproximam. Meu pai tenta segurá-lo, mas Vance se solta.

— Não encosta em mim! — grita ele, a raiva estampada em seu rosto.

— Vance... — chamo. — O que aconteceu?

Vejo seus punhos cobertos de sangue e o rosto machucado do meu pai. Fico completamente horrorizada: nunca pensei que meu irmão seria capaz de ferir meu pai.

— Filho, me escuta, abaixa a voz — pede ele.

Vance está prestes a agredi-lo outra vez, mas entro na frente.

— O que aconteceu? — pergunto.

— Conta para ela, pai — grita Vance. — Vai! Se você tem coragem de fazer merda, vai ser fácil contar para sua filha o bosta que você é.

Meu coração ameaça sair do peito. Olho para o meu pai.

— Pai?

— Vance, não faz isso — suplica ele.

— Pai? — repito, porque preciso de uma explicação.

— Você é um covarde — zomba Vance, o tom amargo, mas magoado. — Nosso pai está transando com a vizinha.

Sinto meu mundo congelar, o chão se abrir, e algo se parte dentro de mim.

Não, não.

Meus pais são casados há mais de vinte anos. É impossível, meu pai não faria uma coisa dessas. Não destruiria sua família desse jeito, não nos machucaria assim. Baixo a mão com que estava segurando Vance e encaro meu pai.

— Pai...

Espero, na expectativa de que ele negue, dê uma explicação, um sinal de que não passa de um mal-entendido, de que Vance está errado... Mas meu pai baixa o rosto e fica calado.

E dói, arde, queima.

Palavras podem ferir, mas são silêncios como este que destroem e acabam com tudo.

— Por favor, não... não conte para a sua mãe. Eu...

— Vai se ferrar — vocifera Vance.

De repente, o rosto de meu pai fica borrado, e então percebo que eu estou chorando.

Enxugo as lágrimas e luto para manter uma postura firme.

— Você tem até amanhã pra contar pra ela — digo, minha voz falhando um pouco.

Contenho a raiva, a decepção e tudo o que sinto. Não sei com quantos anos adquiri o hábito de reprimir meus sentimentos.

— Se ela não souber por você, vai saber por nós — completo, por fim.

No dia seguinte, meu pai não teve escolha a não ser contar para minha mãe. Ela ficou arrasada, não esperava nada daquilo. O relacionamento deles certamente não era perfeito, mas havia confiança; afinal, passaram grande parte da vida juntos. Eles não se separaram, mas dá para ver que as coisas tinham mudado. Minha mãe se refugiou em seus livros, e meu pai, no trabalho.

Naquela época, Vance ficou muito furioso, e eu não via como ele poderia extravasar tanta raiva. Tentei ajudar de alguma maneira, mas nada adiantou. Ele continuou a semear aquele ódio que lhe consumia cada vez mais, o desprezo pelo meu pai e pela mulher que se envolveu com ele: Sofía Hidalgo.

Pouco depois, Vance ficou sabendo que um dos filhos daquela mulher entraria na universidade, e eu soube desde o começo que ele estava planejando alguma coisa, mas não sabia o quê. Tentei explicar para ele que Apolo Hidalgo não era culpado, que era mais uma vítima da história toda, assim como nós. Mas também não deu certo.

Naquela noite chuvosa, ele me ligou, bêbado. Percebi pelo ruído no fundo que ele estava em um bar.

— *Preciso disso, Rain. Preciso extravasar.*

— *Vance, não. Não ouse* — *protesto, entrando em pânico.* — *Onde você está?*

— *Eu vi o cara. Dos filhos, ele é o único que ainda visita a mãe depois do divórcio com o velho Hidalgo. Ele é o ponto fraco dela, Rain. E está aqui ao meu alcance.*

— *Vance, me escuta. Não toma nenhuma decisão precipitada* — *peço.*

Silêncio.

— *Vance!* — *chamo.*

Ele desligou na minha cara.

Pulo da cama no mesmo instante, coloco um casaco e abro o guarda-chuva. Dou uma olhada no celular e, pelo Instagram, vejo que Vance está em um bar no centro de Raleigh, a meia hora de onde eu estou. Pego um Uber, mas quando chego ao bar, não o encontro em lugar nenhum.

Não, não, merda.

Vou para a rua, a chuva molha meus pés e eu me protejo com o guarda-chuva. Vance não pode ter ido longe. Procuro, caminho, passo por cada bar, cada esquina e enfim chego àquele beco, onde encontro Apolo.

Depois que Apolo Hidalgo foi levado pelos paramédicos, começei a chorar incontrolavelmente no beco. Alguém tinha sido violentado, e eu podia ter feito algo para impedir; me senti a pior pessoa do mundo por não ter contado para a polícia que conhecia o agressor. Entregá-lo ia contra tudo o que eu acreditava, e eu me odiava pelo silêncio, mas… Vance era meu irmão. Minha mãe já estava tendo problemas com meu pai. Se meu irmão fosse pra cadeia, não sei se minha família aguentaria mais esse baque.

Fui egoísta.

Fui uma pessoa horrível.

Coloquei Vance em primeiro lugar, mesmo que ele quase tenha matado uma pessoa, pelo simples fato de ser meu irmão.

Não tem justificativa.

Por isso, mantive distância de Apolo no começo. Não queria me envolver. Não conseguia olhar nos olhos dele sabendo que podia ter dado a ele a justiça que merecia e escolhi ocultar a verdade.

Quando ficou sabendo que fui ajudar Apolo, Vance me confrontou.

— *E eu vou ficar bem quando você parar de se meter na minha vida, Rain* — *sussurra ele.*

— *Não sei do que você está falando* — *digo.*

— *Sabe, sim. Espero que seja esperta e fique na sua. Eu nunca machucaria você, mas não digo o mesmo para as pessoas ao seu redor.*

Mas me deixei levar. Entrei em contato com Apolo no Instagram, e quanto mais o conheço, pior me sinto com tudo o que aconteceu. Talvez uma parte de mim esperasse que ele fosse uma pessoa ruim para que eu me sentisse menos culpada, mas não. Apolo é o completo oposto disso: amoroso, gentil. Eu fico tão mal por deixar as coisas irem longe entre nós sem contar a verdade... Mas isso acaba agora.

Conto tudo. E aguardo sua resposta.

Apolo está imóvel. De olhos arregalados, e os punhos, cerrados. Ele fica em silêncio, e não o culpo: é informação demais. Mas estou morrendo por dentro.

— Apolo...

Ele nem olha para mim, seus olhos estão fixos em um ponto ao lado, como se estivesse absorvendo tudo.

— Vai embora — diz ele.

Ai. Aceito a dor desse pedido, eu mereço.

— Apolo, só...

— Vai embora! — Ele aumenta um pouco a voz.

Eu dou um pulo, surpresa.

— Eu preciso de... — continua ele. — Vai embora, Rain.

Assinto e me levanto. Dou uma última olhada para trás; ele não mexeu um dedo, mas a raiva e a decepção estão estampadas em seu rosto. Percebo que talvez tudo tenha acabado antes mesmo que tivesse a chance de começar, e isso parte meu coração.

Me desculpa, Apolo.

19

APOLO

Voltar para casa.

É disso que preciso. E é o que faço depois da semana que tive. Passei a noite em claro e, assim que o sol nasceu, voltei para casa. A mansão Hidalgo me recebe com sua imponência e suas grandes janelas. Sei que não estão esperando uma visita minha, sei que ainda estão todos lá dentro, na cozinha, tomando café da manhã. Aqui é o meu lar, mas, por algum motivo, me sinto como um intruso neste momento.

Com a minha cópia da chave, abro a porta e consigo ouvir as vozes que vêm da cozinha. Quero ir para o meu quarto e esquecer tudo, mas preciso da minha família. Então, vou ao encontro deles. Claudia está de calça jeans e suéter vermelho combinando com seu cabelo ruivo preso em um rabo de cavalo alto. Em um de seus braços está Hera, as pernas ao redor de sua cintura. Ártemis usa roupas esportivas pretas e toma uma xícara de café com leite. E, por fim, vovô está ajudando a cortar legumes para fazer omelete.

— Oi — digo, cansado.

Todos olham para mim, mais do que surpresos.

— Dodo! Dodo! — chama Hera.

Ao ver o pequeno rostinho, todos os sentimentos ruins desaparecem por alguns segundos. Ela estende os braços para mim.

— Oi, princesa — cumprimento, indo na direção dela e a pegando no colo.

Hera me abraça imediatamente.

— Tudo bem? — pergunta Claudia, baixinho, reparando nos meus dedos machucados.

— Não estávamos esperando você, filho, mas que surpresa boa — diz Vovô.

Ele me abraça do lado em que não estou segurando Hera.

— Você parece... — começa vovô, mas hesita.

— Pode falar — encorajo.

Ártemis solta um pigarro.

— Você não deveria estar na aula? — pergunta ele.

— Ártemis — repreende Claudia. — Tenho certeza de que ele está aqui por um motivo. O que conversamos sobre você ser mais... Sabe, humano?

— Não, eu não estava... — explica Ártemis. — Só fico preocupado de ele estar perdendo aula.

— Não sou criança, Ártemis — respondo. — Não precisa mais agir como meu pai.

Meu irmão mais velho fica de pé e coloca a xícara de café na mesa. Claudia e ele trocam um olhar, e ele faz uma careta, se aproximando de mim.

— O que você está fazendo? — pergunto.

Ártemis me dá um leve abraço, sem dizer nada. Sei que ele está tentando se expressar mais.

— Fico feliz em te ver — declara ele, com um sorriso, e me dá um tapinha nas costas antes de se afastar.

Vovô me observa com atenção; ele me conhece melhor do que ninguém. Então não me surpreende quando indaga:

— Do que você precisa, filho?

Claudia pega Hera de novo, com um sorriso caloroso, e eu balanço as mãos.

— Ajudar a preparar o café da manhã. É... disso... É disso que eu preciso agora — respondo.

— Tudo bem.

Vovô me diz como ajudá-lo, e começamos a preparar um café da manhã grandioso. Os cheiros me trazem conforto e me fazem sentir em casa: o café passado, os legumes recém-cortados, o azeite na frigideira para fritar as omeletes. Ouvir a risada adorável de Hera e as piadas do vovô... também faz com que eu me sinta seguro.

É disso que eu preciso agora.

Agasalhado, me sento na frente da piscina, observando como a água está transparente, e quase me convenço a entrar mesmo nesse frio. O sol brilha no horizonte, me enchendo de calor e tranquilidade. Ouço passos lentos atrás de mim.

— Você ainda não sabe espionar, vovô — brinco, e o ajudo a se sentar ao meu lado.

Vovô traz duas canecas de chocolate quente e me entrega uma.

— É a idade. Os passos lentos e o ranger dos ossos me entregam.

Isso me faz sorrir. Suas rugas se aprofundam de leve quando ele sorri de volta para mim.

— Ah, você é mesmo filho do seu pai — comenta ele, tomando um gole de sua bebida.

Franzo as sobrancelhas.

— Como assim? — pergunto.

— Quando você entrou na cozinha, me lembrei do seu pai. Se alguma coisa dava errado na empresa, com a Sofía ou na vida em geral, Juan aparecia na minha porta. Não dizia nada, só me ajudava a cozinhar ou a guardar alguma coisa. — Ele abre um sorriso de pura nostalgia. — E isso enchia meu coração de alegria, porque mostrava que, independentemente do que acontecesse, meu filho sabia que teria um lugar para onde ir quando o mundo parecesse desmoronar. Um porto seguro.

Sinto meus olhos ficando marejados com suas palavras, mas respiro fundo para me controlar. Vovô aperta meu ombro.

— Este sempre será seu porto seguro, Apolo — garante ele.

— Eu sei.

— Não faço ideia do que aconteceu, mas se precisar falar sobre isso, estou aqui. A Claudia também, e para Ares você pode sempre telefonar.

— E o Ártemis? — brinco.

Vovô solta um suspiro.

— Ele seria minha última opção para falar sobre sentimentos.

Dou risada.

— E meu pai? — indago.

— Nem consideraria como uma opção.

— Vovô!

Dou ainda mais risada.

— O que foi? Se nós, Hidalgo, temos alguma coisa em comum é a sinceridade cruel e necessária.

Meu sorriso se desfaz.

— Sinceridade... Ah, acho que ser sincero teria me livrado de muitas coisas. Teria evitado... tanta coisa.

— Parece que você teria evitado machucar a mão, pelo menos — diz vovô.

Ele segura minha mão e a analisa.

— Tenho que dizer — começa ele —, nunca esperei isso de você, Apolo. Violência...

— ... nunca é a resposta, eu sei. — Afasto a mão. — Pode acreditar, ninguém está mais surpreso do que eu.

— A pessoa merecia?

— O quê?

— Filho, eu te vi crescer. Lembro que chorou por duas horas no dia em que pisou em um dos seus cachorros sem querer. Eu conheço você, alguma coisa deve ter feito você explodir. A pessoa em que você bateu... Ela mereceu?

Encaro a água da piscina, e tudo passa pela minha cabeça: o beco, Rain, a emoção ao conhecê-la, o aroma da cafeteria

Nora, Xan e suas bochechas coradas, Vance e suas provocações, os hematomas nos braços de Xan, a discussão na porta da festa, o festival de outono... Eu me lembro de estar em cima de Vance, batendo nele com toda a raiva dentro de mim. E então... Rain me contando tudo, todo o outro mar de emoções que isso desencadeou: minha mãe... se envolvendo com um homem casado, Vance querendo vingança, e Rain sabendo esse tempo todo que foi ele. Vance poderia estar na cadeia agora, Xan estaria a salvo. Rain estava com esse poder nas mãos e não fez nada.

Ela me olha nos olhos, ela vê tudo o que acontece com Xan e não faz... nada.

— Apolo?

Vovô põe a mão no meu ombro outra vez. Cerro os punhos com força, tensionando a mandíbula.

Eu me viro para meu avô.

— Eu... tenho... Eu estou... Sinto muita raiva, vovô. É um sentimento que me domina e me consome... Desde a noite em que fui agredido, carrego esse peso no peito. E o odeio, porque eu não sentia emoções tão ruins e negativas antes de tudo isso. O mundo lá fora é horrível, e disso eu já sabia, mas agora...

— Agora você sentiu com a própria pele.

Vovô suspira e me faz um cafuné.

— Desde que você era criança — continua vovô —, eu tinha medo de que fosse bom demais pra este mundo, Apolo. Tinha medo de que o mundo real te atingisse com mais força do que atinge outras pessoas.

— E tinha razão — digo.

— Não — retruca vovô, balançando a cabeça. — Não, eu estava muito enganado, filho. Ser uma boa pessoa não te torna fraco nem menos forte do que os outros. E você é uma pessoa excelente. Não deixe de ser quem você é por sentir raiva ou frustração, mesmo se estiver errado. Não existem sentimentos ruins, Apolo. As decisões que você toma com o coração podem ser boas ou ruins, mas seus sentimentos são sempre válidos.

— É tanta coisa acontecendo ao mesmo tempo... que evito sentir tudo, porque é demais, então bloqueio. Não sei lidar com o mal.

— Porque esse foi seu primeiro impacto com o mundo lá fora. Longe da família, sozinho em uma cidade nova... Agora você voltou para casa para encontrar a si mesmo, sua base, seu lar. Logo, logo você volta e leva outro golpe, mas vai chegar o dia em que não vai precisar voltar para casa para se encontrar, porque já vai se conhecer melhor. Já vai saber lidar melhor com suas emoções.

— Você tinha que ter sido psicólogo, vovô — observo.

— Não é você que está estudando psicologia? — pergunta ele. Solto um suspiro.

— Olha para mim... Você acha que eu pareço muito controlado e capaz de ajudar a melhorar a saúde mental de alguém?

— Não mesmo. Você acabou de começar o curso. O que eu sei é que você é o garoto mais empático que conheço, e isso vai ser ótimo para as pessoas que você ajudar no futuro.

— Não sei o que fazer — declaro.

— Sabe, sim. Sabe disso há muito tempo. O que está te impedindo?

— Estou com vergonha, vovô.

Ele solta uma risada tão alta que chego a levar um susto. Segura a barriga de tanto rir. E acabo rindo um pouco também, porque vê-lo assim me enche de paz.

— Vergonha? Vergonha de quê, Apolo?

— Sei lá. Não pegaria bem um estudante de Psicologia ir ao psicólogo.

— Entendi. Então se o Ares ficar doente ou se machucar, ele não pode ir ao hospital por estar cursando Medicina?

— Pensando assim, eu pareço um idiota.

— Não, filho, você só está confuso. Eu te disse na noite em que você sofreu a agressão e muitas vezes depois: só um profissional pode te ajudar a lidar com todos esses sentimentos depois do que aconteceu.

— Esse é um dos motivos para eu não querer ir — revelo. — Tenho medo do que possa vir à tona.

— E você acha que guardar tudo aí dentro vai fazer bem? O sentimento não vai desaparecer. Todos eles são válidos e precisam ser sentidos.

— Falar com você me acalma e...

— Mas eu não sou um profissional, Apolo. Sou só um velho que viveu bastante, que levou muitos baques e que continua se adaptando a todo esse mundo tecnológico e novo. — Outro suspiro. — Acredite, sair da minha zona de conforto não foi fácil, mas se eu consegui aprender a jogar aquele negócio de tiros só para poder falar com meus outros netos enquanto jogo, você consegue fazer terapia.

— Os filhos do tio Jamel? Espera... Vovô, você está jogando *Fortnite*?

Vovô estufa o peito com orgulho.

— Cada dia resisto mais tempo com vida — acrescenta. — Da última vez, foram três minutos.

Sorrio, porque isso é muito fofo.

— E o tio Jamel?

— Ainda distante — diz ele, entristecido. — Estou velho para ficar mantendo essa distância dos meus filhos. Sei que atendem o telefone já pensando no que vão herdar quando eu morrer, mas meus netos não têm nada a ver com isso. Então fiz minha parte, procurei uma maneira de me conectar com eles e comprei aquele maldito videogame. E agora fazemos chamadas de vídeo todos os sábados, e vou visitá-los daqui a duas semanas — conta vovô, se levantando. — Mas, enfim, vá para a terapia. Se não seu avô vai te arrastar, Apolo Hidalgo.

— Sim, senhor.

Observo-o voltar para dentro a passos lentos e cautelosos. Esse velho de cabelo branco e risada estridente já fez tanto por mim, e eu o adoro. Ele acabou de me ensinar outra lição importante, não só com palavras, mas com suas ações. Seus filhos o colocaram na casa de repouso, o largaram lá, esquecido. Mesmo assim, aqui está ele, tentando manter contato com a família. Sua sabedoria vai além do rancor ou do orgulho, porque ele é uma boa pessoa, e o fato de ter sido magoado ou abandonado não mudou isso.

Acho que é hora de fazer o que eu deveria ter feito desde que percebi meus medos, a fobia que desenvolvi da chuva, os dias que passei andando como um zumbi e a raiva que explodiu com Vance. Talvez, depois que eu me organizar internamente, consiga lidar com as informações que Rain me deu. Por enquanto, preciso cuidar de mim.

Tudo bem precisar de ajuda, Apolo.

Chegou a hora.

PARTE DOIS

XAN

20

APOLO

Falar sobre aquela noite ainda é difícil.

Depois da segunda sessão de terapia, me sinto esgotado e sem energia. Nas duas últimas semanas, voltei a ser um zumbi: vou para a faculdade, volto para o apartamento, durmo e repito o ciclo. Nem estou mais saindo para correr de manhã, uma atividade que eu gostava muito de fazer e que me ajudava a começar bem o dia.

Gregory já tentou me convencer a fazer milhares de coisas, de festas a noite de filmes. Érica também tentou na faculdade. Desde que voltei, não passei na cafeteria Nora. Não sei se consigo olhar na cara de Xan sem dizer que foi o namorado dele que quase me espancou até a morte.

E Rain...

Tento não pensar nela de jeito algum.

Conversei com minha terapeuta sobre o que mais me machuca nessa história, e é o engano; me sinto traído. Sim, sinto muita raiva por ela não ter tomado nenhuma atitude, mas o que mais me dói é ela não ter sido sincera comigo desde o começo. Não gosto de mentiras, e saber que Rain passou tanto tempo comigo, teve tantas oportunidades de me dizer a verdade, mas decidiu esconderé-la me magoa.

E, além de tudo, minha mãe está envolvida nessa história. Sou o único da família que ainda a visita. Da última vez, ela me recebeu com um grande sorriso.

— *Entra, filho* — *diz minha mãe.* — *Acabaram de colocar essas cortinas na janela. O que achou?*

Ela está sorridente, então sorrio de volta.

— *São... bonitas.*

Nunca me interessei por itens de luxo ou por decoração, mas minha mãe é louca por essas coisas. Ela se acostumou com o estilo de vida do meu pai, e o acordo de divórcio conseguiu mantê-lo. Meu pai lhe ofereceu uma boa quantia com a condição de que ela abrisse mão das ações da empresa Hidalgo.

— *Me conta, quando você começa a faculdade?* — *pergunta ela.*

— *Semana que vem.*

— *Ah!* — *exclama ela.*

Minha mãe dá a volta na cozinha, coloca um avental e começa a preparar uma massa da panqueca.

— *Senta, vou fazer suas favoritas* — *diz ela.* — *Com pedaços de morango e banana, que tal?*

Assinto. Não achei que ela se lembrasse disso, e é a primeira vez que eu a vejo cozinhar.

— *Está ansioso?* — *pergunta ela, batendo a massa.*

— *Um pouco. Você sabe que... não sou muito bom em socializar.*

Minha mãe assente.

— *Vai dar tudo certo. E quando voltar pra me visitar vai estar cheio de amigos* — *garante.*

Bufo.

— *Aham, sei.*

Há um silêncio, e ela umedece os lábios. Sei o que ela quer perguntar.

— *Eles estão bem, mãe* — *digo.*

Seu semblante fica pesaroso.

— É, eu... sigo a Claudia no Instagram. Ela posta fotos lindas da Hera.

— É mesmo.

Minha mãe continua preparando a receita e, quando termina, me serve um prato com uma torre de três panquecas com pedaços de fruta por cima.

— Obrigado. Parecem estar uma delícia.

Ela assente e sorri para mim, enxugando as mãos no avental. Mas o brilho em seus olhos desapareceu depois de mencionar Hera. Apesar de ela ser a responsável pelo que aconteceu com a família e por agora estar nesta situação, não posso evitar me sentir mal; independentemente de tudo, ela é minha mãe.

— Eles precisam de tempo, mãe — digo, francamente. — O Ártemis e o Ares... foram os mais afetados por tudo o que aconteceu entre você e meu pai.

— Eu sei. Eu mereço isso, é só que... — Ela dá um suspiro profundo e se vira para a janela. — Estou muito sozinha, Apolo.

— Sinto muito, mãe.

— Não sinta, fui eu que causei isso. Deveria ter pensado melhor, ter percebido o mal que estava causando a vocês, ao Juan... — Ela umedece os lábios de novo. — Estar aqui, tão sozinha, me deixou com muito tempo para refletir, para olhar para trás e rever os erros gigantescos que cometi. Mas já é tarde, Apolo.

Estendo a mão por sobre a ilha da cozinha e seguro a dela.

— Eu estou aqui, mãe. Não posso falar por meus irmãos, porque eles têm o direito de processar o que aconteceu no tempo deles, mas acho que nunca é tarde para assumir os erros.

Minha mãe dá a volta na ilha e me abraça.

— Eu te amo.

Acreditei nela, achei que minha mãe tivesse mudado. E agora fico sabendo disso. Não se pode confiar mesmo em ninguém, né? Pego uma garrafa de água e vou para o meu quarto, preciso relaxar a mente. E, no momento, dormir é a única maneira de fazer isso.

* * *

— Apolo… — Alguém balança meu ombro. — Ei.

Solto um gemido e me reviro na cama, dando as costas para quem quer que esteja interrompendo meu sono. Não quero acordar.

— Apolo! — É um sussurro urgente.

Enquanto recupero a consciência, percebo que é Gregory.

— Que foi? — murmuro, com o rosto meio enterrado no travesseiro.

— Acorda. Aconteceu uma… coisa.

Greg me balança com mais força. Suspiro, frustrado, e me sento com relutância.

— O quê? — pergunto.

Esfrego os olhos, tentando enxergá-lo no escuro.

— É o Xan.

No momento em que ouço o nome dele, alertas disparam em minha cabeça, e acordo de uma vez. Não pode ser coisa boa. Olho para o relógio na parede e vejo que são quatro da manhã. A expressão preocupada de Gregory também não é um bom sinal.

— O que aconteceu? — pergunto.

De repente, sinto meu coração palpitar diante de todos os cenários possíveis.

— Xan está aqui.

— Hã?

— Olha… Ele está na porta. Não quis entrar, me pediu para chamar você.

— Mas o quê…?

Salto da cama sem me preocupar em vestir uma camiseta. Saio apenas com as calças do pijama, sem nada por cima, e corro até a porta. Xan está no corredor, tremendo, esfregando os braços. Está com o cabelo bagunçado, hematomas recentes no rosto, o pescoço vermelho, como se… Além disso, seus olhos estão inchados. Ele andou chorando, isso é óbvio.

— Minha nossa, Xan. O que aconteceu? Você está machucado, está...

— Desculpa. Desculpa vir a essa hora. Não sei por que estou aqui, mas... eu não tinha pra onde ir. A Rain me deu seu endereço um tempo atrás, quando eu queria me desculpar por ter sido rude com você na festa e... não sei como cheguei aqui. Eu estava andando... Fiquei andando um tempão... por horas.

Olho para seus pés, e ele está descalço. De onde quer que tenha vindo, não foi planejado. Está fugindo. Ele tosse e faz cara de dor. Seu pescoço... Tenho certeza de que foi Vance que fez isso.

— Me desculpa, Apolo.

— Não, não, você não tem que se desculpar. Vem, entra.

— Não... Não é uma boa ideia, não quero arranjar confusão para você. Eu...

— Xan, entra. Descansa um pouco, come alguma coisa e depois a gente pensa no que fazer.

Ele hesita.

— Estou tão envergonhado de aparecer na sua porta assim, mas... eu estava com tanto... medo. — Sua voz falha. — Comecei a correr... assim mesmo.

— Você fez bem, Xan. Vem, entra.

Estendo a mão, ele hesita novamente, mas por fim a segura, e nós entramos.

Gregory nos recebe na cozinha, e Xan baixa o olhar. Por um segundo, me lembro da visita que fiz à minha família alguns dias atrás e do que eu precisava naquele momento. Quando estou na pior, a última coisa que quero é que me bombardeiem de perguntas. Xan continua olhando para o chão, abraçando a si mesmo.

— Sinto muito, de verdade — diz ele. — Eu não deveria ter vindo desse jeito. É de madrugada, e eu...

— Torrada ou pão comum? — interrompo-o, indo até o outro lado da cozinha.

Xan ergue o olhar, confuso, e eu continuo:

— Hoje vou preparar o café da manhã um pouco mais cedo. Como diria meu avô, "tudo fica melhor de barriga cheia".

Abro um sorriso compreensivo para Xan, e seus olhos ficam avermelhados.

— Torrada — murmura ele.

Gregory se junta a mim, acenando com a cabeça.

— Ótima escolha — diz Gregory. — Apolo, pega os ovos e corta os legumes. Vou começar pela frigideira. Pode se sentar, Xan.

O garoto de cabelo azul fica sentado nas cadeiras altas da bancada, enquanto Greg e eu cozinhamos. Bem, é Greg quem faz tudo, eu só sigo as instruções e agradeço, porque não sou bom na cozinha.

— Assim não! — diz Gregory. — Nossa, como é que você não sabe fazer bacon? É moleza, Apolo.

Xan não fala, mas observa atentamente, como se estivesse entretido com nossas aventuras na cozinha. Era o que eu pretendia, fugir da pressão de ficar perguntando e falando sobre o que aconteceu. Ele vai falar quando estiver pronto, e eu estarei aqui para ouvi-lo.

Comemos em silêncio, saboreando o café da manhã improvisado que ficou incrível graças a Gregory; suas habilidades culinárias sempre me surpreendem. Ainda está escuro lá fora, e o relógio marca quase cinco da manhã. Com um bocejo, Gregory se despede e vai para o quarto.

Por um momento, fico na dúvida do que fazer. Sei que Xan não quer ficar sozinho, então o levo para meu quarto, que é espaçoso e tem um sofá grande e confortável em um canto. Ele fica parado perto da porta já fechada. O cômodo está escuro, a única luz vem de uma luminária acesa na mesa de cabeceira.

— Posso usar o banheiro? — pergunta ele, baixinho.

Xan está com um semblante arrasado. Não só pelos machucados, mas no aspecto geral. Sua versão alegre, que sorri para mim quando vou à cafeteria Nora, não está em parte alguma, e odeio Vance por destruí-lo assim.

— Aham.

Quando Xan sai do banheiro, fica parado sem saber o que fazer.

— Pode descansar na cama — respondo, me sentando no sofá.

Ele umedece os lábios e volta a abraçar o próprio corpo. Quando olha para mim, digo:

— Xan... Você está seguro aqui.

Ele assente, deitando-se na cama, os olhos fixos no teto.

— Você não precisa ficar no sofá — sussurra ele. — A cama é grande. Pode ficar aqui se... não se importar.

— Não me importo.

Vou para a cama e me deito da mesma forma que ele, de barriga para cima. A luzinha da luminária cria pequenas sombras no teto. O silêncio que nos envolve não é constrangedor, é tranquilo, e espero que isso dê a Xan o espaço necessário para processar o que aconteceu, independentemente do que tenha sido.

— Eu... — começa ele, mas hesita.

Descanso as mãos na barriga e viro para olhá-lo. Seus olhos continuam fixos no teto. Vejo lágrimas escorrendo por seu rosto, os lábios tremendo.

— Xan, você não precisa dizer nada. Não precisa ter pressa.

— Como... as coisas chegaram a esse ponto? Como... eu cheguei aqui? Como posso continuar amando alguém que faz isso comigo?

— Isso não é amor, Xan. O que você tem com Vance talvez tenha começado como amor, mas garanto que não é mais.

— Então é o quê? — pergunta ele, se virando para mim. — Porque parece que não consigo viver sem ele. Eu me sinto preso a ele.

— Porque ele tem feito de tudo para você se sentir assim, para você não ir embora.

— Ele não era assim... Ele nem sempre é assim. Quando estamos bem, tudo é... tudo é perfeito.

Xan volta a olhar para o teto, respirando pelo nariz congestionado. Ele continua:

— Vance prometeu que não faria isso de novo e hoje à noite... ele... Achei que ia me matar, Apolo. Fiquei... — Ele hesita e começa a soluçar, os olhos fechados. — Fiquei com tanto... tanto medo.

Com cuidado, estendo a mão na cama e seguro a dele.

— Você está seguro aqui, Xan — garanto, apertando a mão dele com delicadeza. — Descansa.

Por um bom tempo, ele chora sem controle, e eu só seguro sua mão e fico ali.

Enfim, Xan acaba adormecendo. Seus longos cílios roçam as maçãs do rosto, e seus lábios ficam entreabertos. Solto sua mão e me levando para cobri-lo. Ele estremece um pouco, mas não acorda; agora, o rosto está virado para mim. O cabelo azul está caído na testa, e os hematomas do rosto e do pescoço já estão ficando mais evidentes.

Não tenho ideia do que vou fazer, mas alguém precisa parar Vance. E cada vez estou mais certo de que essa pessoa sou eu.

21

XAN

Não quero acordar.

Acordar significa lidar com tudo, pensar no que aconteceu e em Vance.

Além disso, não durmo tão bem há meses, quero continuar descansando. Não sei que horas são, mas quando percebo como o sol está quente, vejo que já é tarde. Apolo não está por perto, então vou ao banheiro e saio do quarto. Também não tem ninguém na sala nem na cozinha, há apenas um bilhete na bancada:

Xan, fui para a aula, volto em breve. Tem waffles no micro-ondas e comida na geladeira se quiser fazer alguma coisa. Por favor, espere eu chegar.

Apolo

Essa última frase traz um quentinho pro meu peito. Como ele me conhece tão bem? A primeira coisa que pensei quando saí do quarto foi em ir embora. Quanto mais desperto fico, mais chego à conclusão de que isso foi um erro. Não posso negar que gostei de passar a noite aqui; me sinto seguro nesse lugar. Mas não quero envolver Apolo nos meus problemas. Não quero me aproveitar de sua bondade. Só não tinha para onde ir. Vance é tudo para mim: minha casa, meu trabalho, meu relacionamento e muito mais. Sem ele, fico basicamente na rua.

Ele tem feito de tudo para você se sentir assim, para você não ir embora.

As palavras de Apolo surgem em minha cabeça. Parece difícil acreditar que alguém planejaria algo assim... Quem seria capaz disso?

Porque eu o conheço, e ele não é uma boa pessoa.

Agora é a voz de Rain que me atormenta. Respiro fundo, aqueço os waffles e pego um pouco de café. Sentado, observo meu celular desligado. Reúno forças e o ligo. Sinto minhas mãos suarem e umedeço os lábios. Meu estômago embrulha quando as mensagens de Vance começam a chegar. Todas foram enviadas à uma da manhã.

ATENDE O TELEFONE!

XAN, ATENDE AGORA MESMO.

Onde você se meteu?!

Xan, eu juro que se você não atender...

Por que minhas mensagens não estão chegando? Desligou o celular?

Vejo que tem nove mensagens de voz na caixa postal. Não ouço, continuo lendo as várias notificações que aparecem na tela. Nas primeiras mensagens, ele está bravo, fazendo várias ameaças, mas depois se acalma, como sempre, e a última mensagem é completamente diferente das primeiras:

> Xan, me desculpa mesmo, por favor. Estou preocupado com você, já amanheceu. Pelo menos me diz que você está bem, eu só te peço isso.

Penso em avisar que estou bem, mas a lembrança da noite anterior me paralisa.

Estamos nos divertindo, vendo um filme, mas, de repente, Vance recebe uma ligação e vai para o estúdio atender. Fico no sofá por vários minutos, esperando, com o balde de pipoca no colo. Quando ele volta, me diz para deixarmos o filme para outro dia porque precisa trabalhar. E assim começa a briga. Uma coisa leva a outra, e acabamos tocando no assunto de ele flertar com todo mundo, no Instagram e na rua, enquanto mantém segredo sobre nosso relacionamento.

Vance tenta resolver a discussão com sexo, e, quando recuso, ele fica ainda mais furioso. Estamos gritando, não conseguimos nos entender, e ele perde o controle.

Dessa vez, não para com os socos: agarra meu pescoço e me prende contra a parede, me enforcando. Quase desmaio. Quando me solta, seus ombros sobem e descem de tanta fúria, e ele continua gritando. No entanto, meus ouvidos só escutam um guincho fixo e constante. Meu instinto de sobrevivência entra em ação, e sem perceber eu fujo. Corro para o elevador e saio do prédio. Estou descalço, confuso, e só paro quando estou bem longe.

Por horas, perambulo pelas ruas vazias de Raleigh, no frio do outono. Penso em ir para a casa de Rain, mas sei que Vance vai me procurar lá, não é a primeira vez que isso acontece. Sendo assim, paro na porta do garoto de sorriso acolhedor: Apolo Hidalgo.

Nunca pensei que eu fosse parar aqui. Apolo tem se portado muito bem, como esperado. Ele é uma boa pessoa, soube disso no instante em que o vi entrar na cafeteria pela primeira vez.

Naquele dia em que estava esperando por Rain, ele estava nitidamente nervoso. Com o passar do tempo, só confirmei quão legal ele é. Odeio que ele saiba tudo sobre Vance, que testemunhe essa parte da minha vida, mas também odeio que seus gestos mais simples me façam sentir coisas que eu não deveria.

De repente, meu celular toca com uma chamada: Vance. Engulo em seco, sei que preciso enfrentá-lo cedo ou tarde; apesar disso, não me sinto forte o bastante para atender a ligação.

Dou um pulo ao ouvir a porta abrir e, ao me virar, vejo Apolo entrando, de calça jeans, suéter azul-celeste e uma touca da mesma cor. Está carregando uma mochila no ombro, e dá para ver que ficou aliviado em me encontrar.

— Você me esperou — diz ele, com um sorriso que me faz sentir que tudo vai ficar bem, que tudo vai se resolver.

Eu me reprendo mentalmente: não é o melhor momento para isso. Minha vida está um desastre, minha mente está uma confusão, e a última coisa de que preciso agora é ter uma quedinha por um cara hétero.

— Você me convenceu com os waffles — minto, porque na verdade mal comi.

Apolo coloca a mochila na ilha da cozinha, tira a touca, bagunçando o cabelo e se aproxima de mim. Fico nervoso quando sua mão analisa meu rosto.

— Acho que os hematomas vão sair logo — diz ele.

Engulo em seco, afastando o olhar.

— Pois é.

Ele fica parado. Volto a olhá-lo e penso: *esse cara não tem noção do que é espaço pessoal?* Está tão próximo que meus joelhos, na altura da cadeira, quase roçam nele. Por fim, ele se afasta, e sinto que posso voltar a respirar.

— Qual é o plano? — pergunta ele, pegando um copo de água.

Suspiro.

— Não sei — respondo. — Tenho que abrir a cafeteria daqui a pouco… mas sei que ele…

— Ele vai estar lá. Quer que eu te acompanhe?

— Não, você já fez muito. Tenho que resolver isso sozinho.

— Xan...

— Muito obrigado... por tudo.

— Você não precisa me agradecer — retruca ele, mas a expressão preocupada continua em seu rosto. — O que vai fazer depois de fechar a cafeteria? Para onde você vai?

Boa pergunta. Por enquanto meu plano é dormir por lá.

— Não se preocupa, vou ficar bem — declaro.

— Pode ficar aqui o tempo que quiser, Xan. Este apartamento é imenso, e o Greg não se importa.

— Não, não precisa. Você já fez o suficiente.

— É sério, isso não é nada. Somos bons amigos pra dividir o apartamento, juro.

Isso me faz relaxar, e eu sorrio.

— Acredito em você — respondo. — Não fazia ideia de que o Gregory cozinhava tão bem.

Apolo ergue o queixo.

— Eu faço sobremesas gostosas, beleza? — diz ele.

— Tenho que experimentar algum dia. E eu passo o café, porque isso aqui está horrível — brinco, apontando para a xícara. — Sem ofensa.

— Ah, perdão, mestre do café, por ter te insultado com minha humilde bebida.

Dou risada, e Apolo fica olhando para mim.

— O que foi? — pergunto.

— É bom te ver sorrir, ainda mais depois de tudo que você passou.

— Obrigado, acho. Vou sobreviver, não se preocupe.

Apolo se inclina sobre a ilha.

— Xan, de verdade, pode ficar aqui.

— E dividir a cama com alguém que comete esses sacrilégios com o café? — implico, erguendo a caneca. — Vai contra meus princípios.

— Se é a cama que te preocupa, posso dormir no sofá. Na verdade, podemos comprar uma cama para o quarto de hóspe...

— Apolo — interrompo, estreitando os olhos. — Só estou brincando.

— Eu sei, mas quero garantir que você esteja confortável. Não sei por que isso me deixa nervoso de novo.

— Você estaria confortável com isso? — pergunto.

Apolo sorri.

— Dividindo a cama, você quer dizer? — indaga ele.

Assinto.

— Aham — responde. — Na verdade, o Gregory e eu dividimos a cama por um mês enquanto esperávamos entregarem a minha.

— Eu sei, mas vocês são amigos há anos, e você e eu...

Apolo espera, e volto a me repreender.

Por que você está criando caso com isso, Xan? É normal para ele dividir a cama com um amigo, para de analisar tudo. Seu emocionado.

— Você e eu...? — pressiona Apolo diante do meu silêncio.

— Você e eu somos amigos há pouco tempo — completo.

Ele franze as sobrancelhas, mas deixa passar.

— Não ligo, Xan.

— Eu deveria me arrumar pra ir pra cafeteria.

— Quer uma roupa emprestada? — questiona ele.

— Está querendo dizer que estou fedendo?

Apolo ri.

— Que nada.

— Obrigado — digo, sincero. — Sério, obrigado.

A cafeteria Nora me recebe em silêncio, e uma tristeza profunda me consome. Esse lugar é muito mais do que um negócio para mim: é minha vida, meu sonho. Parece simples, até minha mãe me repreendeu na época por ter tão pouca ambição, mas nunca vi mal nenhum em querer uma vida assim, dedicada a estar rodeado desse cheiro de café e proporcionar às pessoas um descanso, um lugar tranquilo para conversar, paz.

Não fico surpreso ao ver a silhueta sentada em uma das mesas do canto, me esperando. Vance parece não ter dormido: está com a camisa amassada e olheiras. Fecho bem as mãos, para ele não perceber que estão tremendo. Vance se levanta; seu olhar sombrio me assusta, e me pergunto se deveria ter pedido para Apolo vir comigo.

— Onde você estava? — pergunta ele, com um tom frio e controlador.

Tento manter a cabeça erguida.

— O que você está fazendo aqui? — indago. — Tenho que abrir em vinte minutos.

— Xan, onde você passou a noite?

Ele olha para o suéter preto e a calça jeans larga em mim, afinal Apolo é mais alto do que eu.

— De quem é essa roupa? — questiona ele.

— Vance, você tem que ir embora — digo.

— Responde! — Seu grito me faz dar um pulo. — Eu não consegui dormir! Enquanto você... parece que se divertiu bastante. Você fica... bem nas roupas de outra pessoa.

— Você está louco? — pergunto, sério. — Depois de tudo que você fez ontem, ainda acha que tem o direito de me fazer perguntas? De fazer essa cena?

— Xan, não me provoca. Responde a droga da pergunta!

— Não!

Vance agarra meu braço e me arrasta para trás do balcão.

— Me solta! Vance! Me solta!

Ele me joga no chão e monta em cima de mim.

Não, não.

— Se não responder, vou te revistar — ameaça ele.

— Chega! Para! O que você está fazendo?

Congelo quando ele desabotoa minha calça e enfia a mão lá dentro.

— Não, não, Vance — imploro.

As lágrimas inundam meus olhos enquanto seus dedos percorrem minha bunda, procurando... fluidos de outra pessoa.

Vance se levanta, e eu fico no chão, porque isso… doeu mais do que os socos. Isso me matou por dentro.

— Bem — termina ele, confiante —, vou voltar pra te buscar na hora de fechar o café. Não me assuste mais desse jeito, Xan.

E vai embora.

Fico aqui, olhando para cima, a visão embaçada pelas lágrimas. As lâmpadas penduradas nas vigas do teto estão acesas; são de um tom amarelado, quente. Escolhi por este motivo: para que este lugar fosse um ponto de encontro onde as pessoas se sentissem confortáveis e seguras.

Eu me sento e, devagar, me levanto. Aboto a calça com os dedos trêmulos, segurando a vontade de vomitar. Lavo as mãos e o rosto, me preparando para abrir a cafeteria. Agora, não quero pensar, muito menos lidar com o que acabou de acontecer.

Só quero preparar cafés deliciosos. Desfrutar o aroma me faz sentir em casa, nos braços de minha mãe, não nas garras de um monstro como Vance.

Porque, finalmente, percebo que Vance Adams é um monstro.

22

APOLO

> Precisamos conversar.

Envio a mensagem e coloco o celular no bolso da frente da calça. Não posso continuar adiando; cedo ou tarde vou precisar falar com Rain. Semanas se passaram, e ela me mandou mensagens que não respondi — precisei de um tempo para absorver todas as informações. Não queria conversar com ela enquanto estivesse tomado pela raiva, mas o que aconteceu ontem à noite com Xan acelerou o processo, porque Vance precisa parar.

Vou à cafeteria Nora e vejo o grande letreiro branco aceso. Cheguei duas horas antes de fechar, porque estou com um mau pressentimento. Desde que Xan saiu da minha casa hoje à tarde, fiquei com uma sensação ruim. Vance não parece o tipo de pessoa que desiste com facilidade e ele sabe que Xan estará aqui. O que o impediria de vir buscá-lo?

Olho pelas janelas da cafeteria e vejo Xan com um sorriso no rosto entregando um *latte* para um cliente. Percebo que agora colocou um lenço no pescoço. Com certeza os hematomas não estão com uma aparência boa. Solto um suspiro, triste em vê-lo assim, fingindo que está tudo bem, seguindo em frente apesar de tudo o que aconteceu ontem à noite.

Abro a porta de vidro e o sininho toca, atraindo a atenção de todos para mim. Há várias mesas ocupadas. Xan olha na minha direção e acena, e eu retribuo o gesto, indo até o balcão.

— Um *latte*, por favor — peço.

— Você deveria experimentar um *matcha* — diz ele, balançando a cabeça enquanto prepara a bebida.

— Não, nada verde, por favor.

Xan franze os lábios fingindo decepção.

— Então acho que essa amizade chegou ao fim — declara ele.

— Ah, quer dizer que éramos amigos? — brinco, e ele estreita os olhos.

— Colegas de quarto, então — diz ele.

Abro um sorriso de orelha a orelha.

— Isso quer dizer que...?

— Que eu vou aceitar ficar com você... — Ele limpa a garganta. — Quer dizer, com vocês. Vai ser temporário, até eu achar algum lugar.

Não consigo parar de sorrir, porque sei que é uma grande vitória para Xan. Afastar-se de Vance lhe dará tempo para analisar tudo com calma e perceber muitas coisas. O fato de ele estar pronto para dar esse passo é incrível.

Xan me entrega o *latte* e limpa as mãos no avental antes de dar a volta no balcão.

— Vou me sentar com você rapidinho — diz ele.

Vamos até uma mesa próxima, e Xan balança o cabelo. A raiz preta de seu cabelo natural já está com um centímetro. Isso me faz perceber que nos conhecemos há mais tempo do que eu achava.

— Se lembra desta mesa? — pergunta ele, com um brilho nos olhos.

— Aham. Foi aqui que eu conversei com você pela primeira vez.

— Foi. Você estava ansiosíssimo por causa... da Rain.

Fico meio tenso.

— Eu era só mais um na lista dela, isso ficou óbvio naquele dia — comento.

— Nada a ver. Você nunca vai ser só mais um, Apolo.

Ele diz isso de forma tão natural e espontânea que me pega desprevenido. Olho em seus olhos e o rubor constante em suas bochechas se acentua, então ele acrescenta:

— Quer dizer, você é um Hidalgo. Sempre vai se destacar.

— Pelo meu sobrenome ou porque... — Finjo pensar. — Como foi que você disse na festa? Porque eu pareço um *deus grego*?

Xan olha para baixo, rindo.

— Achei que você não se lembrasse disso.

— Não é todo dia que ouço algo assim — digo.

Ele bufa.

— Até parece.

— E por acaso todo dia alguém fala pra você que suas bochechas estão sempre vermelhas e que isso é muito fofo?

Xan fica calado. É minha vez de limpar a garganta e tomar um gole do *latte*.

O que foi isso, Apolo?

— Fofo? — pergunta Xan, rindo. — Não é bem o adjetivo que eu queria ouvir de alguém de quem... — Ele hesita de repente, contraindo os lábios.

— De quem... o quê?

— Nada.

Inclino a cabeça, porque Xan evita meu olhar. Ele está nervoso.

— Xan...

— O que eu levo para o jantar de hoje? — pergunta ele. — É a minha vez de retribuir um pouco a sua gentileza. Asinhas de frango? Pizza?

Observo-o com atenção e sorrio para tranquilizá-lo.

— Pizza está ótimo. Seu café é incrível, já nem estou mais ofendido pelos comentários que você fez hoje de manhã sobre o meu café.

— Bem, eu vivo disso. Seria péssimo se eu não fosse bom, né?

— No que mais você é bom? — indago, interessado.

Xan faz uma expressão surpresa.

O que há de errado comigo?

— Desculpa — digo, depressa. — Já estou ficando confiante demais, isso que dá conviver com o Gregory.

Xan umedece os lábios e parece pensar no que dizer.

— Relaxa. A verdade é que eu só sou bom em fazer café mesmo.

— Já está ótimo, porque você parece feliz atrás do balcão — comento, desviando um pouco do assunto. — Quando soube que era isso que gostava de fazer?

Xan sorri, nostálgico.

— A casa que eu cresci tinha cheirinho de café, porque minha mãe era apaixonada por essa arte. No começo, achei que fosse algo que me interessava por ter essa conexão com ela, mas percebi que eu gosto de fazer as bebidas e adoro a felicidade no rosto das pessoas quando tomam o primeiro gole de um bom café. Fiquei viciado nisso, e aqui estamos nós.

— A sua mãe...?

— Faleceu no ano passado, mas conseguiu aproveitar esse lugar. — Xan gira o dedo ao redor, se referindo à cafeteria Nora. — Ela... era muito feliz, gostava muito do Vance. Foi embora acreditando que estava me deixando em boas mãos, que eu ficaria bem. E fiquei bem por um tempo, até que ele começou com... isso.

— Sinto muito — digo.

— Isso me dá paz, sabe? Ela ter partido sem preocupações.

— Faz sentido — respondo, observando seu semblante cabisbaixo. — Sente saudades dela?

Xan solta uma lufada de ar pela boca.

— Todos os dias.

Ele se remexe, como se quisesse afastar a tristeza.

— E você? — pergunta ele. — Se dá bem com a sua mãe?

Sinto cada músculo do corpo tensionar e trinco a mandíbula. Dei uma chance para minha mãe depois de tudo o que aconteceu e pensei que, solteira, ela poderia aproveitar sua vida sem machucar mais ninguém. Mas, mesmo assim, acabou se envolvendo com um homem casado.

— Sou mais próximo do meu avô. Meus pais não são...

Não sei como explicar. Xan me observa por alguns segundos.

— É complicado? — indaga ele.

Assinto.

— Meu pai nunca foi presente — conta Xan —, sempre fomos só minha mãe e eu. Então eu entendo.

— São sempre nossos pais... — brinco, me lembrando de uma das minhas aulas na faculdade.

— O que seria de nós sem os problemas com nossos pais?

Damos risada, nossos olhos se encontram, e há um silêncio cheio de paz e compreensão. Xan solta um suspiro e olha ao redor da cafeteria.

— Acho que já vou fechar a cafeteria — diz ele.

— Ainda falta uma hora.

— Vance instalou câmeras, Apolo. Ele já deve saber que você está aqui e deve estar a caminho. Não quero me encontrar com ele outra vez.

Ergo a sobrancelha.

— Outra vez? Ele veio aqui mais cedo?

— Sim, ele... ainda está com raiva. Então, se eu puder evitar vê-lo de novo, vai ser melhor.

— Aham. Eu te espero.

Xan vai arrumar as coisas e eu fico sentado na mesa. Nessa hora, meu celular vibra ao receber uma mensagem da Rain.

> Sim, precisamos conversar.

> Me diga onde e quando.

Encaro a mensagem, mas não respondo. Eu me lembro dela, sentada em minha cama, me contando tudo, e a decepção toma conta de mim. Pelo menos não é raiva. Agora que minhas emoções se equilibraram, sinto uma enorme decepção. Fico me perguntando se devo contar para Xan. Olho para ele, que está guardando algumas coisas. Ao tirar o avental, bagunça o cabelo azul, mas toma cuidado para não mexer no lenço amarrado no pescoço.

Xan está passando por um momento difícil, não precisa de mais uma preocupação; contar para ele não ajudaria em nada. Pelo menos ele finalmente se afastou de Vance. Não é a hora.

Espero por ele, e vamos juntos para casa.

— Desonra! — grita Gregory ao nos ver chegar com uma caixa de pizza.

Ah, eu tinha esquecido...

— O quê? — pergunta Xan, colocando a caixa na ilha da cozinha.

— Como você se atreve a trazer fast-food pra casa de um chef, Xantili?

Mordo os lábios, me segurando para não rir. Xan olha para Gregory, confuso.

— Xantili? — pergunta ele.

— É! Você ganhou um apelido por me desrespeitar desse jeito — diz Gregory.

Xan olha para mim em busca de ajuda, mas dou de ombros.

— Como você ousa, Xan? — incito.

Xan me lança um olhar assassino.

— O Apolo não me disse nada... — comenta ele.

— Mas isso é bom senso — brinco, me fazendo de desentendido.

Kelly aparece, vindo do corredor.

— O que aconteceu? — pergunta ela.

Kelly me pega desprevenido, porque há semanas não vinha aqui. Mas percebo que está arrastando uma mala e com uma mochila no ombro. Está indo embora de vez? Será que ela e o Gregory...?

— Xantili trouxe pizza, dá para acreditar? — diz Gregory, ainda indignado.

Xan pigarreia, secando a mão na calça jeans antes de estendê-la para Kelly.

— Prazer, Xan.

— Kelly — diz ela após soltar a mão dele. — Já estou de saída.

— Precisa de ajuda? — ofereço.

Olho para suas malas. Ela assente, então se despede de Gregory e de Xan.

Descemos, e, na saída do prédio, coloco sua mala no carro.

— Está tudo bem? — pergunto, observando-a.

Independentemente do que tenha acontecido entre nós, Kelly foi uma boa companhia no apartamento.

Ela fecha o porta-malas e coloca as mãos na cintura.

— Aham. Era inevitável que as coisas entre mim e Greg terminassem.

— Eu sei.

— Apolo... Desculpa por ter te colocado no meio da história. Não deveria ter provocado você para...

— Kelly — interrompo-a. — Fica tranquila. Eu também queria, você não me obrigou a nada.

Ela estende a mão para mim.

— Tudo certo entre a gente? — pergunta ela.

— Tudo perfeito — respondo, apertando a mão dela.

Kelly dá meia-volta e entra no carro. Antes de dar partida, baixa a janela.

— Você é um bom menino.

— Vivem me dizendo isso.

Ela sorri e vai embora.

Quando volto para o apartamento, Gregory está sentado em uma das cadeiras altas e Xan está de pé ao lado da ilha da cozinha. Estão comendo uma fatia de pizza e conversando sobre o que estão pensando em fazer no feriado de Ação de Graças. Xan está meio pálido e parece menor, quase frágil, nas minhas roupas largas. Ou talvez eu esteja imaginando isso por saber que ele está enfrentando muita coisa.

— Achei que a pizza fosse uma ofensa — provoco.

Vou até eles para pegar uma fatia.

— O que é que eu posso dizer? O Xantili tem seu charme — diz Gregory.

Olho para Xan, que dá de ombros com um sorriso.

— Com fome tu...

Xan não termina a frase, porque dá um pulo e se afasta quando passo o braço ao redor da sua cintura para pegar uma fatia de pizza. Lanço um olhar desconfiado.

— Desculpa, eu não estava esperando — diz ele.

— Tudo bem.

Quero me desculpar, porque entendo que Xan está mais alerta do que o normal depois de tudo o que aconteceu.

Gregory me observa, e um sorriso idiota se forma em seus lábios. Faço um gesto como se perguntasse "que foi?", mas ele passa os dedos pelos lábios, como se fechasse um zíper.

Depois de tomar banho, vamos todos dormir. Xan se desculpa mil vezes, porque emprestei mais algumas roupas para ele, e afirma que vai buscar suas coisas em breve. Não tem pressa, mas ele pensa que é um incômodo para nós. Não pode estar mais enganado.

Fico parado na porta do banheiro enquanto seco o cabelo com a toalha. Estou vestindo apenas a calça do pijama. Observo Xan erguer o cobertor para subir na cama devagar. Ele parece relaxado e... seguro. Ele se move de leve e, ao sentar na cama, me vê.

Seus olhos vão do meu rosto para meu abdômen e imediatamente desvia o olhar. Não digo nada, apenas jogo a toalha de lado e vou deitar do meu lado da cama. Ela é enorme, então tem espaço suficiente entre nós dois. Espero que ele não se importe de eu dormir sem camisa.

— Você se importa se eu dormir sem camisa?

— Não — sussurra ele.

— Que dia...

Suspiro e cubro os olhos com o braço.

Por alguns segundos, há apenas o silêncio.

— Apolo? — murmura Xan.

— Hum?

— Estou com medo.

Essas três palavras significam muito vindo de Xan. É a primeira vez que o ouço admitir isso em voz alta. É natural que Vance o deixe aterrorizado, que toda essa situação terrível o assuste, então ele conseguir se expressar é um avanço. O fato de ter me escolhido para se abrir desse jeito faz com que uma onda de calor irradie em meu peito.

— Estou aqui para o que precisar, Xan. Prometo que logo, logo ele não vai poder mais fazer mal algum. Nem a você nem a ninguém.

Tiro o braço do rosto e o estico para alcançá-lo. No escuro, minha mão toca seu rosto, e sinto seu calor e sua respiração. O contato se torna mais íntimo do que eu imaginava, mas Xan não parece se importar.

— Não sei o que fazer, Apolo.

A cada palavra que ele pronuncia, sua respiração roça minha pele. Umedeço os lábios e engulo em seco.

— Um dia de cada vez, Xan — sussurro, tentando ignorar as sensações que nosso leve contato me causa. — Você já fez o mais difícil: entender o que estava acontecendo e sair daquela situação.

— Você deve achar que sou idiota, né? Como não percebi nada disso antes?

— Xan, nada do que aconteceu é sua culpa.

Mexo o polegar na tentativa de acariciar sua bochecha, mas o dedo desliza mais para baixo e acabo tocando os lábios dele.

Um arrepio percorre meu corpo, e afasto a mão antes que Xan ache que estou tentando alguma coisa enquanto ele se abre comigo. No entanto, ele não permite: segura meu pulso e pressiona a bochecha contra a palma de minha mão.

— Está gostoso — murmura ele. — Tinha me esquecido de como era... um toque gentil... carinhoso.

Sinto as lágrimas escorrerem em minha mão e o escuto chorar baixinho. Sem pensar, me arrasto por baixo do cobertor e o abraço. Xan enterra o rosto em meu peito nu, chorando descontroladamente. Descanso o queixo em seu cabelo macio, com cheiro de xampu.

— Vai ficar tudo bem, Xan — repito várias vezes, segurando-o nos braços.

E é assim que dormimos.

23

APOLO

Aqui estou eu novamente.

Escolho a mesa de sempre e espero. Sinto um déjà-vu ao me lembrar da Rain entrando na cafeteria e sorrindo para mim pela primeira vez, como se essa cena tivesse acontecido ontem. Eu me lembro de todas as emoções que senti naquele dia: o coração disparado, o nervosismo. Exatamente o contrário da tristeza e decepção que sinto agora, enquanto a espero.

Assim como naquele dia, Xan se senta na minha frente e solta um suspiro.

— Você praticamente mora aqui — reclama ele, balançando a cabeça.

— Como se você não gostasse.

Ele ergue a sobrancelha, brincando.

— Eu sei que você é muitas coisas, mas arrogante não, Apolo.

— Que foi? Já cansou da minha cara agora que nós somos colegas de quarto?

Sou implicante apenas porque nossa confiança está crescendo, agora que faz uma semana que Xan está morando comigo. A verdade é que eu me divirto muito com ele. Xan é legal, ingênuo para algumas coisas e bastante organizado.

Quando o chamei para morar lá em casa, tive receio de que fosse ser estranho — não é todo dia que se começa a dividir o quarto com alguém que conhece há pouco tempo. Mas não teve nada disso, já até criamos uma rotina. Gregory é responsável pelo café da manhã, e Xan, pelos jantares. Eu? Bem, graças às minhas limitações na cozinha, eu lavo a louça.

— Você é um bom colega de quarto, eu admito — diz ele, sorrindo.

Percebi ao longo dos dias como a personalidade de Xan foi se revelando, como se, longe de Vance, ele finalmente se sentisse à vontade para ser quem é. Não parece mais cabisbaixo, hesitante a cada passo que dá ou calado. Muito pelo contrário. Olhando para ele, me lembro da noite que ficamos abraçados.

Nenhum de nós falou sobre isso. Foi um acordo tácito: ele precisava de apoio naquele momento, e eu estava ali, só isso.

Então por que não paro de pensar na maciez de seu cabelo em meu queixo? Como ele se encaixava bem nos meus braços? Sua respiração em meu peito, seu calor... Ah, me sinto péssimo por ter esses sentimentos em um momento tão sensível para ele.

Já chega, Apolo.

— E quais são as novidades de hoje? — pergunta Xan, animado. — Você sempre vem me trazer alguma fofoca.

— Hã, hoje...

O sininho da porta ressoa, e nós olhamos. Rain acabou de entrar. Está com uma calça larga e um suéter rosa, o cabelo loiro muito mais curto do que na última vez. Ela acena para mim, e eu retribuo o gesto. O olhar de Xan vai dela para mim, e sua animação desaparece.

— Ah, entendi. Você não veio me ver. Você tem um encontro — diz Xan, se levantando.

Por mais que tente disfarçar com um sorriso forçado, sei que há algo de errado.

— Xan...

Ele dá meia-volta, cumprimenta Rain e vai para trás do balcão.

— Apolo Hidalgo! — exclama Rain, sentando-se do outro lado da mesa.

— Rain Adams.

Ela solta um suspiro, olhando para baixo, triste.

— Muito apropriado escolher a cafeteria Nora, onde tudo começou. Esse deve ser o fim, né?

Sinto um aperto no peito. Embora tudo tenha dado errado, Rain é uma pessoa de quem eu gostaria de ter me aproximado. Na verdade, quem eu quero enganar? Estava pronto para começar um relacionamento sério com ela.

— Ah... É mais estranho do que eu imaginava — comenta ela.

— Não precisa ser — digo, em um tom suave.

Apesar de tudo, não quero fazê-la se sentir mal.

— Entendo seus motivos para ter agido assim — digo. — Demorei para chegar a essa conclusão, Rain, porque fiquei com muita raiva e bem decepcionado.

— Eu sei, e me desculpa por isso.

— Aceito suas desculpas — respondo, sincero.

Se aprendi algo com meu avô foi a não guardar rancor. No fim do dia, quando nos ressentimos com outra pessoa, prejudicamos muito mais a nós mesmos. Perdoar é deixar ir.

— Você é uma pessoa muito boa — diz ela, aliviada.

No entanto, há uma diferença entre deixar ir e não cobrar que a pessoa se responsabilize por seus atos. Respiro fundo e a encaro.

— Você tomou uma decisão lá atrás, mas agora preciso que faça o que é certo. É a única forma de podermos pelo menos ser amigos.

Rain franze o cenho.

— Fazer o certo?

— Depor contra o Vance.

Seu rosto perde a cor e sua boca se abre de surpresa, e eu que acabo sendo surpreendido. Sério que ela não esperava por isso? Achou que seria perdoada e fim de papo?

Se alguma coisa está nítida para mim é que Vance precisa ser detido, e, para isso, Rain tem que depor contra ele. Consultei o advogado da minha família e o depoimento de Rain é fundamental. Já declarei que não vi o rosto de quem me agrediu e que nem sabia o motivo, e essa é a verdade. Não vi nada naquela noite, então não posso mentir de repente — não faria sentido. Sei que foi Vance por causa de Rain, e é ela que precisa contar isso.

Rain fica em silêncio e passa a mão no rosto.

— Vou tomar um café. Quer também? — ofereço para lhe dar um tempo.

Ela assente, então vou até o balcão. À medida que me aproximo, o cheiro de café fica mais intenso, e eu gosto; se tornou o cheiro do apartamento sempre que Xan volta para casa à noite. O garoto de cabelo azul espera meu pedido, seus dedos abrindo e fechando a caixa registradora, coisa que ele faz quando está nervoso.

— Bem-vindo à cafeteria Nora.

Lanço um olhar desconfiado, mas Xan mantém a postura profissional e séria.

— O que gostaria de pedir? — pergunta ele.

— Um *capuccino* e um *matcha*.

— Ah, você finalmente decidiu experimentar essa deliciosa bebida verde.

— É para a Rain — explico.

Xan franze as sobrancelhas.

— Ela não gosta de *matcha*.

Fico sem reação por um segundo, percebendo que não faço ideia dos gostos da Rain. Será que eu sabia e acabei me esquecendo? Xan me observa.

— Vou fazer um *macchiato* de caramelo — diz ele e segue para preparar as bebidas.

Enquanto isso, me observa por cima do ombro. Ele está desenhando na espuma do *capuccino*.

— Um encontro com a Rain, hein? Fazia tempo que eu não via vocês dois juntos.

— É, andamos muito ocupados com a faculdade — minto.

Xan me passa a bebida e vai terminar a outra.

— Imagino que tenha sentido falta dela — comenta ele.

Não respondo e estendo a mão com o cartão para pagar, mas Xan me impede.

— Não, é por conta da casa.

— Xan...

Ele sorri outra vez, mas sinto que é um sorriso falso, ou será que estou imaginando coisas?

— Você está me deixando ficar no seu apartamento, Apolo. O mínimo que posso fazer é te dar um café de graça... Agora volta lá para seu encontro.

Ele espera minha resposta, e, de novo, não digo nada, apenas volto para a mesa.

— Muito obrigada — diz ela quando entrego o café. — Você se lembrou do meu favorito.

Dou um sorriso sem graça. Tomamos um gole e nos encaramos. Chegamos ao momento inevitável. Rain limpa a garganta.

— Sei que é errado não depor contra ele. Tudo parece preto no branco agora, Apolo, mas às vezes tem partes cinza. — Ela respira fundo. — Imagino que você saiba que o Xan terminou com o Vance, então aproveitei pra ter uma conversa sincera com meu irmão. Ele começou a fazer terapia e sessões de controle de raiva. Vance está internado, Apolo. Como é que eu vou depor contra ele nessas condições?

Cerro os punhos no colo.

— E eu? E a situação que estou passando por causa dele?

— Eu sei, Apolo, não estou...

— Rain, o que seu irmão fez não pode ser resolvido com promessas e tentativas de melhorar. Ele cometeu um crime que se paga com prisão. E isso só contando o que ele fez comigo; nós dois sabemos o que ele fez com o Xan. Por que você acha que eles terminaram?

— Eu sei! — diz ela.

— Você sabe, mas não parece que está entendendo direito — acuso, irritado. — Ele quase me matou, Rain. Você estava lá, me viu à beira da morte. Se não tivesse chegado, o que teria acontecido? Se eu tivesse morrido, você continuaria o protegendo? Porque...

— Ele é meu irmão! — grita ela.

As pessoas ao redor olham para nós, inclusive Xan. Rain baixa a cabeça.

— Ele é meu irmão, me desculpa — murmura ela. — Isso não é justificativa, mas não vou denunciá-lo, Apolo. Não sem dar a ele uma chance.

— E os outros que se danem, né? Ele quase me matou, e você nem liga. Quase matou o Xan, mas você não se importa. Que tipo de pessoa é você, Rain?

Lágrimas inundam seus olhos, e não me importo mais em não magoá-la, porque ela obviamente não se importa com ninguém além do irmão criminoso.

— Me desculpa, Apolo.

— Nem ferrando — vocifero. A raiva e a impotência invadem cada parte de mim. — Se quisesse se desculpar, faria o que é certo. Denunciaria seu irmão para que ele encarasse as consequências de suas ações, para evitar que ele faça o mesmo com outra pessoa. Você sabe o que está fazendo? Está mostrando que ele pode quase matar uma pessoa e sair impune. Ele está fazendo terapia? Muito bem. Eu estudo Psicologia, acho ótimo, mas ações têm consequências. Se ele acha que pode sair por aí e fazer qualquer coisa, você não está ajudando ele assim, só prejudicando, Rain.

Eu me levanto e, ao olhar para ela, percebo qualquer sentimento que possa ter começado a florescer entre nós antes de eu descobrir a verdade desapareceu por completo. Eu a vejo sentada ali, ainda insistindo em proteger o irmão, e não consigo nem considerar ser seu amigo.

— Quando ele machucar mais alguém, espero que saiba que você não o impediu quando pôde. Adeus, Rain.

Vou até a porta, a raiva pulsando em mim. Xan sai de trás do balcão e anda na minha direção, o semblante tomado pela preocupação.

— Apolo? — chama ele.

Passo por Xan.

— Estou bem — minto e saio da cafeteria.

Adeus, Rain Adams.

Franzo o cenho ao tomar um gole de uísque.

Nem sei por que continuo tentando beber isso. Pelo menos não fico de ressaca, e isso é muito importante, já que tenho aula amanhã. Não sou de beber muito, então logo fico tonto.

Estou na sala com as luzes apagadas, feito um fantasma. Pior ainda, é assim que me sinto: como se eu não existisse mais. Parece dramático, mas hoje Rain me fez sentir que tudo o que passei por causa de Vance não têm importância. Os pesadelos, a terapia, o ódio e o medo da chuva não são o bastante para que ela faça o que é certo. Talvez eu esteja sendo egoísta ao não me colocar em seu lugar, mas não consigo. Vance quase me matou, minha saúde mental está um lixo por causa disso, então acho que ganhei o direito de ser egoísta.

Ouço a porta se abrir, e alguém acende a luz da cozinha. O cheiro de café se espalha pelo apartamento, e vejo Xan parado ao lado da cozinha.

— Apolo? — chama ele, cauteloso. — O que está fazendo aí feito um fantasma?

— Bebendo. — A resposta não é muito a minha cara, e ele percebe.

Xan se aproxima, mas fica atrás do sofá, de frente para mim.

— Você está bem?

Olho para ele, a preocupação estampada em seu rosto. Ele continua:

— A Rain estava inconsolável. Não sei o que aconteceu, ela não quis contar, mas se quiser conversar...

Balanço a cabeça.

— Já falei o bastante por hoje — declaro.

— Beleza.

Silêncio. Xan continua ali, esperando alguma coisa. Solto um suspiro, deixo o copo na mesa e me levanto.

— Vamos dormir.

Beber não vai me levar a lugar algum. Xan se vira, e eu o sigo. Seguimos pelo corredor, e eu fico olhando seu cabelo, sua nuca, suas costas, como essa calça jeans fica bonita nele... e me pergunto como seria abraçá-lo agora. O impulso toma conta de mim e, quando Xan estende a mão para abrir a porta do meu quarto, passo as mãos por sua cintura, abraçando-o por trás. Xan fica tenso quando encosto a testa em sua nuca. Seu cheiro me preenche e me distrai: café e alguma fragrância leve.

— Espera aí — peço, segurando-o contra mim.

Xan relaxa e, em sinal de consentimento, descansa as mãos em meus braços, que estão sobre seu abdômen.

Sinto meu coração acelerar, porque já faz muito tempo desde que o abraço de alguém me oferece tanto abrigo. É ainda mais forte do que na noite em que nos abraçamos na cama, mas é tão bom e tão certo quanto aquele dia.

Roço o nariz em seu pescoço e subo o rosto, me aninhando em seu cabelo.

— Apolo...

Ele suspira, suas mãos agarrando meu antebraço com força.

— Sua pele é tão quente, Xan.

— Acho que você bebeu uísque demais.

— Não bebi, não. Foi só um copo, não estou bêbado.

Baixo o olhar para encarar as costas de Xan, sua nuca, a pele exposta acima do tecido de sua blusa. Sem pensar duas vezes, dou um beijo ali. Xan estremece.

— O que você está fazendo? — pergunta ele, baixinho.

Não sei mais. Quando ele não recebe uma resposta, se vira em meus braços. É um grande erro, porque agora estamos próximos demais, e dá para ver como Xan ficou vermelho e ofegante. Olho para seus lábios.

— O que você está fazendo? — insiste ele.

— Não sei — digo, sincero, mas essa não parece ser a resposta certa para ele.

— Se não sabe, então me solta. — Ele se liberta. — A última coisa de que preciso agora é me confundir com seu desejo de ter novas experiências.

Franzo o cenho.

— Como assim? — pergunto.

— Não vou ser a experiência de um cara hétero, Apolo. Tá legal?

Sorrio com a acusação e me aproximo dele.

— Não sei por que você acha isso — sussurro, olhando-o nos olhos —, mas eu não sou hétero, Xan.

24

XAN

Como assim? Apolo não é hétero?

Fico sem palavras. Por essa eu não esperava. Pode ter sido um equívoco da minha parte presumir a sexualidade dele, mas nunca passou pela minha cabeça que Apolo... Sempre o vi tão interessado em Rain, e ele não comentou nada quando eu disse que gostava de garotos. Meu radar falhou absurdamente.

O que você esperava, Xan? Desde quando as pessoas têm que sair gritando sua sexualidade por aí?

Não sei o que responder, nem consigo olhar para ele agora de tão surpreso que estou. Sendo assim, entro no quarto.

Sinto que Apolo está atrás de mim, e meu coração dispara.

— Melhor a gente dormir. Amanhã vai ser outro dia.

Ele fica quieto e se senta do meu lado para tirar os sapatos. Observo os músculos de suas costas se contraírem e desvio o olhar. Não posso me deixar levar e imaginar coisas, ainda mais depois do que acabou de acontecer no corredor. Um dos grandes obstáculos para concretizar meu crush por Apolo era o fato de ele ser hétero, o que inviabilizava tudo, mas isso acabou de cair por terra. Agora não há nada para frear minhas esperanças, e sinto que elas estão maiores do que nunca neste momento.

Eu me enfio debaixo das cobertas e olho para o teto. Apolo suspira e faz o mesmo. Após um pouco de silêncio, com a certeza de que dá para escutar as batidas desesperadas de meu coração, agora iludido feito um idiota, escuto-o sussurrar:

— Desculpa, Xan. Não queria deixar você desconfortável.

Ele está... arrependido?

— Você não me deixou desconfortável — declaro.

— Eu não deveria ter te agarrado assim, sem sua permissão. Só precisava... de um abraço.

Viro para lado e o encaro.

— Apolo, fica tranquilo, eu entendo. Você me deu apoio naquela outra noite. Sei o que é precisar de um abraço.

Apolo se vira e, na penumbra de seu quarto, seus olhos brilham com uma intensidade que me faz engolir em seco. Seu cabelo está bagunçado de um jeito muito atraente. Não há outra maneira de descrevê-lo, mas não é isso o que me chama a atenção nele. É sua energia e como ele sempre quer se doar, como não hesita em ajudar as pessoas. Eu me permito encarar seus lábios. A lembrança de minutos atrás e dele tão perto de mim no corredor me faz sentir muitas coisas que eu não deveria.

Ele estende a mão por cima da coberta, e eu faço o mesmo para segurá-la. Nossos dedos se tocam em uma dança desajeitada e confusa. Nós nos encaramos, e sentimentos me consomem. Eu me lembro dele entrando na cafeteria no primeiro dia em que o vi, seu sorriso, o brilho de seu olhar, nossa conversa... Sua expressão ao me defender de Vance, sua súplica ao me pedir que não fosse embora depois da briga, a maneira como ele me recebeu e me ajudou nos últimos dias... Tudo me faz perceber que fui um idiota por acreditar que este cara segurando minha mão poderia ser meu amigo. Não, isso não será o bastante para mim.

Quero mais. Muito mais.

Pode ser um erro sentir isso agora que acabei de sair de um relacionamento longo, intenso e tóxico, que ainda nem digeri tudo. É o pior momento para esses sentimentos. Por outro lado, é impossível controlar meu coração sabendo que existe uma possibilidade, mesmo que mínima, de que ele goste de mim.

Apolo se aproxima, e eu paro de respirar no mesmo instante. Ele fica bem na minha frente, o espaço entre nós tão curto que consigo sentir seu cheiro: perfume caro e uísque.

— Não foi só um abraço, Xan — diz ele. — Você sabe, né?

Fico em silêncio, e ele solta minha mão para acariciar minha bochecha levemente.

Amigos não se tocam desse jeito, não ficam assim tão perto, não se olham assim. O polegar de Apolo roça no canto de minha boca, e tento controlar minha respiração. Seu toque é tão gentil, tão diferente de tudo que vivi nos últimos meses... É errado comparar, não sei bem se mereço essa tranquilidade, esse carinho, essa proximidade. Mesmo assim, com seu rosto a pouquíssimos centímetros do meu, não dá mais para resistir.

Acabo com o espaço entre nós e encosto minha boca na dele. Arquejo com a sensação, e isso parece ser a deixa para Apolo, que move os lábios num beijo desesperado e sedento. Um beijo que parece uma explosão de desejo depois de muito tempo guardado. Nossos lábios se esfregam, e o ritmo só fica mais intenso, nos deixando sem fôlego em questão de segundos. Não consigo parar e, quando ele enfia a língua em minha boca, aproveito para imaginar outras partes de meu corpo que desejam ser preenchidas por ele.

Apolo se afasta, nossas respirações aceleradas se misturando. Olhamos um para o outro por alguns segundos e voltamos a nos beijar com mais intensidade, mais desejo. É como se tivéssemos decidido, em silêncio, deixar acontecer. De um jeito inconsciente, me agarro nele, e mais alguns segundos de beijos vorazes são o suficiente para me deixar duro, e sei que aconteceu o mesmo com ele, porque sinto sua ereção quando esfregamos o quadril um no outro. O movimento nos faz gemer baixinho.

— Xan — murmura ele contra meus lábios, ofegante.

Continuo beijando-o e, quando seus dedos descem por minha cintura em direção a minha bunda, estremeço. Sua mão pressiona meu corpo contra sua ereção. Isso está saindo do controle. Apolo para de beijar minha boca para beijar meu pescoço, desajeitado e desesperado. Ele lambe e chupa, gemendo ao mover o quadril e roçar nossas ereções por cima da roupa.

Não há nenhum traço do garoto hesitante e controlado, o que me excita demais. Amo saber que sou a causa de seu descontrole, saber que as únicas coisas na cabeça dele no momento sou eu e seu desejo por mim. Isso me faz pensar se aconteceu com ele a mesma coisa que aconteceu comigo: será que se sentiu atraído por mim desde o começo? Porque seu desejo é avassalador e sufocante, não parece ser algo que surgiu hoje, do nada.

Inquieto, baixo a mão para desabotoar sua calça jeans. Ele agarra meu pulso e me impede, enfim parando de beijar meu pescoço para me encarar.

— Xan, se você me tocar...

Ao encará-lo, entendo o que ele quer dizer. Se eu tocá-lo, nós vamos até o fim. Uma coisa é nos controlarmos enquanto ainda estamos vestidos, outra é pele na pele. Duvido que vamos conseguir parar e, sendo sincero, quero senti-lo agora mesmo. Quero me deixar levar, mas também quero esquecer. Quero que essas sensações que entorpecem meus sentidos assumam controle absoluto de meu corpo e minha mente.

Sem tirar os olhos dos dele, desabotoo sua calça. Apolo me observa.

— Tem certeza? — pergunta, sem fôlego.

— Tenho.

Enfio a mão dentro de sua calça. Apolo fecha os olhos e solta um gemido rouco e descontrolado. Seguro seu pau e movo devagar, para cima e para baixo. Voltamos a nos beijar, seus gemidos abafados em minha boca. Ele tira a mão da minha bunda e baixa minha calça em um movimento tão brusco que quase rasga o tecido. Minha cueca é a próxima a desaparecer, e, quando liberta meu pênis, não hesito em esfregá-lo no dele para nos masturbar ao mesmo tempo. A sensação é intensa e incrível.

Continuamos com a tortura, tocando, roçando e nos beijando até sermos consumidos pelo tesão e nos tornamos apenas suspiros, gemidos e fluidos. Apolo se separa depois de morder meu lábio.

— Vira de costas — diz ele.

Sinto meu corpo arrepiar, porque sei o que vai acontecer e quero isso mais do que tudo no mundo. Obedeço, me deixando exposto para ele. Seus dedos tocam e circulam minha entrada, que o aguarda com ansiedade. Apolo molha os dedos com saliva antes de enfiar um, me preparando. A princípio, é uma sensação incômoda, mas estou acostumado e sei que logo, logo meu corpo vai se adaptar. Fico surpreso com sua habilidade; além de não ser hétero, parece que ele já teve experiência com outros caras. Pensei que seria seu primeiro, mas não me importo com o que já fez antes de mim. Eu me importo com o agora e com o quanto isso está bom. Apolo lambe minha orelha, com uma das mãos tocando meu membro e a outra me penetrando com dois dedos. As sensações me deixam sem fôlego, é estímulo demais ao mesmo tempo.

— Ai, você não faz ideia de como eu queria isso... — digo, entre suspiros.

— Ah é? Você me queria? — pergunta ele, num tom que exala excitação.

— Sim, muito.

Ele lambe meu pescoço.

— Também já fantasiei com você, Xan — admite ele, movendo os dedos. — Muitas vezes me imaginei debruçando você no balcão da cafeteria e te fodendo ali mesmo.

Ele tira os dedos, e eu ouço o som de plástico rasgando — a embalagem de camisinha. Vai mesmo acontecer. Sinto sua ereção roçar contra mim com vontade. Não quero mais esperar, então abro a bunda para ele. A cabeça do membro dele roça na entrada, e Apolo agarra meu quadril para empurrar, lutando devagar contra a resistência que encontra no início. Cada centímetro dele entra lentamente, e eu reviro os olhos, gemendo, porque ele acabou de colocar e eu já sinto que vou chegar ao ápice.

Apolo se enterra em mim com um empurrão final e começa a fazer movimentos rápidos e violentos, como eu gosto. Ele geme meu nome em meu ouvido algumas vezes, me levando à loucura.

Enquanto me penetra sem parar, Apolo desce a mão do meu quadril e começa a me masturbar. Eu me sinto preenchido, cada terminação nervosa de meu corpo latejando dentro de mim, e é como se eu tivesse me transformado em uma mistura líquida de prazer e tesão.

Seus movimentos tornam-se desajeitados, incessantes e desesperados, e sei que ele está no limite, assim como eu, porque o desejo que temos parece ser imenso. Pego a mão dele e acelero seu movimento, quero gozar ao mesmo tempo que ele. Tudo fica fora de controle e voltamos a gemer e suspirar quando o sinto estremecer dentro de mim, gozando. Movo a mão mais rápido e gozo também, os dois ofegando loucamente. Apolo fica muito quieto e descansa a testa na minha nuca, sua respiração agitada na minha pele fazendo cócegas. Sinto o coração pulsando em todos os cantos de meu corpo.

Foi incrível.

Meus lábios estão secos de tanto gemer, então umedeço-os em uma tentativa fracassada de tentar hidratá-los.

Apolo sai de dentro de mim em silêncio e vai ao banheiro. Não digo nada porque estou igualmente surpreso. Ouço o barulho do chuveiro e deito de costas, olhando para o teto, absorvendo tudo o que acabou de acontecer. Minha barriga está toda melada, prova do que fizemos.

Acabei de transar com Apolo Hidalgo. E agora?

25

APOLO

O que você fez, Apolo?

A água do chuveiro cai em mim, e baixo a cabeça, deixando--a escorrer por meu cabelo. Nem mesmo a ducha gelada diminui o calor que ainda percorre meu corpo. Tive que sair da cama porque, apesar de já ter gozado, tudo o que eu queria era continuar transando. Precisava esfriar a mente e afastar todo aquele desejo. Eu não me conheço mais, eu não conseguia parar enquanto transava com Xan. Pensei que tinha mais autocontrole, afinal, consegui me conter com Rain, então por que não com ele? Não sei o que é isso que está rolando entre a gente. Não sou de dormir com alguém só por diversão, sem ter sã consciência do que nós somos.

Xan e sã podem até rimar, mas não combinam.

Sei que gosto dele, achei Xan adorável desde a primeira vez que o vi, com aquelas bochechas vermelhas. Eu me segurei porque Rain e Vance estavam por perto, mas, pelo jeito, com eles fora de cena, meu desejo atingiu um ponto caótico. Desde que Xan começou a morar comigo, as coisas entre nós avançaram. Eu me peguei o observando com mais frequência e reparando nos detalhes. Agora que chegamos aos finalmentes, percebo que tudo nesse garoto de cabelo azul me tira do sério: seu cheiro, sua pele, seus gemidos, até mesmo a sensação de estar dentro dele. E, além da química, Xan e eu nos divertimos, somos amigos e temos uma conexão.

Depois de vestir a calça do pijama, saio do banheiro sem camisa. Xan já está vestido. Quero dizer algo, mas não sai nada. Ele evita meu olhar. Passa por mim em direção ao banheiro.

Desconfortável, mas o que você esperava? Fomos de amigos que se conhecem há pouco tempo para sexo sem compromisso quase agora.

Vou buscar um copo de água e acabo encontrando Greg na cozinha, pegando suco de laranja.

— Acabou de chegar? — pergunto.

Gregory balança a cabeça, segurando um sorriso.

— O que foi? — indago.

Abro a geladeira, e a luz fria ilumina a cozinha por alguns segundos. Gregory se recosta na bancada e cruza os braços.

— Finalmente, hein? — diz ele.

Faço cara de desentendido.

— Como assim?

— Apolo, o apartamento é silencioso, dá para ouvir... muita coisa.

Só pode ser brincadeira.

— Não sei do que você está falando — retruco.

Greg sorri para mim e me dá um tapinha no ombro.

— Já estava na hora, dava para sentir a tensão sexual entre vocês — comenta ele.

Ouço a porta de meu quarto se abrir e, na mesma hora, arregalo os olhos.

— Não dá um pio — sussurro para Gregory.

Ele toma um gole do suco.

— Relaxa. Seu segredo está seguro comigo — garante ele. — Mas preciso dizer que eu não esperava por isso, achei que você fosse ficar com a Rain.

— É complicado.

— Parece ser mesmo — diz Gregory.

Xan aparece na cozinha, as mãos entrelaçadas à sua frente, brincando com os dedos.

— Vim pegar água — comenta Xan, indo em direção à geladeira.

Greg olha para mim.

— Sim, imagino, às vezes a gente fica desidratado quando faz… exercício.

Se Xan entende a indireta, não demonstra — se limita a beber água e olha de Gregory para mim.

Meu amigo maluco continua:

— Xan, falei com o advogado da minha família sobre o que você disse. Como você deu setenta por cento do dinheiro na compra, a maior parte da propriedade é sua, então pode comprar a parte do Vance.

— E posso fazer isso mesmo que ele recuse? — pergunta Xan.

Escuto-os em silêncio, porque não fazia ideia de que Xan havia pedido orientação jurídica para Gregory.

— O ideal seria chegar a um acordo com ele — explica Gregory. — Brigar judicialmente pela propriedade não vai ser só um processo longo, também vai ser muito caro.

Xan suspira.

— Não sabia que o Vance também era dono da cafeteria — digo.

— É, minha mãe me ajudou com suas economias — responde Xan, sem me olhar —, mas não foi suficiente. Sabe, a localização da cafeteria é muito boa, é dentro da faculdade, então o preço era maior do que a gente tinha estipulado…

— Então o Vance te ajudou — adivinho.

O idiota o ajudou, é óbvio. Mais uma forma de controlá-lo. Ainda mais considerando a importância da cafeteria na vida de Xan. É tudo para ele, seu sonho, seu… Eu me lembro das palavras do vovô: é seu porto seguro.

— Não sei como ficaram as coisas entre vocês — diz Greg —, mas eu tentaria um acordo, Xan. De verdade, na Justiça vai demorar muito e sair caro.

— E se eu vender?

Franzo as sobrancelhas.

— Xan — protesto.

Ele me ignora.

— Se eu vender, dou trinta por cento para ele e pronto, né? — pergunta Xan.

Gregory faz uma careta.

— É outra opção. Mas, pelo que você contou, a cafeteria tem lucros incríveis e é um ótimo ponto, Xan. Um estabelecimento em um campus universitário é um negócio bastante rentável, sempre tem movimento. Duvido que você encontre algo parecido.

Xan fica ainda mais para baixo.

— Eu sei — responde ele.

Gregory e eu trocamos um olhar, e aceno com a cabeça para ele deixar para lá.

— Beleza. A decisão é sua, Xan — diz Gregory, por fim, e lhe dá um tapinha nas costas antes de voltar para o quarto.

Ficamos a sós, e o silêncio é tenso e desconfortável. Xan evita meu olhar, e não sei o que dizer. Parece impossível acreditar que há poucos minutos estávamos transando. Pensar nisso me deixa nervoso, então preciso raciocinar com lucidez. Não posso ficar lembrando em como foi bom.

Dou a volta na ilha da cozinha e me aproximo dele com cautela. Mantenho a distância, porque, pelo visto, não tenho muito autocontrole perto de Xan. Paro na frente dele, e seus olhos finalmente encontram os meus apenas por alguns segundos. Em seguida, ele baixa o rosto.

— Xan...

— É tarde, precisamos dormir. Boa noite, Apolo.

Ele passa por mim e entra no quarto.

Dou meia-volta, me apoio na ilha e fecho os olhos. Quero pará-lo, conversar sobre o que aconteceu, tentar raciocinar ou encontrar um significado para tudo isso, mas também não quero pressioná-lo nem forçá-lo a ter uma conversa. Engulo minhas perguntas e vou para o quarto.

Xan está coberto da cabeça aos pés quando entro. Vou para a cama sem incomodá-lo. Embora seja difícil dormir no mesmo lugar em que demos prazer um ao outro, consigo depois de um tempo.

— Terra chamando Apolo!

Érica balança a mão na frente de meu rosto.

— Desculpa.

Estamos sentados em uma mesa do gramado da faculdade, a mesma do festival que aconteceu há algumas semanas, quando acabei brigando com Vance. Naquela época, eu não sabia a verdade. Ainda estava alimentando meus sentimentos por Rain e pensava que só queria proteger Xan. Mas percebo agora que era mentira pura, eu só estava tentando criar justificativas para explicar minha atração por ele.

Xan não é o primeiro cara com quem eu fiquei. Na verdade, o primeiro foi um garoto que Daniela me apresentou quando me levou numa festa da faculdade ano passado; eu ainda estava no ensino médio. Ela sabia que eu queria experimentar coisas novas. Acho que Dani soube antes mesmo de mim e me incentivou. Não tive nada sério com aquele garoto, mas serviu para me abrir para muitos outros.

Então veio a Rain, e por causa dela conheci Xan. Toda vez que olhava para ele e sentia alguma coisa, tentava inventar alguma desculpa, mas não mais. A noite passada foi prova disso; cedo ou tarde, a atração que nós sentimos por alguém pode se acumular e explodir da maneira mais inesperada. Poucas vezes na vida me deixei levar como ontem.

— Vamos terminar o trabalho ou não? — pergunta Érica, preocupada.

Ela está certa, queremos ficar livres para o feriado de Ação de Graças.

— Sim, vamos. Desculpa. Aconteceram muitas coisas nos últimos tempos — digo.

Ela ergue a sobrancelha.

— Rain?

— Mais ou menos.

— Mais ou menos?

Inspiro fundo antes de exalar.

— Fiz uma coisa que não deveria. Ou melhor, que não costumo fazer — explico.

Érica ergue ainda mais a sobrancelha; achei que fosse impossível.

— Apolo, sabe que somos amigos e que não precisa ficar me enrolando, né?

— Estou falando do Xan — revelo.

Ela gesticula para que eu continue.

— Ele está ficando lá em casa.

— Disso eu já sei — diz ela.

Agora é minha vez de franzir o cenho.

— Como?

Érica desvia o olhar e solta um pigarro.

— Estamos falando de você — diz ela.

— Então, ontem à noite... nós dois... — murmuro, envergonhado.

— Fizeram o quê? — pergunta ela, demorando alguns segundos para entender. — Ah... Ah... Ah!

— Pois é — reitero, porque ela parece não acreditar.

Sinto o calor nas bochechas e sei que fiquei corado.

— Inesperado — sussurra ela.

— Eu sei.

— E por que isso está te deixando aéreo? — pergunta Érica.

— Porque ele está fingindo que nada aconteceu. Ele está passando por um período difícil, e eu entendo, mas não sou do tipo que transa com alguém e pronto. Por mais que eu tente deixar para lá, preciso saber o que significou pra ele. Será que foi um lance sem compromisso ou ele quer algo a mais comigo?

Érica solta um suspiro e balança a cabeça.

— Por que você é tão romântico, Apolo?

— Não sei! — exclamo, passando a mão pelo cabelo. — E não quero pressioná-lo, porque ele não precisa disso agora, mas...

— Mas você está enlouquecendo — completa ela.

— Pois é. Não se passaram nem vinte e quatro horas, Érica, literalmente. Foi ontem à noite.

— Primeiro, fica tranquilo. Foi uma transa, Apolo, não um pedido de casamento. Aconteceu, você curtiu, ótimo. Nem tudo precisa ter um rótulo ou um significado profundo. E eu sei como você é, mas também precisa pensar no Xan. Você vai conversar sobre isso com ele quando se sentirem à vontade, tenho certeza.

— E enquanto isso, eu faço o quê? — pergunto. — Trato ele normalmente, como se nada tivesse acontecido?

— Acho que sim — responde ela.

— Érica, não dá para olhar na cara dele sem me lembrar de... de tudo o que aconteceu. E eu quero...

— Quer mais? E já tentou alguma coisa?

— Não, não, não mesmo. Nem entendi direito o que rolou da primeira vez, acho que não conseguiria lidar se isso se tornasse um padrão, sem nenhuma explicação do que somos.

— Apolo... — Ela segura minha mão por cima da mesa. — Não complica tanto as coisas, pelo amor de Deus. Respira.

Solto ar pelo nariz e coloco a mão atrás do pescoço, me alongando um pouco.

— Beleza. Vou ficar tranquilo.

Érica estreita os olhos.

— Prometo — acrescento.

— Talvez Xan não queira ter conversas sérias agora, Apolo. E se ele só quiser ficar com você e pronto? Se você quer mais, flerta com ele. Palavras não são a única forma de se comunicar. O corpo também pode fazer isso de jeitos mais criativos.

Ela ergue as sobrancelhas sugestivamente.

— Sei lá... Mas já que estamos falando disso, como é que você soube do Xan? Voltou a falar com o Gregory?

Érica faz uma careta.

— Nós somos amigos.

— Você e o Greg?

— Pois é. Ele me implorou e… bem, resolvi deixar tudo pra trás e aceitar ser amiga dele.

Eu me lembro de Kelly saindo do apartamento. Será que as esperanças de Gregory estão aumentando? Por isso ele terminou com Kelly, para tentar reconquistar Érica?

— Você sabe que ele ainda sente algo por você, né?

— Esse é o castigo dele — diz ela, num tom baixo e melancólico. — Ser meu amigo e estar ao meu lado sem me ter completamente, como ele queria.

— Érica…

— Já sei, é crueldade. Mas depois de tudo o que ele fez, acho que merece. Gregory terminou o que a gente tinha, Apolo, de um jeito que ninguém nunca havia feito comigo na vida. Imagina você amar alguém do fundo do coração e de um dia para o outro essa pessoa te trocar por outra, sem mais nem menos. E você ter que ficar vendo tudo isso nas redes sociais, a pessoa andando com essa outra para cima e para baixo, sem remorso algum. Eu fui motivo de chacota na faculdade por um tempo. Então, sim, Gregory pode aguentar essa tortura.

— Você acha que algum dia vai conseguir perdoá-lo? — pergunto.

Embora eu acredite que perdoar é deixar ir, algumas feridas demoram a cicatrizar.

— Já o perdoei.

Érica sorri para mim, e sei que está sendo sincera. Ela continua:

— Mas isso não quer dizer que eu ainda o amo. Ou que me amo tão pouco a ponto de voltar com alguém que não me valorizou.

— Fico mal por causa dele — admito. — Sei que não tenho o direito de dizer isso, mas Gregory percebeu tarde demais o quanto ama você… Porque, sim, ele te ama, Érica.

— Eu sei.

— E eu achando que a faculdade seria menos complicada que o ensino médio...

— Coitado. Agora vamos terminar esse trabalho para você poder voltar para casa e beijar o Xan.

Damos risada e voltamos ao trabalho.

De vez em quando, minha mente divaga e imagina todas as formas de abordar Xan. Mas desisto, porque talvez ele não queira. Pode ser que a noite de ontem tenha sido uma situação isolada que não vai se repetir. Essa ideia me entristece, porque tenho certeza de que quero mais de Xan.

Muito mais.

26

APOLO

Nada aconteceu.

Xan é muito bom em evitar o assunto, então tento ficar tranquilo. Sem ser romântico demais, como prometi para Érica, mas tenho a sensação de que, se não vier de mim, também não virá dele. Quanto tempo vamos continuar assim, fingindo que nada aconteceu? Sempre que vamos dormir, a tensão se torna palpável no silêncio do quarto. Mesmo assim, ninguém diz nada. É uma tortura.

Será que sou o único que não consegue parar de pensar naquela noite?

Já estamos na semana de Ação de Graças, e amanhã, quarta-feira, irei para casa. Vou jantar com minha família na quinta, fazer compras na Black Friday e ir ao lago no sábado. Só volto no domingo. Estou muito animado, mas a ideia de deixar as coisas com Xan em aberto me atormenta. Não quero passar o feriado todo pensando nele e no que significou aquilo. Odeio não estar totalmente presente nos momentos em família.

Então, decido que vou falar com ele.

Em minha defesa, dei um tempo para Xan e agi da maneira mais natural possível, mas até eu tenho limite.

Vou à cozinha depois de tomar banho. Estou com a calça do pijama e uma camiseta. Não sei se seria legal ter uma conversa séria com o abdômen à mostra, pelo menos é o que eu acho. Xan está de costas para mim, mexendo em uma panela no fogão. Limpo a garganta, e ele se vira um pouco, levando a colher à boca para provar a comida. Pelo cheiro, acho que está fazendo macarrão com molho ao sugo.

— Está quase pronto — comenta ele antes de voltar para a panela, acrescentando sal e pimenta à mistura.

Eu me sento em uma das banquetas da cozinha e apoio os cotovelos no balcão para observá-lo cozinhando. O azul de seu cabelo está mais radiante, mais vivo. Os fios crescem muito rápido, mas as raízes não estão mais pretas, ele retocou. Será que foi hoje?

— Por que você pinta o cabelo de azul?

A pergunta escapa, e eu me repreendo internamente, porque era para falar do que aconteceu, não puxar uma conversa aleatória, como as que tivemos várias vezes nos últimos dias.

— Minha mãe… tinha lindos olhos azuis. — Dá para sentir a nostalgia em sua voz.

Xan olha para mim enquanto lava as mãos na pia.

— Mas eu não puxei os olhos dela, como dá para ver — comenta ele.

— Seus olhos castanhos são lindos.

— Obrigado — responde ele, baixando o olhar para a pia.

E aí está, a droga da tensão que nos tem consumido. É uma tortura.

— Xan — chamo.

— Quer comer agora? — pergunta ele. — Você deve estar com fome.

Mais uma vez, Xan se vira. Ele serve um prato de espaguete ao sugo com queijo parmesão para mim.

— Com queijo extra, do jeito que você gosta — anuncia ele.

— Obrigado — digo, com um sorriso não muito sincero.

A última coisa que quero fazer agora é comer.

Brinco com o garfo, enrolando o espaguete uma, duas, três vezes. E acabo não comendo. Eu me levanto e dou a volta na ilha da cozinha, porque amanhã vou para casa. A hora é agora. Paro na frente dele, que se assusta, dando um passo para trás.

— O que foi? — indaga ele. — Precisa de alguma coisa? Água?

— Xan... Não podemos continuar assim. Precisamos falar daquilo em algum momento.

Ele olha para mim e umedece os lábios antes de tirar o avental.

— Já está tarde. Pode jantar, eu vou dormir — diz ele.

Seguro seu pulso, mas ele não se vira totalmente, fica de lado, olhando para a parede.

— Xan.

Ele olha para mim, e ficamos em silêncio. Nossa única conexão é minha mão ao redor de seu pulso. Posso jurar que sinto seus batimentos descontrolados em meus dedos, mas deve ser coisa da minha imaginação. Não sei o que dizer nem por onde começar; estou com medo de que o começo defina todo o tom da conversa. Talvez eu tenha me precipitado, tão preocupado em querer falar que não pensei no que ou como.

— Xan, o que aconteceu...

Paro no meio da frase, porque Xan se inclina e me beija. Agarra meu rosto e move a boca na minha desesperadamente, e todos os meus pensamentos desaparecem. O gosto de seu beijo me envolve e afasta qualquer coisa que eu quisesse dizer. Retribuo com a mesma necessidade quase no mesmo instante. Passo os braços ao seu redor e o puxo para perto de mim suavemente. Se uma coisa é certa é que esse cara sabe beijar muito bem, sabe deixar alguém excitado assim e entende perfeitamente como aniquilar meu raciocínio, porque já não quero mais falar; agora, só quero repetir aquela outra noite.

Suas costas se chocam na bancada da cozinha, e eu interrompo o beijo para descer as mãos por seu corpo, levantá-lo e sentá-lo na ilha. Fico entre suas pernas abertas e o beijo mais uma vez. Enfio os dedos em sua camiseta, tocando sua cintura, suas costas... ele por inteiro. Voltamos a nos beijar desesperadamente, os lábios molhados e as respirações descompassadas.

— Xan — murmuro em seus lábios, recuperando um pouco da lucidez. — Não era isso... o que...

Ele morde meu lábio e sussurra:

— Eu sei. Não precisamos falar sobre isso, Apolo.

Xan me envolve em outro beijo, e nossas línguas se embolam, se acariciando. Ele se afasta outra vez.

— Só precisamos sentir — murmura ele.

— Ah, eu quero sentir tudo de novo, Xan, pode acreditar, mas...

Fico tenso e suspiro quando Xan baixa a mão para me acariciar por sobre a calça do pijama. Ele me toca, ainda me beijando, e no fim nós dois vamos acabar transando de novo se eu deixar o tesão me controlar. Desse jeito, vou viajar amanhã com as mesmas perguntas não respondidas de antes.

Contra a minha vontade, solto-o e dou um passo para trás. Xan fica sentado. Suas bochechas estão mais vermelhas do que nunca e sua camiseta está amassada. Meu peito sobe e desce, e não preciso olhar minha calça para saber que fiquei duro com esses beijos.

— Não posso, Xan. Eu sou um romântico — digo, sem ar. — Não sou o tipo de pessoa que anda por aí... transando só por transar.

Xan desce da ilha. Ao parar na minha frente, ele me beija mais uma vez, e não consigo negar. Não quero beijá-lo, porque quando isso acontece parte de mim reprime o Apolo analítico e traz à tona aquele que quer sentir Xan outra vez. Foi um tormento dividir a cama com ele nos últimos dias, lembrando o que aconteceu e pensando em como queria mais.

— Vamos falar sobre isso, eu prometo — sussurra ele nos meus lábios. — Mas não agora. Por favor, Apolo.

Seus lábios se afastam dos meus para beijar meu pescoço e descer ainda mais. Xan se ajoelha na minha frente e, quando o vejo ali, minha ereção estremece, ansiando, desejando. Ele baixa minha calça e liberta meu membro. Xan não hesita em lamber da base à cabeça antes de enfiar tudo na boca. Abafo um gemido que se mistura com um suspiro de prazer, porque ele me chupa tão bem que vai ser muito rápido para alcançar o clímax.

— Xan... — gemo, agarrando seu cabelo azul.

Cometo o erro de olhar para ele. Nossos olhos se encontram enquanto ele chupa, lambe e coloca tudo de volta na boca.

— Xan... eu vou...

Odeio terminar tão rápido. Era algo que eu realmente me envergonhava até perceber que é mais comum do que parece. Não imaginava que muitos homens são assim também.

— Xan... eu vou... Você tem que...

Xan não para, muito pelo contrário: mexe a boca de maneira ainda mais agressiva, mais violenta, e isso é tudo de que preciso para gozar. Fecho os olhos, jogando a cabeça para trás enquanto gemo e mexo o quadril, empurrando meu pênis em sua boca úmida e quente.

A pressão na parte inferior da barriga desce com força, e sinto meu pau latejar quando gozo. Meus ombros sobem e descem a cada respiração, e, ao abrir os olhos, Xan está em pé na minha frente, lambendo os lábios.

— Queria tanto fazer isso — admite ele, com um sorriso brincalhão. — Desde o primeiro dia que te vi.

Ergo a sobrancelha, sem fôlego.

— Você não é tão inocente quanto parece, Xan — comento.

— Diz o cara que acabou de gozar na minha boca.

Abro um sorriso triste. Quando tento estender a mão para tocá-lo ou retribuir o favor de alguma forma, ele se afasta.

— Não, isso já é o bastante por hoje — diz ele.

— Mesmo?

— Mesmo.

Xan coloca os braços ao redor do meu pescoço com uma confiança e uma espontaneidade que me agradam.

— Agora, o que você queria falar, Apolo? — pergunta ele.

Eu o observo e afasto uma mecha de cabelo de seu rosto. Seus olhos são lindos; os olhos azuis de sua mãe não fazem falta em seu rosto.

— Espera, o sangue ainda não voltou totalmente para o meu cérebro — digo.

Xan solta uma gargalhada e me beija. Não me importo de sentir meu gosto em seus lábios. Quando nos separamos, beijo seu nariz e acaricio sua bochecha.

— O que estamos fazendo, Xan? — indago, baixinho.

Nesta hora, a luz fraca da cozinha, o prato de macarrão, o garoto em meus braços, confortável, relaxado e feliz... tudo é perfeito. Xan parece leve, reluzente de uma forma que nunca havia ficado quando estava com Vance.

— Não sei, Apolo — responde ele, sincero. — Mas isso é... bom.

Preciso perguntar.

— Você gosta de mim?

Xan bufa.

— Você acha que eu chuparia alguém de quem não gosto? — pergunta ele.

— Xan...

— Bem, sim, gosto muito de você, Apolo — diz ele, me dando um beijinho. — Achei que fosse óbvio.

— Xan, eu não transo...

— Por transar, já sei. — Ele solta um suspiro. — Pedir que a gente deixe isso rolar, sem rótulos e sem pressão, é demais, mas acabei de sair de um relacionamento, Apolo. Não posso mentir e dizer que estou pronto para assumir algo sério com você sendo que tenho tanto para trabalhar em mim mesmo, tantas feridas para curar.

— Não me sinto bem em deixar as coisas rolarem, Xan.

— Eu sei e não vou pedir que você mude por mim. Pode considerar o que aconteceu uma despedida — diz ele.

Franzo o cenho, e ele se afasta de mim.

— Podemos ser amigos, Apolo, se você quiser — propõe ele.

— É só isso? — pergunto, olhando para ele, incrédulo. — Só podemos ter algo sem compromisso ou, se eu não aceitar, sermos só amigos? Jura?

— Desculpa, não posso prometer o impossível. Não estou pronto pra começar outro relacionamento.

— Mas está pronto pra me beijar e me deixar gozar na sua boca?

Xan franze o cenho, magoado. Não era isso o que eu pretendia falar, mas já estou chateado porque vim para a cozinha querendo conversar e não fazer tudo o que fizemos se no fundo a intenção dele era só se divertir. Passo a mão no rosto, sem saber o que dizer.

Repasso todas as vezes em que as pessoas ao meu redor me disseram para relaxar, para viver sem pensar muito, aproveitar minha juventude. Eu me imagino sendo amigo de Xan, sem poder beijá-lo ou tocá-lo ou senti-lo de novo, e estou certo de que isso não é o que quero. É uma decisão que vai contra meus princípios, mas olho para ele aqui, parado, e tudo que preciso agora é tê-lo em meus braços.

— Tudo bem — digo, jogando as mãos para cima em sinal de derrota.

Xan inclina a cabeça, confuso.

— Tudo bem?

Eu me aproximo dele e seguro seu rosto.

— Vamos deixar rolar — digo.

Xan sorri para mim, e seus lábios encontram os meus.

27

XAN

Isso foi uma má ideia.

Estou parado na frente da imponente mansão Hidalgo, e agora o plano não parece tão bom quanto no momento em que Apolo me convidou para passar o feriado de Ação de Graças na casa de sua família. Disse para ele que quero deixar rolar, mas ele me trouxe para a casa de seus pais. Acho que Apolo tem um conceito bem diferente de ir com calma e não levar as coisas a sério.

Pelo menos prometeu que me apresentaria como um amigo e que nos comportaríamos durante esses dias. Em parte, aceitei porque não queria ficar sozinho no apartamento. Eu passava essas datas com Vance, fazendo qualquer coisa, mas nunca sozinho. Aqui eu vou conseguir me distrair.

Já está escuro, e me sinto mal por chegar na casa da família dele já de noite. Não sei por que tenho essa ideia de que os Hidalgo são sérios e intimidadores, talvez porque só ouço notícias deles envolvendo mercado financeiro e a empresa que não para de se expandir pelo país.

— Vamos — diz Apolo.

Ele está com uma mochila no ombro, me guiando.

Entramos num hall espaçoso que dá em uma sala de estar com uma escada na lateral. O lugar está bastante iluminado e impecável, e tenho que dizer que a casa é linda. Alguém sai do corredor e a primeira coisa que vejo é uma mulher muito bonita, de cabelo ruivo e bagunçado. Ela está de calça legging e um suéter escuro, largo e comprido que vai até suas coxas.

— Apolo! — diz ela, sorrindo. — E você deve ser o Xan! Eu sou a Claudia.

Ela estende a mão para mim, e eu a aperto com gentileza.

— Muito prazer — digo.

Outra pessoa chega pelo mesmo corredor: um homem alto, jovem e com barba. Tem uma elegância que parece inerente a ele, de camisa e calça social. Para ao lado de Claudia e estende a mão para mim.

— Ártemis Hidalgo.

— Xan... Pode me chamar de Xan.

Não sei por que hesito em dizer meu sobrenome. Ártemis assente, e eu engulo em seco, porque esse homem, embora jovem, é muito intimidador.

— Bem-vindo — cumprimenta Claudia.

— É a primeira vez que Apolo traz um amigo aqui para casa — comenta Ártemis, olhando para mim como se estivesse desconfiado, talvez até paranoico.

Apolo e Ártemis trocam um olhar intenso, mas não sei o que significa. Coisa de irmão, imagino.

— Ah, sorte a minha — respondo, tentando soar descontraído.

— Amei seu cabelo — acrescenta Claudia.

— Obrigado.

— O vovô e minha mãe estão na mesa — diz ela para Apolo. — Os outros vão chegar logo, logo.

Os outros?

— Vocês devem estar com fome — continua Claudia. — Deixem as coisas lá em cima. Vocês dois vão ficar no quarto do

Apolo, porque sei que já dividem o quarto na faculdade, então imaginei que não teria problema. Se tiver, posso arrumar o quarto de hóspedes.

— Não, tudo bem dividir — digo.

A última coisa que quero é incomodar mais do que o necessário. Ártemis lança outro olhar para mim, e juro que algo se ilumina em sua cabeça.

— Vocês dividem o quarto? — pergunta ele, curioso.

— Ártemis — repreende Apolo, num tom sério que nunca ouvi antes.

Ártemis abre um sorriso.

— Vão lá! Nos vemos daqui a pouco — diz Claudia.

Os dois se afastam para nos deixar subir. No corredor do segundo andar, vejo fotos da família Hidalgo penduradas na parede. Há vários retratos de quem suponho que sejam a mãe e o pai de Apolo, separadamente. Em uma das fotos estão os três filhos com os pais, bem-vestidos e muito elegantes. É fato que essa família foi abençoada com uma genética dos deuses, porque todos são lindos.

Paro na frente de um retrato da sra. Hidalgo. Seus olhos têm um lindo tom de azul que me lembram dos da minha mãe e que, pelo que vejo, só o filho do meio herdou. Apolo me falou muito sobre ele, Ares.

— Sua mãe é lindíssima — elogio, sem exagero.

Apolo fica tenso e franze os lábios, não me responde. Falei algo errado? Só quis agradar.

O quarto dele é tão organizado quanto o apartamento. Fico surpreso. Vance é obcecado com limpeza às vezes, mas nem mesmo seu quarto era tão arrumado assim. Queria dizer que não penso mais nele, que não me lembro dele porque ele não merece, mas seria mentira. Ficamos juntos por muitos anos, então há noites em que ainda sinto saudade dele, em que penso que talvez ele possa mudar, que agora que fui embora de verdade ele vai lutar para ser uma pessoa melhor. Mas Apolo me dá forças; basta olhar para esses olhos cor de café e sentir seu carinho por mim que volto à realidade. Há muito mais no mundo para mim, muito mais do que Vance.

Além disso, estar com Apolo despertou coisas que eu não imaginava serem possíveis. Eu me sinto seguro, confortável e protegido em seus braços. Talvez não seja saudável pular nos braços de outra pessoa sem ter superado Vance, mas, para ser sincero, não consigo me imaginar longe de Vance e sem Apolo. Ele é minha âncora. Sei que merece muito mais, mas isso é tudo o que posso lhe dar agora.

Encaro uma pequena estante cheia de livros quando o sinto me abraçar por trás e beijar meu pescoço.

— Ei — repreendo-o de brincadeira. — Você disse que ia se comportar.

— Não quando estivermos a sós.

Eu me viro em seus braços e agarro esse rosto de que tanto gosto.

— Precisamos descer — digo.

Apolo diminui o espaço entre nós e me beija. É um movimento breve, mas ainda assim desperta todas as minhas terminações nervosas. Ainda não acredito que isto está acontecendo, que esse cara por quem me senti atraído desde o primeiro dia está me beijando. Eu me afasto e o seguro pela mão para arrastá-lo comigo.

— Vamos lá.

APOLO

À medida que a noite avança, Xan fica mais confortável, o que é um alívio.

Eu não tinha certeza se isso seria uma boa ideia. Trazê-lo para a casa da minha família não é exatamente ir com calma, mas fico feliz por ele estar se adaptando. Xan está sentado ao meu lado na mesa, e vovô faz várias perguntas para ele. De repente, ouvimos a campainha. Ártemis vai abrir e, alguns segundos depois, há uma comoção de vozes femininas entrando.

Eu me levanto, animado, e dou um passo para longe da mesa. Dani atravessa o corredor e seu rosto se ilumina por completo ao me ver.

— Lolo!

Então corre até mim e pula no meu colo, enrolando as pernas na minha cintura. Giramos por alguns segundos. Ela enterra o rosto no meu pescoço, murmurando o quanto sentiu minha falta, e quando a coloco no chão, percebo que seu cabelo está mais curto.

— Crise existencial? — pergunto, pegando uma mecha que vai até seu queixo.

Dani dá um sorriso enorme e brincalhão, bem do jeito que me lembro.

— Sempre — responde ela.

E ela me cumprimenta com um selinho.

Isso não significa nada, porque ela e eu temos essa intimidade, e, aqui em casa, todos estão acostumados. Mas me esqueci totalmente de Xan e sei que isso vai render história para mais tarde.

Raquel aparece, seguida por Ártemis. Ao me ver, ela corre para afastar Dani.

— Minha vez — diz Raquel, e me abraça. — Que bom te ver, Lolo.

— Nem me fale, nunca achei que sentiria tanta saudade dessas malucas — comento.

Elas vão falar com vovô, Claudia e Ártemis, que as recebem com um sorriso. Volto a me sentar, e Xan não olha para mim, concentrado em tomar um gole de chá.

— Raquel, tem notícias do Ares? — pergunta Ártemis, preocupado.

Ela balança o celular no ar.

— Aham. O voo atrasou uma hora, mas já deve estar aterrizando.

— Eu falei pra ele que era melhor vir ontem — diz Ártemis, balançando a cabeça. — Viajar na véspera de Ação de Graças sempre é uma dor de cabeça.

— Eu disse a mesma coisa — responde Raquel, dando de ombros. — Mas sabe como é.

Dani e Raquel se viram. Olham para Xan, esperando, e é aí que minha ficha cai.

— Ah, gente, esse é o Xan, um amigo da faculdade — anuncio, gesticulando para lhes apresentar. — Xan, essa é a Raquel, namorada do Ares, e a Dani, uma amiga nossa.

— Muito prazer — diz Xan.

As garotas se sentam. Dani fica bem do meu lado, e seus olhos vão de Xan para mim. Seus lábios abrem em um sorriso malicioso.

— Dani... — murmuro, num tom de alerta.

— Que foi? — responde ela, se fazendo de desentendida.

— Não é o que parece.

— Eu não disse nada — sussurra ela.

Mas nós nos conhecemos muito bem.

Depois do jantar, Claudia e Ártemis se despedem para levar Hera, que adormeceu há pouco tempo nos braços da mãe, para a cama. Meu avô também se retira e ficamos apenas nós quatro: Dani, Raquel, Xan e eu. Vamos para a piscina fazer uma fogueira no quintal para nos aquecer. Xan pede licença para ir ao banheiro, e eu me preparo para as perguntas que virão.

— Gente, não começa... — digo.

— Ele é uma gracinha! — solta Dani instantaneamente.

— Esse é aquele cara que você estava esperando? — pergunta Raquel, os olhos brilhando de curiosidade.

Solto um suspiro.

— Chega. Não o deixem desconfortável.

Dani me observa e solta um suspiro, como se tivesse descoberto algo incrível.

— Vocês transaram — declara ela.

Fico vermelho na mesma hora e não respondo nada. Raquel abre a boca, surpresa.

— É sério? — pergunta ela. — Nossa. Da última vez que nos falamos não parecia que ia rolar algo entre vocês.

— Não rolou nada.

— Apolo, está tentando mentir pra gente? Jura? — indaga Dani, balançando a cabeça.

Suspiro.

— Tá, mas nem uma palavra, nenhuma das duas.

Raquel gesticula, fechando um zíper imaginário nos lábios.

— Prometo — diz ela.

As duas ficam esperando, e juro que Raquel, a certa altura, começa a roer as unhas.

— Sim… — admito. — Estamos indo com calma.

Elas franzem a testa.

— Apolo Hidalgo indo com *calma*? — questiona Dani, surpresa. — Por essa eu realmente não esperava, mas que bom. Finalmente parou de viver como se tivesse oitenta anos.

— Dani — repreende Raquel antes de olhar para mim. — E como foi? Incrível? Você gosta muito dele?

— Foi… — Eu me lembro da noite passada, ele de joelhos na minha frente. — Foi maravilhoso.

— Você está caidinho por ele, né? — pergunta Dani, num tom de provocação.

— Não, é um lance sem compromisso — explico.

Dani umedece os lábios.

— Deixa eu adivinhar: essa coisa de "sem compromisso" foi ideia dele, não sua, né? — indaga ela.

— Não interessa — respondo.

— Apolo…

— Sério, eu estou bem com esse acordo — declaro.

Raquel e Dani trocam um olhar.

— Tem certeza, Apolo? — indaga Raquel, quebrando o silêncio.

— Tenho.

— Beleza — diz Dani. — Se vai ser algo casual, vê se controla os sentimentos, Apolo. Não queremos que você se machuque.

Lanço um olhar cansado para elas.

— Não sou mais um garotinho que precisa ser protegido, beleza? Posso transar sem complicar as coisas.

Raquel faz careta e diz:

— Aham, foi isso o que seu irmão disse, e olha pra ele agora.

— Não é a mesma coisa — protesto.

Xan volta, e ficamos em silêncio, o que é um erro, porque fica evidente que estávamos falando dele.

— Então, Xan... — começa Dani. — Apolo nos contou que você tem uma cafeteria na faculdade.

— Aham. Podem passar lá quando quiserem, serão bem--vindas.

— Ah, obrigada. Quando formos visitar o Apolo, damos uma passadinha lá — diz Raquel. — E, bem, queremos aproveitar para pegar informações de você, já que o Apolo não nos conta nada. Como o Lolo está na faculdade? Ele fez amigos?

— Raquel — chamo, envergonhado. — Você parece minha mãe.

Ela abre um sorriso, e Xan parece se juntar a ela no clima de "vamos implicar com o Apolo".

— Olha, eu não o vi com nenhum amigo além do Gregory, só com... — Seus olhos buscam os meus, e ele hesita por um segundo antes de dizer: — Só com a Rain.

— Ah, Rain... — diz Raquel.

Ela reconhece o nome, e a olho com muita intensidade na esperança de que ela perceba que não é para falar nada.

— Você a conhece? — pergunta Xan. — Aposto que o Apolo falou dela.

Raquel se engasga com a bebida e tosse.

— Ah, está fazendo frio — comenta ela, mudando de assunto.

Raquel nunca foi muito boa em mentir ou disfarçar, e não sei por que eu esperava que ela desse uma resposta comum. No entanto, Xan deixa para lá.

Passamos o tempo conversando e colocando o papo em dia sobre a universidade. Raquel compara as matérias que fez com as que estou tendo e me dá alguns conselhos. Dani e Xan falam sobre as festas que vão acontecer no centro da cidade em dezembro.

À meia-noite, as garotas vão descansar, já que querem estar com a cara boa amanhã.

Quando voltamos para o quarto, Xan está mais quieto do que de costume. Nós nos deitamos, e ele dá as costas para mim, cobrindo-se até o pescoço.

— Está tudo bem? — pergunto, porque sinto que há algo de errado.

— Sim.

— Xan.

Ele suspira e se vira, ficando de barriga para cima, os olhos fixos no teto.

— Acho que não foi uma boa ideia — solta ele.

— Nós dois?

— Vir com você.

Não posso negar que fico magoado, mas não deixo transparecer.

— Por quê?

— Não sei, acho que exageramos… Tudo isso está sendo demais para mim.

— Não estou entendendo.

— Eu sei, e sinto muito, Apolo. Sei que você teve boas intenções, que não queria me deixar sozinho, mas estou me sentindo… estranho.

— Está desconfortável com a minha família? — indago.

Ele suspira.

— Não, não mesmo, eles são ótimos. O problema sou eu. Me desculpa, eu estou péssimo.

— Você não é o problema.

Xan se vira para mim, aproximando-se até encostar a testa na minha.

— Sei que a gente prometeu não fazer nada — sussurra ele nos meus lábios —, mas… preciso…

Eu o beijo antes que ele consiga terminar a frase. Sentir um ao outro sempre nos ajuda a afastar os pensamentos e os sentimentos ruins. É uma solução temporária, mas nós dois curtimos muito. Eu o aperto contra mim, nosso beijo desesperado e cheio de desejo.

— Xan — digo, sem fôlego.

Ele me dá um beijo rápido.

— Vou fazer silêncio, prometo.

O sorriso safado cai tão bem nele que nem protesto, e ele fica por cima de mim para aprofundar os beijos.

Mais uma vez, nos perdemos em suspiros, gemidos e sensações que nos fazem esquecer de todo o resto.

Na manhã seguinte, acordo com a cama vazia.

Sinto meu peito apertar e me sento ao ver um bilhete na mesinha de cabeceira. Com uma angústia no coração, leio:

Me desculpa, Apolo.

Acho que não quero ficar rodeado de pessoas, não quero socializar nem forçar sorrisos enquanto estou processando o que vivi.

Apesar disso, obrigado por tudo.

Xan

28

APOLO

Xan. Xan. Xan.

Ele não sai da minha cabeça.

Passar o fim de semana com minha família e meus amigos está sendo ótimo. Por alguns momentos, me esqueço do garoto de cabelo azul, mas quando penso nele, fico triste por não estar aqui. Xan e eu estivemos juntos todos os dias das últimas semanas. Depois da primeira vez que ficamos, me acostumei com seu carinho, sua presença, com as brincadeiras na hora das refeições. Sinto falta da pequena rotina que criamos.

Agora, estou no lago observando o crepúsculo, o sol já quase escondido nas montanhas que cercam a cidade de Chimney Rock. Vou voltar para o apartamento amanhã e mal posso esperar para ver Xan. Quero ter certeza de que ele está bem; só trocamos algumas breves mensagens desde que ele se foi.

Solto um suspiro e me recosto na beirada do barco. Estamos no meio do lago, curtindo a vista, muito bem agasalhados. Está fazendo muito frio para entrar na água, mas é tradição vir e tomar um delicioso chocolate quente. Meu avô, meu pai, Claudia e Ártemis ficaram na cabana. Eles não estavam com disposição para passear e também não queriam trazer Hera com esse tempo. Minha sobrinha é extremamente sensível ao frio e com qualquer ventinho já fica resfriada. Então somos apenas Ares, Raquel, Daniela e eu.

Isso me lembra dos velhos tempos, quando nós quatro saíamos juntos para nos divertir e eu achava que Dani e eu éramos o casal perfeito — que ficaríamos juntos para sempre, como Ares e Raquel. Olho para ela, do outro lado do barco, perto de Raquel, com os pés balançando, os dedos tocando a água gelada enquanto elas conversam.

Ares vem até mim e se senta ao meu lado, seu cabelo escapando da touca, mais comprido do que nunca, e me pergunto se é por causa do frio, que é muito mais intenso no norte do país, onde ele estuda.

— Então você finalmente decidiu ir ao psicólogo — comenta ele, a respiração condensando no ar.

— O vovô não sabe guardar segredo — digo, soltando um suspiro.

Ares coloca a mão em meu ombro.

— Fico feliz por isso — declara ele.

Não respondo nada, e ele ergue a sobrancelha, esperando.

— O que foi? — pergunto.

Ele dá de ombros.

— Você está dividindo o quarto com um cara? — indaga ele.

Reviro os olhos.

— E o Ártemis também já abriu o bico. Os Hidalgo não sabem ficar quietos.

Ares me observa, divertindo-se, com um sorriso sabichão se formando em seus lábios.

— Por que está na defensiva? — pergunta ele. — Só fiz uma pergunta.

— Eu não estou… Não é nada de mais. Xan precisava de um lugar para ficar, então eu ofereci, só isso.

— Não te pedi explicações, Apolo — diz ele, incisivo, com a certeza de que me pegou no pulo.

— Como você está? — questiono, tentando mudar de assunto.

Ares solta um suspiro, olhando o pôr do sol.

— A faculdade continua exigindo muito de mim. Quando penso que as coisas vão ficar mais calmas, o estresse e a pressão aumentam. Fico completamente esgotado.

Seu olhar vai até Raquel, que está rindo com Daniela.

— E está cada vez mais difícil ficar sem ela — completa ele.

É minha vez de colocar a mão no ombro dele.

— Dá pra imaginar. Mas vocês vão conseguir, Ares. Acredito em vocês.

Ele sorri para mim e assente.

— E você? — pergunta ele.

— O que tem eu?

— Queria ter conhecido o garoto, e a Raquel não quis me contar nada. A atitude suspeita dela me faz pensar que tem alguma coisa entre você e esse colega de quarto.

— Não tem nada entre a gente, na verdade. Estamos indo devagar.

Ares ergue as duas sobrancelhas.

— Já sei — falo —, não precisa dizer. Sim, foi ideia dele. Não, não é uma coisa que eu costumo fazer. Ele acabou de sair de um relacionamento... bem difícil.

— Beleza.

— Beleza?

— Você já está bem grandinho pra tomar suas próprias decisões, Apolo.

— Obrigado.

Ainda bem que Ares não questiona ou julga o que estou fazendo. Ele só sorri para mim e me abraça.

— Vou sentir saudades — declaro.

— Eu também, idiota.

Quando volto para o apartamento no domingo à tarde, passo por Gregory e vou direto para o meu quarto.

— Também senti sua falta, seu ingrato! — grita Gregory do corredor.

Ao entrar, percebo que a cama está exatamente como a deixei no dia em que Xan e eu saímos daqui. Em cima está a roupa que emprestei para ele, lavada e perfeitamente dobrada.

Não. Não.

Eu estava com medo disso, porque ele não respondeu minhas mensagens. Gregory se apoia no batente da porta.

— Cadê o Xan? — pergunta Gregory. — Achei que ele tinha ido com você. Ele deixou as chaves na portaria.

Sinto um nó no estômago.

— Apolo? — insiste ele, me observando. — O que aconteceu?

Eu me sento na cama e passo as mãos pelo cabelo, frustrado.

— Eu não sei. Não sei o que aconteceu.

— A essa hora ele deve estar na cafeteria, mas está quase na hora de fechar. Você disse que aos domingos fecha mais cedo — diz ele.

— Verdade.

Pego uma jaqueta no armário.

— Apolo — chama ele.

Paro na frente de Gregory, porque ele quase nunca usa um tom tão sério. Ele põe a mão no meu ombro.

— Não dá pra salvar alguém que não quer ser salvo — diz ele.

— Ele me procurou, Gregory. Quer ser salvo, só não sabe como.

Gregory aperta meu ombro com gentileza.

— Algumas coisas Xan vai precisar enfrentar sozinho, Apolo. Não deixa seus sentimentos falarem mais alto.

— E o que eu devo fazer? Nada? Deixar que ele vá embora como se nada tivesse acontecido?

Gregory baixa a mão e abre um sorriso triste.

— Só quero ter certeza de que ele está bem — digo antes de sair.

O caminho até a cafeteria me parece infinito. Digo para mim mesmo que não é nada do que estou pensando, que ele não voltou com o Vance, que talvez tenha ficado todos esses dias na cafeteria. Não é o ideal, mas prefiro isso do que a possibilidade de ele ter voltado com aquele monstro. Meu coração parece que vai explodir a cada passo que dou.

De longe, vejo as luzes fracas no interior da cafeteria Nora, mas o letreiro externo está apagado. Há um movimento lá dentro, e paro na frente do vidro, sentindo que posso respirar novamente quando avisto Xan. Ele está limpando uma mesa, o cabelo azul penteado para trás, preso por uma faixa. Aperto meu peito, e o alívio é como um peso saindo de cima de mim.

Com o punho, bato no vidro.

Xan fica surpreso ao me ver. Corre até a porta, mas, em vez de me deixar entrar, sai e me empurra para trás. Franzo as sobrancelhas.

— Xan?

— O que você está fazendo aqui, Apolo?

— Queria ter certeza de que você está bem. Por que saiu do apartamento? Por que não atende o celular?

Xan desvia o olhar.

— Apolo, me desculpa.

Nesta hora, tudo acontece em câmera lenta. Percebo um movimento dentro da cafeteria e, pela porta de vidro, vejo Vance sair da despensa nos fundos. Está usando um avental e, quando olha para cima, encontro aqueles olhos que sempre me causaram um mau pressentimento. Ele dá um passo na direção da porta, Xan se vira e gesticula para ele parar. Vance o obedece, e Xan volta a olhar para mim.

— Você voltou com ele? — A pergunta chega a ferir meus lábios.

Diga que não, Xan. Diga que ele só está ajudando na cafeteria. Por favor.

— Apolo...

Sinto meu coração afundar, a decepção e a raiva correndo em meu sangue. Todos os meus músculos se tensionam. Meus olhos ardem, mas me recuso a deixar lágrimas se formarem. Dou um passo para trás, incrédulo.

— Que merda, Xan! — digo mais alto, porque não consigo evitar. — Ele quase te matou. Achei que tivesse ciência disso. Achei que não voltaria pra essa droga de relacionamento abusivo.

Xan faz uma careta, como se minhas palavras o tivessem queimado. Não ligo, porque ficar dando voltas com ele não funciona.

— Dessa vez vai ser diferente, Apolo — explica ele.

Eu bufo e balanço a cabeça.

— Você acredita mesmo nisso? — pergunto, me aproximando dele. — Olha nos meus olhos e me diz que acredita.

— Ele está tentando de verdade. Não acreditei, mas ele trouxe a Rain e ela conversou comigo. Confirmou tudo o que ele está fazendo para mudar.

— A Rain?

Minha raiva transborda, porque eu já sabia que Rain não o mandaria para a cadeia, mas convencer Xan a dar outra chance para seu irmão passa dos limites. Ela é uma pessoa pior do que eu esperava. Uma coisa é acreditar no desgraçado do Vance, outra bem diferente é não ajudar Xan a se afastar dele. Vance já o machucou tanto que não importa se vai virar um santo agora. O abuso que o Xan sofreu pode ter passado, mas o estrago ainda está aí.

Eu acredito, sim, que as pessoas podem mudar, mas em alguns casos a única coisa que dá para fazer é se afastar.

— A Rain é irmã dele, Xan — argumento. — Sempre vai ficar ao lado dele.

Xan balança a cabeça.

— Você está errado. Ela me disse muitas vezes para deixá-lo, você sabe disso, então não acho que ela está mentindo agora.

Faço uma expressão de nojo, porque a situação me deixa enjoado. Talvez Rain e Vance não sejam tão diferentes quanto eu pensava.

— Acho que é melhor você ir, Apolo — sussurra Xan, sem olhar para mim.

— E você e eu, o que a gente foi? Uma pausa no seu relacionamento tóxico? Só uma transa? Ah é, verdade, eu fui só o garoto inocente e idiota que você usou antes de voltar com seu namorado escroto.

— Apolo...

Crispo os lábios de tanta raiva. Nessa hora, os olhos de Xan se fixam em alguém atrás de mim. Ao me virar, vejo Rain se aproximando, nos observando com cautela.

Que ótimo, o circo está completo.

— Você falou para o Xan voltar com ele? Sério isso? — pergunto para ela, meu tom emitindo o desprezo que sinto.

Rain fica calada.

— Eu só disse a verdade — explica ela um tempo depois.

— A verdade? — pergunto, dando uma risada sarcástica. — Ah, isso é bem hipócrita vindo de você.

Rain contrai os lábios, passa por Xan e segura seu braço.

— Vamos entrar, Xan — diz ela.

— Por quê? Está com medo que eu conte a verdade para ele? — indago.

Xan hesita, e seu olhar vai de mim para Rain.

— A verdade? — pergunta ele.

— Não é nada, Xan — diz ela, depressa. — Vamos.

Xan solta o braço e me encara.

— Apolo, como assim?

— Quando Rain disse para você voltar para ele porque ele tinha mudado, ela te contou que foi o Vance que me espancou quando cheguei na faculdade? — pergunto.

Rain baixa o olhar, e Xan fica horrorizado. Continuo:

— Ela disse que, se não tivesse sentido peso na consciência e ido me procurar, eu teria morrido naquele beco?

Xan leva a mão à boca e olha para ela.

— Rain, é verdade?

Ela fica em silêncio, apenas umedece os lábios e assente.

— Ah... — falo. — Então ela também não contou que se recusa a depor para que ele pague pelo que fez só porque é seu irmão.

Xan fica calado, parece estar absorvendo todas as informações, e Rain não ousa erguer o olhar. A dor que sinto por toda essa situação me consome, e eu fico entorpecido. Minha empatia desaparece, e só sobram a raiva e a tristeza.

— Quer saber? — digo. — Quero que vocês três vão se ferrar.

Eu me afasto. Xan dá um passo em minha direção, mas eu ergo a mão.

— Não, você já escolheu — protesto, dando meia-volta e saindo. — Adeus, Xan.

29

XAN

Três dias antes

É Ação de Graças.

Depois de deixar o bilhete na mesa de cabeceira de Apolo, saio da mansão Hidalgo.

Eu me sinto horrível, porque sei que Apolo quer que eu fique aqui com ele, mas não estou pronto para isso. Não quero estar com pessoas desconhecidas enquanto ainda estou... Nem sei como explicar. Com rancor? De coração partido? Enxergar tudo o que Vance fez comigo foi como tomar um banho de água fria. Agora sinto um peso nos ombros, uma pressão no peito que não me deixa em paz.

A família de Apolo não merece meu mau humor e meus sorrisos falsos, não depois de me receberem com tanta gentileza em sua casa. Eles merecem passar um bom dia de Ação de Graças.

Não sei o que vou fazer, mas quando chego ao apartamento de Apolo, me distraio fazendo uma arrumação. A cafeteria Nora está fechada hoje e amanhã quase não tem alunos no campus, já que a maioria está visitando a família ou fazendo compras. Eu me sento no chão da sala e dobro minhas roupas, escutando música. Não é o melhor programa para o dia de Ação de Graças, mas me dá paz. Vou ver um filme ou algo do tipo mais tarde. Precisava disso, desse tempo sozinho, para ficar comigo mesmo, sem interagir com outras pessoas ou forçar sorrisos. Espero que Apolo entenda.

No meu celular, uma música termina e "& Cry!", do Middle Part, começa. É uma das minhas preferidas — um dia essa música começou a tocar quando eu estava testando diferentes playlists do Spotify para o café, e eu me apaixonei na hora. Canto e fico olhando para a cama. Quase consigo nos ver ali, Apolo e eu, rolando nos lençóis, nos beijando até nossos lábios incharem.

Apolo...

Ainda não consigo acreditar em tudo o que aconteceu entre nós. Gosto dele cada vez mais, e o sentimento aumenta sempre que ele me olha, me beija ou me toca. Sinto meu coração acelerar até mesmo quando ele faz coisas simples como sorrir. Eu me pergunto se é um erro me deixar levar.

Não, Xan, você foi sincero com Apolo. Ele sabe pelo que você está passando.

Coloco as roupas dobradas nas prateleiras do closet e ao sair de lá ouço a chuva batendo no vidro da janela. É lógico que está chovendo, meu momento triste e solitário precisa de um clima que combine. Embora o barulho seja mais alto do que eu esperava, ao me aproximar percebo que a chuva está misturada a pequenos pedaços de granizo, quase indetectáveis. Ah, e está um frio terrível. Fico, ao mesmo tempo, surpreso e aliviado por não ser neve. Apolo e eu prometemos ver juntos a neve cair pela primeira vez neste inverno, uma bobagem que vimos em um filme de romance coreano na noite de cinema quinta-feira passada com Gregory. Explicaram que, quando se passa a primeira nevasca da estação com alguém, o amor se tornará realidade e vocês ficarão juntos para sempre.

Na verdade, não sei por que planejamos isso se nem sabemos o que está rolando entre nós e resolvemos ir com calma...

No fundo, não consigo entender nada que estamos fazendo no momento.

Passo o restante da tarde arrumando a casa, que parece vazia sem ele. Não consigo parar de imaginá-lo por aqui, na cozinha ou no sofá.

É ridículo sentir saudade dele. Não se passou nem um dia.

À noite, esquento um pouco de peru defumado e como uma salada que Gregory deixou na geladeira. Eu me enrolo em um cobertor no sofá e coloco um dos filmes de *Piratas do Caribe*. Era a série favorita da minha mãe, e sempre achei que ela gostaria de morar no litoral ou pelo menos perto do mar, já que era fascinada por filmes relacionados ao oceano.

Bem, não é o melhor jantar de Ação de Graças do mundo, mas, por mais surpreendente que seja, me sinto bem sozinho. Estou feliz na minha companhia e de ninguém mais. É a primeira vez que passo um feriado sem ninguém. Nessas horas, não sou o namorado do Vance ou o sei-lá-o-quê do Apolo: sou só eu, enrolado numa coberta, jantando enquanto a chuva cai lá fora.

Esta noite, vou dormir com o coração tranquilo e cheio de paz.

No dia seguinte, me preparo psicologicamente para o que preciso fazer: pegar minhas coisas no apartamento de Vance.

É mais provável que hoje ele esteja na casa dos pais, assim talvez eu não o encontre. Não posso mentir e dizer que não estou com medo, mas o sentimento estranhamente se mistura com curiosidade. O que vou sentir ao vê-lo? Ressentimento? Amor? Sei que não dá para esquecê-lo em poucas semanas, mas tenho certeza de que já não o amo da mesma forma; já não sou o mesmo de antes.

Na frente da porta de Vance, crio coragem e entro com a minha chave, a mesma que deixarei na portaria quando for embora com todas as minhas coisas. O apartamento está em silêncio absoluto e imerso na penumbra, iluminado apenas pela luz de fora, e está nublado.

Tudo está como sempre: limpo e ainda com o cheiro doce das velas aromáticas que Vance adora. Saio do corredor e fico paralisado ao vê-lo sentado à escrivaninha, com as pernas abertas e o celular na mão. Vance olha para cima, e eu engulo em seco quando ele me olha, como se absorvesse tudo de mim no mesmo instante.

O que está fazendo aqui? Por que não está com a família?

Quebro o silêncio:

— Vim pegar minhas coisas.

— Beleza — diz ele, e volta a olhar para o celular.

Está enviando mensagens, presumo.

Passo por ele, vou para o quarto e começo a colocar tudo o que consigo na mochila que trouxe. Não cabe muita coisa, mas só preciso do necessário: cuecas, meias, calças jeans e algumas camisetas. Talvez eu faça compras mais tarde, porque tenho medo de que todas as roupas antigas me lembrem de Vance.

— Achou que eu estaria com a minha família, né? — A voz dele me surpreende, porque não o vi entrar.

Está parado no batente da porta, os braços cruzados.

— Aham — respondo. — Achei que seria melhor se a gente… não se visse.

— Por quê? — pergunta ele.

Mantenho os olhos nas roupas que tento enfiar na mochila.

— Porque nós terminamos, não precisamos nos ver.

— Como assim, Xan? Foram anos de relacionamento e agora a gente não pode nem conversar?

Fecho a mochila e me viro para ele.

— Não temos nada para conversar, Vance.

— Sabe… — Ele dá um passo para dentro do quarto. — Fiquei pensando de onde vem essa sua coragem repentina e acho que já sei. É o Apolo, não é?

Suspiro. Estou cansado disso, de suas acusações, de sua paranoia.

— Ele não tem nada a ver com isso — digo.

— Mesmo? Não tem nada a ver você estar morando com ele?

— Vance...

— Transando com ele?

Não respondo nada, apenas pego a mochila para colocá-la no ombro.

— Tenho que ir.

Ando em direção à porta, mas Vance coloca o braço contra o batente, bloqueando meu caminho.

— Vance...

— Uma conversa é o mínimo que eu mereço.

— Merece?

Bufo, porque realmente não consigo acreditar em como ele é atrevido.

Neste momento, ouço a campainha. Franzo as sobrancelhas.

— Está esperando alguém? — pergunto.

— É a Rain.

Vance se afasta de mim, e entramos juntos na sala.

— Estou me esforçando, Xan — diz Vance. — Sei que você não vai acreditar em nenhuma palavra que sair da minha boca, então aproveitei que Rain estava visitando uma amiga que mora aqui perto e pedi para ela vir falar com você.

Depois de cumprimentar Rain, nos sentamos na sala. E espero que eles falem. Rain começa:

— Xan, sei que você tem todo o direito de ir embora, e pode ir assim que eu acabar de falar. Sabe, eu mesma já te aconselhei a fazer isso há algum tempo. Meu único papel aqui é te confirmar que o Vance está mesmo tentando.

Assinto, e ela continua. Descreve tudo o que seu irmão está fazendo nas últimas semanas, como a terapia e um tratamento para controle de raiva. Parou de fumar e beber, porque essas substâncias o tornam mais suscetível à violência. Também conta que ele está morando com os pais e que, se eu decidir voltar com ele, terei o apartamento só para mim enquanto Vance recebe o apoio de que precisa em casa.

Escuto com atenção, e, quando Rain termina de falar, se levanta.

— Bem, vocês têm muito o que conversar. Já sabe, Xan: independentemente do que decidir, pode contar comigo.

Rain dá meia-volta e vai embora.

Fico sentado, absorvendo tudo o que acabei de ouvir. Gostaria de dizer que nada disso surte efeito, mas não posso mentir. Vance está do outro lado do cômodo, olhando em minha direção, esperando. Sim, eu o amei, talvez parte de mim ainda o ame. Contudo, o barulho de seus punhos atingindo meu rosto e a falta de ar quando ele agarrou meu pescoço ainda estão vívidos na minha memória. Isso sem mencionar o que aconteceu na cafeteria quando ele vasculhou meu corpo atrás de vestígios de outra pessoa. Acho que aquele momento foi o ponto de virada.

Parte de mim sabe que, se eu voltar para ele, posso não sobreviver da próxima vez.

— Vance, fico feliz por você estar recebendo o tratamento necessário.

Ele sorri para mim.

— Mas não posso voltar com você — declaro.

O sorriso dele desaparece.

— Como assim? — pergunta ele.

— Não quero voltar com você. Espero que possamos nos dar bem em relação à cafeteria, mas você e eu... não tem mais volta.

Dizer isso dói, mas me liberta. É um sentimento agridoce.

— Xan, estou tentando de tudo, você não percebe? — indaga ele, o desespero evidente em seu rosto. — Por favor. Depois de tanto tempo juntos, merecemos outra chance.

Balanço a cabeça.

— Não. Imagina assim: você continua com o tratamento e, tomara, fica melhor. Mas e se não ficar? E se nessa outra chance que eu te der eu for parar no hospital, ou pior, no cemitério?

— Você está exagerando — retruca ele. — Nunca te bati tanto assim, e isso nunca mais vai acontecer. Estou fazendo de tudo para que não volte a acontecer.

— E eu vou fazer o quê, acender uma vela e rezar pra ser verdade? — pergunto, com raiva. — Por que eu deveria arriscar minha vida? Não vale a pena. Não mais. Se você tivesse procurado ajuda no começo, quando gritou comigo pela primeira vez, talvez nós tivéssemos um futuro. Agora não, Vance, é tarde demais.

Fico de pé, e Vance também. Ele se aproxima e segura meu rosto.

— Xan, por favor, eu faço o que você quiser — implora ele. — Saio do armário e te assumo para o mundo todo, até para os meus seguidores. Vou apresentar você para minha família, tudo vai ser nos seus termos. Só volto para este apartamento se você deixar. E pode trazer todos os seus amigos aqui.

Eu afasto suas mãos do meu rosto.

— Acabou, Vance.

Minha voz falha, porque é difícil. Ficamos muito tempo juntos, e quero acreditar que ele vai mudar, mas me concentro na paz que senti ontem à noite quando estava sozinho, em como minha vida tem sido saudável e boa sem Vance.

Dou três passos no corredor. Quando Vance fala novamente, qualquer resquício de sofrimento sumiu de sua voz, e ele soa frio:

— Queria fazer isso do jeito certo, Xan.

Dou meia-volta, com medo de que ele me ataque ou qualquer coisa do tipo, mas ele ainda está parado no mesmo lugar. Ele ergue o celular. Um vídeo está passando na tela. A princípio, não sei dizer o que é, mas depois percebo que é um vídeo de Apolo o espancando no festival de outono. Não me lembrava de ter sido desse jeito. O vídeo é mais violento e sangrento. Vance parece ser a vítima.

— O quê...?

— Se você for embora, Xan, eu vou postar esse vídeo. Com o meu engajamento, posso viralizar isso em questão de minutos. Uma boa legenda dizendo como fui atacado por ninguém mais, ninguém menos que Apolo Hidalgo, um dos herdeiros de uma das famílias mais ricas do país. Um cara privilegiado atacando um pobre criador de conteúdo como eu.

Fico com vontade de vomitar, porque não é possível. Sei que Vance é capaz de fazer isso, e tudo aconteceria exatamente como ele planejou. Os seguidores de Vance são fanáticos; não seria a primeira vez que viralizariam algo por causa dele. Penso na família de Apolo, em como são legais e não merecem ser prejudicados sem ter feito nada de errado.

— Apolo seria expulso da faculdade, isso é certeza — continua Vance. — A vida dele viraria um caos por sua culpa. Você conseguiria colocar a cabeça no travesseiro depois disso?

Coloco a mão na barriga, porque realmente acho que vou vomitar.

— Não era verdade, né? — pergunto, com nojo. — A história de você ter mudado. É tudo mentira.

— Não, mas você não me deixa outra escolha, Xan. Não pode ir embora, caso contrário não vou conseguir ganhar seu coração outra vez. Pega suas coisas no apartamento daquele moleque e volta pra mim, aqui, onde é o seu lugar. Vou deixar o apartamento todo para você, como prometi.

Quero gritar, bater em Vance e sair correndo, mas me seguro e só vou embora, porque não consigo mais olhar na cara dele. Choro o caminho todo até o apartamento de Apolo e um pouco mais quando entro. As lembranças tomam conta de mim — tudo o que poderia ter sido, toda a segurança que senti.

Pego minhas coisas e olho com tristeza para o cobertor no sofá. A noite foi tão boa, e agora tenho que largar tudo para voltar para aquele lugar frio e cheio do Vance. Deixo tudo arrumado, a chave na portaria, e fico um tempinho olhando para o prédio de Apolo do lado de fora, a visão embaçada pelas lágrimas.

Me desculpa mesmo, Apolo. Parece que eu nunca vou conseguir me livrar do Vance.

30

APOLO

"Você tem que aprender a ceder, Apolo, a deixar ir. Não pode salvar todo mundo, não pode obrigar alguém a tomar uma decisão se essa pessoa não consegue encarar a situação. Você ajudou, ofereceu a ele um porto seguro. Fez sua parte. É o bastante, é hora de deixá-lo ir."

As palavras da minha psicóloga martelam na minha cabeça. Olho para minha cama e reparo em como ela anda vazia nos últimos tempos. Uma semana se passou desde que confrontei Xan e Rain na porta da cafeteria. Não passei mais por lá nem mandei mensagem para Xan.

Estou o deixando ir.

E me concentrando em mim mesmo e nos estudos.

Sempre que fico curioso ou me dá vontade de passar na cafeteria Nora, lembro a mim mesmo de que não vale a pena, eles já se decidiram. Não posso continuar preso a essa história. Não faz bem.

— Ah, sinto falta do Xan — reclama Greg.

Ele aparece do meu lado, no batente da porta.

— Ele já decidiu, Greg. A gente não foi o bastante — brinco.

Gregory dá uma risadinha e solta um suspiro dramático.

— Sabe o que é? É que isso é estranho, Apolo.

Cruzo os braços.

— Como assim? — pergunto.

— O Xan estava tão determinado...

Gregory coça o queixo, pensativo. Ele sabe de toda a situação de Xan.

— É que... — continua ele — Xan estava procurando uma forma de acabar com a sociedade na cafeteria e com a conexão que ainda tinha com Vance, e, de repente, voltou atrás como se nada tivesse acontecido.

— Não sei o que dizer. Parece que Rain o convenceu disso.

— O que também soa estranho. A Rain convencendo alguém a voltar para um relacionamento abusivo? Sei lá. Acho que tem alguma coisa aí.

— Pode acreditar, a Rain pode ser surpreendente — comento.

— Bem, que tal se a gente comer alguns legumes refogados com camarão?

— Você leu minha mente.

— Vem. Preciso de companhia depois do dia que tive.

— É a Érica? — pergunto.

Gregory assente.

— Vamos ser amigos — explica ele. — É evidente que ela não quer mais nada. Eu entendo, mas... Bem, acho que ainda tinha esperanças.

— Coitado — murmuro.

Ele dá um tapa no meu braço.

— Acho que estou na mesma situação que você, preciso desapegar.

Abro um sorriso.

— Bem-vindo ao clube — digo.

Agarro seu ombro enquanto entramos na cozinha e começamos a falar sobre o recesso de Natal, já que faltam apenas duas semanas.

Dia 1

A vibração incessante do meu celular me desperta.

Meus olhos ainda estão fechados quando pego o celular. Com a coordenação ruim, acabo deixando cair com um baque em meu rosto. Solto um gemido de dor e massageio o nariz, despertando de vez. Quando vejo a tela, congelo: são quatro da manhã e é Rain que está me ligando.

Sinto um grande déjà-vu daquela noite em que Xan apareceu aqui em casa de madrugada. Com o coração na boca, atendo.

— Alô? Rain?

— Apolo! Me desculpa, o… — Sua voz falha, então percebo que ela está chorando.

— Rain, o que aconteceu?

— Estamos no hospital.

Dou um pulo da cama.

— Como assim? Rain, pelo amor de Deus, o que aconteceu?

— É o Xan.

Não. Não. Não.

— Você tem que vir — diz ela, soluçando. — Me desculpa mesmo…

Pergunto o endereço e desligo. Coloco uma camiseta e calça jeans, quase me esquecendo do casaco na pressa. Consigo sentir a pulsação explodindo nos meus ouvidos e na garganta quando pego um táxi. O caminho parece infinito, e eu só rezo para que Xan esteja bem. Rain não disse nada coerente entre os soluços.

Corro pronto-socorro adentro e, no posto de enfermagem, sou parado por uma enfermeira alta e de sorriso gentil.

— Posso ajudar com alguma coisa? — pergunta ela.

— Xan… — digo, sem fôlego. — Um garoto…

— Apolo!

A voz de Rain vem do corredor de emergências. Ela corre até mim, os olhos vermelhos e as mãos cheias de sangue, assim como toda a frente de sua camiseta.

Sinto o estômago revirar e paro de respirar no mesmo instante.

— Rain... — Tudo o que consigo deixar escapar em um sussurro estrangulado.

Estou ansioso, esperando pelo pior.

— Ele...

Agarro seus ombros.

— O que aconteceu? Fala, caramba! — brado.

— Foi o Vance — diz ela entre lágrimas. — Vance bateu nele... tanto que...

— Tanto que o quê?

— O Xan me ligou... E, quando cheguei no apartamento... — Rain faz uma careta, como se assombrada pelo horror da lembrança. — Havia tanto sangue e a ambulância o levou... E chegando aqui... Tiveram que reanimá-lo duas vezes e... Apolo, me desculpa mesmo... — Ela agarra minha camiseta e chora desconsoladamente. — A culpa é minha, me desculpa, me desculpa...

Quero gritar com ela e fazê-la se sentir pior, mas estou paralisado demais pela possibilidade de que Xan não esteja vivo. Não tenho forças para fazer nada. Rain está chorando tanto que simplesmente não consigo deixá-la ainda pior. Não vai ser bom para ninguém nem vai fazer o tempo voltar. Sendo assim, ajudo-a a sentar na sala de espera e levo um copo de água para ela.

— Obrigada — murmura Rain.

Seu peito sobe e desce. De tanto chorar, está soluçando.

Minha mente está presa em lembranças de Xan: seu cabelo, seu sorriso, a paixão em seus olhos ao falar da cafeteria Nora, sua animação... Não, ele não pode morrer. Esse não pode ser o fim.

Um médico alto sai da área de emergência.

— Familiares de Xan Streva? — pergunta ele.

Rain e eu nos levantamos. Por instinto, damos as mãos.

— Somos amigos dele. O Xan não tem familiares — explica Rain.

O médico nos olha por um segundo, como se estivesse avaliando a veracidade do que acabamos de dizer, mas, ao ver o sangue nas roupas de Rain, percebe que ela o trouxe.

— Xan sofreu uma hemorragia interna — informa ele. — Conseguimos controlá-la, mas ele vai precisar passar por uma cirurgia o quanto antes. O raio X mostrou várias costelas e dedos quebrados. Também tem hematomas e escoriações de dias atrás, e todos os seus ferimentos correspondem a...

Sinto um peso no peito.

— Agressão — conclui Rain.

O médico assente.

— Tive que denunciar. A polícia já está a caminho. O que aconteceu?

Os lábios de Rain tremem, e ela aperta minha mão.

— Foi o namorado dele, Vance Adams — revela ela.

— A polícia vai querer falar com você quando chegar — diz o médico. — Seu amigo está sendo levado para a sala de cirurgia agora, então voltarei quando o procedimento terminar.

— Espera — digo, e minha voz falha um pouco.

O médico se vira.

— Por favor, salve-o — imploro. — Ele não merece... morrer desse jeito.

Ele dá um breve sorriso de compreensão e se vai.

Sentados na sala de espera, Rain funga e enxuga as lágrimas, que não param de cair.

— Você tinha razão, Apolo, tanta razão... — sussurra ela. — Fui um ser humano terrível, uma idiota. Isso tudo é minha culpa. Por que achei que ele poderia mudar? Por que acreditei em tudo aquilo? Agora Xan está entre a vida e a morte, e a culpada dessa merda sou eu. Sempre me considerei uma boa pessoa, com ideias corretas e sólidas. Eu me esqueci de tudo o que sou, de tudo no que acredito, só porque achei que meu irmão poderia mudar, que ele não era um mostro... E olha para mim agora.

Ela aponta para suas roupas manchadas de sangue.

— Rain, isso não é sobre você — explico, num tom frio.

Ela me encara. Continuo:

— Xan está lá dentro, lutando pela própria vida. A última coisa que quero é ouvir um monólogo sobre como você está triste e se sentindo culpada. Este momento é do Xan, e tudo que importa agora é ele sobreviver a essa cirurgia e a todo o resto. Depois você vai ter tempo de lidar com os seus erros.

Rain desvia o olhar.

— Tem razão — diz ela.

Nós nos limitamos a aguardar em silêncio. Quando a polícia chega, levam Rain a um lugar mais reservado para pegar seu depoimento, e fico sozinho por um bom tempo.

Rain volta bem na hora em que o médico sai da sala de cirurgia. Em poucos segundos, estamos de frente para ele, aguardando notícias.

— A cirurgia correu bem — informa ele.

Finalmente parece que consigo respirar. O médico continua:

— Xan vai ficar na UTI esta noite, essas primeiras horas serão cruciais para ele. Vamos mantê-lo sedado por um tempo para deixar seu corpo se recuperar. Querem subir para vê-lo?

Assinto e começo a segui-lo, mas Rain fica para trás. Eu me viro para ela e a vejo balançar a cabeça.

— Não posso. Vou esperar aqui — diz ela.

Não respondo, apenas sigo meu caminho.

Nada na vida teria me preparado para o que sinto quando entro na UTI e o vejo. Xan está conectado a um monte de aparelhos e cheio de curativos. Fico petrificado por alguns segundos, assimilando tudo isso. Uma tristeza profunda me atinge, e lágrimas grossas escorrem por meu rosto. Dói muito, porque, apesar de eu ter feito tudo que estava a meu alcance, sinto que poderia ter evitado essa situação, que as coisas não precisavam chegar a esse ponto.

Eu me aproximo e seguro seu punho, porque as mãos estão cheias de curativos.

— Oi, Xan — sussurro e limpo o nariz com a mão, as lágrimas escorrendo. — Você vai ficar bem, eu estou aqui. Sinto muito que isso tenha acontecido, Xan. Você não merece, ninguém merece. Não vou sair do seu lado, prometo.

E cumpro a promessa.

Dia 2

— Voltei — anuncio.

Aproximo dele uma garrafa térmica com café fresco que trouxe do restaurante do hospital.

— Consegue sentir? — pergunto. — Assim... Não é o melhor café do mundo, mas achei que o cheiro ajudaria na recuperação. Na verdade, sinto saudade de ir à cafeteria Nora e ver você lá no cantinho, preparando o *latte* que eu amo.

Suspiro e me sento na cadeira ao lado dele. Seu rosto ficou mais inchado dos hematomas. Há um enorme sob seu olho esquerdo. Seus longos cílios descansam nas maçãs do rosto, e sinto falta de poder ver seus olhos, suas expressões faciais, qualquer coisa.

Sinto saudade de Xan.

Dia 3

— Xantili! — cumprimenta Greg, aproximando-se de Xan, que continua dormindo. — Você precisa se recuperar logo. Estou com saudade do meu parceiro de cozinha, você sabe que o Apolo é inútil. Então preciso de você.

Reviro os olhos.

— Mas você bem que comeu o bolo que fiz ontem.

— É a única coisa meio decente que você faz, Apolo. Por favor, não força a barra.

Respiro fundo e, por mais que Gregory tenha uma aura alegre, é difícil mantê-la aqui. Ele aponta para Xan com a cabeça.

— Quando ele vai acordar? — pergunta ele, baixinho.

Encolho os ombros.

— Não sei. O médico disse que, como estão diminuindo a sedação, ele deve acordar logo.

— Talvez ele não queira acordar — murmura Greg, triste, inclinando-se sobre Xan. — Ei, Xantili, sei que o que aconteceu com você foi muito, muito ruim. Entendo se não quiser voltar e lidar com isso, mas precisamos de você. Estamos aqui, você não tem que passar por isso sozinho. Lembre-se disso.

Sorrio e torço para que Xan consiga ouvir.

Dia 4

— Encontraram o Vance — anuncia Rain ao entrar no quarto.

A equipe médica transferiu Xan da UTI para um quarto no primeiro andar, mas ele ainda não acordou.

— Ele está na Penitenciária Central de Raleigh — diz ela.

Não sei o que falar. Deveria dizer que estou feliz por isso? Que acredito que nenhum castigo no mundo vai reparar o que Vance fez com Xan? Fico em silêncio, e Rain me entrega um pedaço de papel. Eu o pego, e ela umedece os lábios.

— É uma cópia do depoimento escrito que deixei na delegacia hoje de manhã.

Olho para ela, confuso, e tento devolver.

— Acho que você pode entregar para o Xan quando ele acordar.

— Não, é o depoimento que eu dei sobre o seu caso.

Fico imóvel.

— Pedir desculpas não é o bastante — diz ela. — Nada do que eu fizer vai ser, mas o Xan e você terão a justiça que merecem. Vance vai enfrentar as consequências de suas ações. — Ela hesita por alguns segundos. — Sei que isso não é sobre mim, mas quero que você saiba que meu erro foi estúpido, eu só não queria que minha família passasse por uma situação difícil. Minha mãe está arrasada e meu pai não sabe o que fazer. Era isso o que eu queria evitar, mas sei que fui egoísta e preciso viver com a dor de tudo que causei por conta disso. — Ela aponta para Xan com tristeza. — Em parte, a culpa foi minha. Então me desculpa, Apolo.

Assinto, porque não sei o que responder. Queria dizer que a entendo, mas não posso mentir quando Xan ainda está inconsciente ao meu lado. Mas me lembro das palavras da minha psicóloga e do meu avô sobre como às vezes não perdoar nos faz carregar ressentimentos que acabam nos prejudicando, nos apodrecendo por dentro.

Fico de pé e a abraço. Sinto seu perfume cítrico, e embora esse cheiro não me reconforte mais, não é desagradável.

— Você fez a coisa certa. Aceito suas desculpas — declaro, sincero.

Agora, resta a Xan decidir se a perdoa ou não, mas, da minha parte, não quero mais carregar ódio nem raiva. Quero me libertar, e essa é a melhor decisão. Estou deixando ir a garota que me salvou, a que eu idealizei tanto que a ironia da vida resolveu fazê-la cair do pedestal de uma forma dolorosa. Quando nos separamos, Rain enxuga os olhos cheios de lágrimas.

— Obrigada.

Ela se vira, e eu a observo ir embora, o cabelo loiro se movendo a cada passo. Eu me sinto em paz.

Dia 5

Adormeci na cadeira diversas vezes. Só tenho ido às aulas e vindo ao hospital, quase não saio. Agradeço por amanhã já ser sábado, porque posso passar o dia inteiro aqui. O médico disse que Xan já deveria ter acordado, e isso me preocupa. Por que ele não abre os olhos? Acho que não vou conseguir ficar em paz até vê-lo voltar totalmente à vida.

Estou dando uma olhada no celular quando escuto:

— Apolo?

Pulo da cadeira e fico ao lado dele na cama. Seus olhos ainda estão ligeiramente estreitos, mas vejo um brilho castanho neles.

— Xan? — chamo, baixinho.

Ele olha para mim. O alívio me faz exalar alto, e eu abro um sorriso.

— Ei, oi. — digo. — Bem-vindo de volta.

Xan pisca e tenta sorrir de volta para mim, mas faz uma careta de dor; tem um corte no lábio. Em seguida, tenta mexer as mãos, mas balanço a cabeça.

— Não é uma boa ideia. Pelo menos não até se recuperar.

Ele volta a olhar par mim, os olhos cheios de lágrimas.

— Achei que eu fosse morrer, Apolo. — Sua voz falha. — Achei... que... ele... Tudo doía tanto.

Eu luto para não chorar com ele.

— Xan... — digo, acaricio seu rosto, colocando seu cabelo atrás da orelha. — Está tudo bem, já passou. Ele está sob custódia e não poderá mais machucar nem você nem ninguém, tá?

Ele assente, e eu enxugo as lágrimas de seu rosto. Conto sobre as visitas de Gregory e o distraio por um tempinho. Depois, o médico recomenda que ele tente comer um pouco. Eu o ajudo a se sentar e a se alimentar.

— Eu não queria voltar com ele, Apolo — revela Xan. — A Rain conversou mesmo comigo, mas foi só para me contar os fatos, não para me convencer. Ela deixou a decisão em minhas mãos, e eu decidi não voltar.

Baixo a colher e o encaro.

— Mas...?

— Vance ameaçou postar um vídeo da briga de vocês no festival de outono, disse que aquilo queimaria você, e eu... não queria prejudicar você.

Franzo as sobrancelhas.

— Xan...

— Já sei, não precisa dizer nada, mas eu não podia permitir que ele fizesse aquilo. Com o passar dos dias, percebi que era insustentável ficar com ele e terminei de vez. E deu nisso.

— Sinto muito, Xan.

Eu o abraço, porque ele parece tão triste nessa cama de hospital, tão machucado... Não sei por quanto tempo ficamos assim, agarrados um ao outro.

* * *

Duas semanas depois, Xan recebe alta. Consigo convencer o médico a autorizar sua saída após as quatro da tarde. É um pedido estranho, mas tenho um objetivo.

— Não entendo por que me deram alta tão tarde — reclama Xan.

Ele anda devagar, tomando muito cuidado com o curativo da costela. Alguns de seus dedos estão com gesso ainda. Saímos do hospital. É quase noite, já que no inverno o sol se põe mais cedo. Xan para na parte coberta do hospital e se vira para mim.

— Apolo…

Sorrio para ele, e nós dois olhamos os flocos de neve que começaram a cair há pouco tempo. As calçadas estão cobertas com uma fina camada branca.

— A primeira neve do ano — digo, orgulhoso.

Xan estende a mão menos enfaixada e deixa a neve cair sobre sua palma. Olha para mim, e é como se estivéssemos pensando a mesma coisa. Estamos lembrando o que vivemos nas duas últimas semanas, como cuidei dele, o que nos fez rir. E tudo o que passamos antes disso — a primeira vez que nos vimos e como nossa amizade evoluiu para algo a mais.

Ele dá um passo para fora da marquise, e a neve começa a cair em seu cabelo azul. Faço o mesmo, e, ao se virar, ele sorri para mim.

— Tenho que me curar em muitos aspectos — comenta ele.

— Eu sei.

— Não posso te prometer nada, por mais que estejamos vendo a primeira neve do ano juntos.

— Também sei.

Xan se aproxima, e seguro seu rosto para lhe dar um beijo na testa.

— Sem pressa, sem pressão — digo.

Eu me afasto dele e o olho nos olhos. Eu me lembro do que pensei naquele dia com Dani na praia.

O amor verdadeiro não prende, não sufoca nem impõe barreiras.

Xan tem um longo caminho de recuperação pela frente, e não estou falando só na questão física, mas também emocional. E se tem alguma coisa que aprendi, afinal, é a me soltar; aprendi a parar de ficar ruminando cada coisa, cada mínimo detalhe.

Não mais.

E, bem, também tenho que lidar com minhas próprias questões.

Acaricio as bochechas de Xan e não consigo evitar: me inclino e dou um beijo nele bem aqui, debaixo da neve. Meus lábios se movem sobre os seus, quentes e carinhosos. O medo que eu tinha de perdê-lo se transformou em alívio e paz.

Enquanto nos beijamos, sinto flocos de neve caindo em minha jaqueta, em meu cabelo e em minhas mãos, que seguram o rosto de Xan. Minha mente volta para o começo de tudo, para aquela noite chuvosa que me fez conhecer Rain e me levou a Xan.

A neve também cai, mas de um jeito diferente da chuva, com muito mais calma e suavidade. E, desse mesmo jeito, meus sentimentos mudaram.

Ainda assim, sei que não vou me esquecer da garota que conheci na chuva, porque através dela eu o conheci: o garoto de cabelo azul que está em meus braços agora e que, mesmo sem fôlego, sussurra uma promessa para mim.

— Vamos com calma juntos, Apolo Hidalgo.

EPÍLOGO

APOLO

Quatro anos depois

FELICIDADES, APOLO!

A faixa é enorme e está pendurada entre dois pinheiros muito altos, decorados com luzinhas amarelas muito bonitas, que pendem e se cruzam por todos os lados, iluminando o quintal escuro. O lago está de um lado, e o cais de madeira também está cheio de luzes e decorações. Do outro lado, está a casa com todas as janelas abertas, com luzes acesas.

É minha festa de formatura.

O último semestre foi difícil, e, para ser sincero, não achei que fosse conseguir. Eu me arrastei nas últimas provas, não deixei que ninguém organizasse comemoração nenhuma até eu ter cem por cento de certeza de que havia sido aprovado em todas as matérias e estágios.

Há mais pessoas do que eu esperava, muitos amigos de minha mãe. Foi ideia minha fazer a festa aqui na casa de veraneio dela, no lago. Ela e eu tivemos uma conversa franca depois do que aconteceu com a família de Rain anos atrás. Ela não sabia que o homem era casado. Na verdade, na noite em que Vance descobriu o relacionamento dos dois, ela estava terminando com ele porque foi justo na festa que soube da família dele. Nunca mais encontrou com aquele homem depois daquilo. E, de verdade, minha mãe mudou para melhor. Fui o primeiro a perceber, então tive que intervir para que meus irmãos lhe dessem uma chance. De alguma maneira, fiz essa ponte entre eles. A princípio, Ares e Ártemis não queriam nem vê-la; tentei marcar jantares e visitas à casa dela, mas eles nunca iam. Então, quanto mais eu avançava na faculdade, mais estratégias aprendia para mediar a conversa e finalmente os convenci a fazer terapia familiar. Nós precisávamos — minha família não podia continuar se escondendo de seus problemas não resolvidos. Minha mãe havia cometido muitos erros, alguns que podem ter afetado meus irmãos por muito tempo, mas eles mereciam ser curados e, no fundo, a amavam tanto quanto eu; afinal, Sofía continuava sendo nossa mãe. E estava sinceramente arrependida por tudo. Talvez tenha sido a idade ou o passar do tempo, mas seja qual for o motivo, ela melhorou. Tudo o que saiu no consultório da psicóloga foi incrível: as lágrimas, as desculpas... Foi um processo doloroso, mas muito necessário.

Agora, minha mãe faz parte da vida de todo mundo. Ares passa um ou outro fim de semana com ela a cada três meses, Ártemis e Claudia a visitam com frequência — meus sobrinhos a adoram e se divertem na casa do lago —, e eu também venho quando posso.

Acho que os Hidalgo finalmente aprenderam a se libertar. Já era hora.

Daniela aparece ao meu lado, energética, e diz:

— Ainda acho que deveria ser "Parabéns, Lolo". Ou melhor ainda... "Parabéns, dedinho nervoso".

Ela está com um vestido branco que vai até os joelhos. O tema da festa é todos nós usarmos branco; também foi ideia da minha mãe, mas agora que vejo todos nós cercados por essas luzes, o lago e o píer, entendo. Fica muito bonito, e as fotos estão saindo ótimas.

— Você vai superar isso algum dia? — pergunto.

— Nunca — responde, deitando o rosto em meu ombro. — É bom estarmos todos juntos novamente.

Abro um sorriso e a abraço. Ficamos observando a vista e os convidados: Claudia está rindo de algo que disse para Ártemis enquanto Hades dorme em seu ombro; meu sobrinho mais novo é o queridinho da família Hidalgo. Ele é apenas um bebê, mas já conseguiu roubar nossos corações. Hera corre para lá e para cá com a mãe de Claudia, Martha, atrás dela. Meu pai e minha mãe conversam baixinho, segurando copos de uísque.

Gregory, Marco e Sammy estão sentados em uma mesa, brincando e colocando as fofocas em dia. Bem, foi isso o que me disseram quando me aproximei há algum tempo.

Ares e Raquel estão no píer, sentados com os pés balançando e tocando a água. Raquel puxou o vestido até os joelhos para não molhar. Eles se olham e dão risada feito bobos.

— Olhando daqui — murmuro —, aqueles dois parecem a capa de um livro do Nicholas Sparks.

Daniela dá uma gargalhada. Ouvimos uma voz atrás de nós, e Xan se aproxima.

— Que nada — diz ele. — Eu diria que é mais um romance da Nora Roberts.

Sorrio para ele. Seu cabelo ainda é azul; algumas coisas nunca mudam.

Xan e eu agora somos bons amigos. Depois de tudo, ele precisava se curar de várias coisas, e deixamos rolar por alguns meses até percebermos que não era o melhor para nenhum dos dois. Eu também precisava resolver muitas questões, tinha muito a explorar dentro de mim. Quanto mais tempo se passou, ainda mais depois de estudar tanto a mente humana na faculdade, percebi que tomamos a decisão certa.

Não forçamos nada só por medo da solidão, não esperamos até nos machucarmos para deixar ir. Com Xan, tive uma sensação de déjà-vu, como o que vivi com Daniela.

Pessoa certa, hora errada.

Estou muito feliz por tê-los conhecido e por tê-los em minha vida. Acho que uma parte de mim sempre será apaixonada por eles, e esse sentimento é muito bom, porque não me amarra nem me limita, e assim posso sempre contar com os dois. Talvez eu não seja o tipo de pessoa que precisa de um par, e tudo bem. Talvez as pessoas que passam por minha vida fiquem de uma maneira mais permanente do que se estivéssemos em um relacionamento.

— Atenção, por favor! — A voz de Ares ecoa pelo quintal.

Ele está no meio de todos, e Raquel está sentada com Gregory e o restante da turma. Ares continua:

— Não dá pra acreditar que o Apolo me escolheu para fazer o discurso de sua formatura, mas a outra opção era o Ártemis, então eu entendo.

Todos rimos.

— Apolo e eu discutimos muitas vezes; eu era muito teimoso, e ele era bonzinho demais. Éramos muito diferentes, víamos as coisas de perspectivas opostas. Mas não havia uma discussão com ele que não me deixasse pensando, revirando na cabeça o que ele havia me dito. Meu irmão tem a habilidade de fazer qualquer pessoa refletir, ele se coloca no lugar de todo mundo, sabe como defender e entender as pessoas. Acho que essas qualidades farão dele um psicólogo excelente.

Ares ergue a taça de champanhe em minha direção, e eu faço o mesmo, sorrindo.

— Para ser sincero — completa Ares —, acho que fui o primeiro paciente dele.

Consigo ouvir muitas risadas e cochichos. Ares olha para mim, nervoso, e eu assinto, porque sei o que ele vai dizer.

Ele entrega a taça para Ártemis e continua:

— Aliás... Meu irmão é tão legal que me deixou fazer isso hoje, que deveria ser a noite dele. Apolo disse que isso fará com que seja ainda mais especial, porque, para ele, os momentos felizes dos outros são dele também. Então, Raquel...

Quando ouve seu nome, Raquel olha para ele, confusa, e fica de pé.

— Passamos por anos de relacionamento à distância — diz Ares. — Lutamos, sofremos e demos tudo de nós. Então, no ano passado, quando você se formou, fez o possível para conseguir um emprego perto de mim e nem hesitou quando te chamei para morar comigo. Neste ano juntos, você foi a minha rocha, o meu apoio enquanto eu continuo estudando. Os estudos de Medicina são eternos, você sabe, e mesmo assim nunca desistiu. Não tenho dúvidas de que é a minha pessoa, e apesar de eu não ter uma janela aqui...

Raquel ri, os olhos avermelhados, e Ares se ajoelha.

— Queria te perguntar... quer se casar comigo? — pergunta ele.

Acho que todos nos emocionamos, e imediatamente Raquel começa a rir entre as lágrimas.

— Você é doido, deus grego — responde ela, brincalhona.

Ares ergue a sobrancelha.

— Isso é um sim? Porque tem uma pedra bem no meu joelho e...

— Sim! Sim!

Ela se inclina e beija Ares.

Todos aplaudimos. Daniela, Xan e eu secamos as lágrimas discretamente e vamos parabenizá-los.

Depois de toda a comoção, me sento, observando os recém-noivos. Ares e Raquel estão dançando abraçados ao som da suave melodia que sai das caixas de som que minha mãe colocou. Eles estão no cais, com o lago e a lua ao fundo.

Xan aparece ao meu lado.

— A verdade é que eles parecem a capa de um livro erótico — comenta ele.

Abro um sorriso e ergo o olhar para Xan. Ele começou a praticar esportes, e seus braços agora estão definidos. Seu cabelo azul está maior do que nunca.

— Você acha que algum dia vai ter algo assim? — pergunta Xan, puxando uma cadeira para se sentar do meu lado.

— Não sei se eu gostaria de ter algo assim — respondo.

— Essa é a hora em que você faz um discurso sobre como não precisa de um relacionamento para ficar bem, que é um ser humano independente.

— Você já sabe — murmuro.

— Sempre te achei romântico.

— Digo o mesmo de você, ainda mais para um garoto que transa com outros garotos.

Xan dá risada.

— Tá, eu mereço — diz ele, e suspira. — Na verdade, estou orgulhoso de você, Apolo.

Eu me viro para ele, apoiando o cotovelo no encosto da cadeira.

— Sério?

— Aham. Você amadureceu muito. Não é mais o garoto nervoso e inseguro que entrou na cafeteria Nora aquele dia. E também não é mais o garoto que não conseguia largar o osso e continuou agarrado em mim mesmo quando eu te afastava.

— Que exagero. Eu não era tão grudento assim.

Ele ergue a sobrancelha.

— Beleza, só um pouco — admito.

Xan dá um suspiro tranquilo.

— Você me ensinou muito. Essa amizade que a gente construiu ao longo dos anos foi uma das melhores coisas que já me aconteceu. Você me acolheu na sua família e me permitiu construir uma relação estável. Seu irmão está errado, eu fui seu primeiro paciente.

— Agora todo mundo quer esse título.

— Não! Não! Marco! Eu juro que se você me jogar... — Os gritos do Sammy vêm da margem do lago.

Atrás dele, Gregory está carregando Daniela.

— Nãooo! Estamos vestidos de branco! Você não pode fazer isso! — grita Dani.

Xan olha para mim, e eu congelo.

— Xan...

— Eu sabia que fazer tanto exercício seria útil em algum momento — declara ele.

Xan é tão rápido que nem tenho tempo de tentar fugir. Só percebo o que está acontecendo quando ele me joga na água. Por sorte, consigo salvar meu celular antes.

Splash.

A água morna me engole de uma vez. Ao subir à superfície, dou de cara com Raquel, que está com o cabelo grudado no rosto, e me assusto. Dani tosse e Sammy bate em Marco. Os vestidos brancos das meninas flutuam ao redor delas, e dá para ver os mamilos de todas através do tecido molhado. Mas ninguém se importa, somos amigos há anos. E se a maioria de nós já ouviu os gemidos da Raquel, então acho que tudo bem.

Passamos um bom tempo rindo e brincando uns com os outros na água.

Fico olhando para eles. Este momento é perfeito e muito feliz.

Assim como aquele pôr do sol na praia anos atrás, como o 4 de julho, que agora passamos em família, e como os dias chuvosos que não me assustam mais.

intrinseca.com.br

@intrinseca

editoraintrinseca

@intrinseca

@editoraintrinseca

editoraintrinseca

1ª edição	SETEMBRO DE 2023
impressão	BARTIRA
papel de miolo	PÓLEN NATURAL 70 G/M^2
papel de capa	CARTÃO SUPREMO ALTA ALVURA 250 G/M^2
tipografia	SIMONCINI GARAMOND STD